미투리

미투리

1판 1쇄 인쇄 | 2012. 10. 15
지은이 | 최종두
발행인 | 박남권
주　간 | 이소연
발행처 | 한국문학예술
디자인 | 디자인존
등록번호 | 서울 바 03272 (2002. 9. 18)
주소 | 서울시 중구 충무로 4가 127-6
TEL | 02-777-5522
카페 | http://cafe.daum.net/KLA7
E-mail | kla7@hanmail.net

값 12,000원

ISBN 978-89-967934-2-7　03810

- 파본은 교환해 드립니다.

- 이 책은 21c의병대의 후원으로 제작 되었습니다.

미투리

최종두 장편소설

한국문학예술
Korea Literature & Arts

책 머리에

아득한 선사시대(先史時代)로부터 산업 도시가 된 오늘날에 이르기까지 내 고향 울산의 유구한 역사에 깔린 토양은 충절(忠節)이었다.

일찍이 민족의 강인한 의지를 일깨운 만고충신(萬古忠臣) 박제상(朴堤上), 임란과 정유재란을 당하여 분연히 일어나 나라를 지켜내고, 왜군을 격퇴한 이 고장의 의병(義兵)들은 어느 지방의 의병들보다 용감히 싸워 기어이 국토를 지키면서 왜구들을 혼비백산 도주케 한 전공(戰功)을 세웠다.

또 광복회 총사령으로 지위와 재산, 마지막 생명까지도 다 바쳐 던지면서 형장의 이슬로 사라진 박상진 의사의 순국 혼이 이를 증명하고 있는 것이다. 이렇듯 찬연히 빛나는 울산의 정의로운 기상을 나는 20년 전 우연히 밀양에서 한 노인을 만나 또 한 번 확인할 수 있었다. 그는 소설가 김원일이 "늘 푸른 소나무"에서 밝혔던 항일 독립운동단체 영남유림단의 간부 단원이었다. 특히 그는 내가 미처 몰랐던 울산의 독립운동과

해당 인물들을 소상히 알고 있었다.

처음 만난 이후 나는 두 번 밀양으로 가서 그를 만났지만 세 번째는 세상을 떠나버린 뒤였다.

"울산…… 그 굉장한 고장이지…… 박상진 선생 같은 워낙 큰 인물은 말할 것 없고, 머슴살이하던 젊은 농촌 일꾼들, 그 울주군 언양 어디엔가 있던 민초 한 사람 참 용감하게 싸웠지……"

그 소리를 귓전에 담아 돌아온 다음 나는 그의 증언을 소재로 소설을 쓰기로 했다. 그러나 1997년 나에게 찾아든 병마와 2005년에 다시 덮쳐온 연속의 병마 때문에 소설을 쓴다는 소망을 접어야 했다. 그런데 울분을 누르며 포기하고 있던 그 소망을 하나님은 이루어 주셨다.

쓰러진 나를 일으켜 세우고 잃어버렸던 기억력과 상상력을 기적처럼 되살려 소설을 쓰게 하는 은혜를 주셨다. 거기다 내 청춘을 묻으며 일했던 울산 MBC 옛 사우 김잠출 국장의 주선으로 이 책을 출판하게 해

주었다.

고헌 박상진 선생의 애국정신을 이어받아 계승하려는 이 고장의 피 끓는 젊은이들의 모임인 "21세기 의병대"가 기꺼이 도움을 준 것이다.

고마운 격려와 함께 내게 힘을 듬뿍 안겨준 21세기 의병대의 김종환 참모장과 손향순 대원에게 깊은 감사를 드린다.

이 글을 쓸 무렵 나는 생사의 갈림길에 놓여 있었다. 아침에 눈을 뜨고 나서야 오늘도 살았구나 하면서 머리말의 필을 더듬어 들고는 힘없는 글씨, 내가 써놓고 내가 읽기 힘든 글을 써내려갔다. 과연 내가 소설을 쓸 수 있을까? 원고지에 눈물을 떨구면서 썼던 소설이다.

일흔이 지나서 2급 장애인이 된 현실을 딛고 더구나 시를 쓴지 50년이 되어서 소설의 신인 등용문을 통과한 작품이어서 나에게는 놓아버릴 수 없는 귀한 자식이 된 것이다.

문학은 나에게 무엇인가?

1990년에 펴낸 나의 에세이 집 '참으며 용서하며'의 책머리에 썼던 글이 생각난다.

– 살다 보면 슬픔도 더러 약이 된다 –

슬픔의 깊이가 어느 정도이든 간에 인간은 어쩔 수 없이 슬픔의 순간을 당하면서 살아간다. 그때가 가장 순수한 삶의 순간인지 모른다. 이상하게도 나는 외롭고 우울하고 슬프다고 여기는 순간을 넘기고 나면 꼭 글을 쓰게 되고 그리하여 새로운 용기를 얻곤 했다. 지겨울 만치 긴 병마와 싸우느라 때로는 그냥 주저 앉아버리고 싶을 때가 한 두 번이 아니었다. 그러나 쓰고야 말 것이다. 목숨이 다하는 순간까지 필을 놓지 않으면서 나는 글을 쓸 것이다.

2012년 여름

산새 우짖는 울산 성안동에서

저자

■ 목 차

책 머리에 ························ 4

1. 해방이라는 놈은? ························ 11
2. 점터의 화입식 ························ 24
3. 다개 마을의 별이 지다 ························ 45
4. 뿌리를 찾아서 ························ 68
5. 감추어진 꼬리 ························ 78
6. 사람으로 다시 태어나다 ························ 102
7. 우시장 금달래 ························ 124
8. 십 리 대밭의 접선 ························ 138
9. 복례의 선택은? ························ 155

10. 아, 학생들 머리 아프다 ······················171

11. 비밀단원들 ································· 176

12. 빌려온 아들 ······························ 193

13. 아픔이 있었기에 ························· 203

14. 거꾸러진 붕새 ···························· 220

15. 약이 된 개똥 ····························· 239

16. 절망 끝에 감사를 ························ 267

17. 청사초롱 없는 신방 ······················ 280

18. 그리운 얼굴 ······························ 304

19. 금달래 그녀는? ·························· 314

1. 해방이라는 놈은?

중우는 막 목욕을 한 강아지처럼 흠뻑 젖은 바지에 묻은 물을 털어낸다. 물방울들이 햇살을 받아 무지갯빛을 띄우며 사방으로 퍼진다. 한 손에는 검정고무신을 들고 또 한 손에는 붕어 두어 마리 갈대 줄기에 끼어 들고 마당에 들어서서는 벼락이라도 맞은 듯 안방을 향해 소리를 지른다.

“아부지, 빨리 나와봐라. 마을 사람들이 미친 듯이 해방이다. 해방이다 하면서 읍내로 몰려가고 있어 읍내에 해방이라는 놈이 잡혀왔나 봐. 아부지 우리도 가보자.”

“중우야, 호들갑 떨지 말고 방으로 들어오너라. 아부지가 중우에게 해줄 말이 있다.”

아부지는 방문을 열지도 않은 채 조용히 중우를 부른다.

“아부지, 그라면 내 혼자 갔다 올 끼다. 무슨 일이 일어나도 크게 일어난 기라카이. 아부지는 다리가 아프니 나 혼자 퍼떡 가서 소식을 들어보고 올 끼다. 아부지 이 붕어 마루에 두고 간다. 어무이 오면 소금 발라 구어라고 해라."

검정 고무신을 발에 끼고는 대문을 박차고 달려나간다. 막 담장을 끼고 돌아가려는 데, 중우를 불러 세우는 소리에 앞을 본다.

"중우야, 니 어디 가노? 복례 고모 소식 듣고 가는 기가? 너거 아부지는?"

"아지매 와요? 아부지 집에 있심더. 방 안에서 꼼짝도 안 합니더.

아지매는 여기 웬일인교? 읍내에 해방이라는 놈 잡았어요?"

"중우야, 읍내는 먼 길인데 니가 어찌 가노 집으로 가자 중우야 그라고 해방이라는 놈이 붙잡힌 게 아니고 해방이 되었다는 말이다. 일본 놈들이 몽땅 도망을 갔다는 말이다."

읍내 가는 것을 포기한 중우는 기세가 한풀 꺽인 듯 시무룩한 얼굴로 돌아선다.

"그라며 아부지한테 가봅시더. 그런데 아지매 해방이 뭔데 이리 야단들인교? 내 친구 문식이도 말숙이도 고기를 잡다가 말고 모두 향교 정자 밑으로 갔심더. 무슨 애국가를 가르쳐 준다는데 나는 아부지한테 왔심더. 아지매 해방이 뭔교? 그리고 애국가는 뭔교?"

"중우야, 해방에 대해서는 이 아지매보다 너거 아부지가 더 잘 알고 있으니 가서 들어보자. 그라고 이 아지매가 너거 아부지한테 전해 주어야 할 중요한 소식이 있다. 집으로 가자."

가지산과 간월산에서 불어오는 8월의 바람은 아지매 얼굴에 맺힌 땀방울과 한을 시원스럽게 스쳐 지나간다. 아지매는 바가지를 옆구리에 끼고 중우 손을 힘주어 꼭 잡는다.

"아지매는 와 바가지를 가지고 다니능교? 정신도 말짱하면서 미친 척 하능교?

"중우야, 밥 얻어먹는 거지가 그릇이 있어야지, 그라고 세상이 어수선 할 때는 미친 척 살아가는 것도 속 편한 기라. 그렇다고 목적 없이 미친 척하면 안 된다 알겠나?"

"아지매도 우리 아부지와 똑같은 말을 하네요."

"너거 아부지가 무슨 말을 해 주었는데?"

"아지매, 우리 아부지는요, 내가 잠들기 전에 꼭 이런 말을 해 주었심더. 사나이는 목적 없이 미치는 짓은 바보들이 하는 짓이라고요."

"중우야, 인자 고생 다했다. 밥을 묵어도 언치는 일이 없는 거라.
그라고 해방이라는 놈은 말이다 자유라는 큰 봇짐을 메고 다니면서
가난한 사람에게도 병든 사람에게도 마음대로 우리말로 된 노래를
부르게 할 수 있는 자유를 나누어 주기도 하는, 정말 사람들이 살아가는 데 꼭 필요한 희망이란다."

"아지매, 희망은 또 뭔교?"

"중우야, 희망은 말이다. 앞일에 대한 소원을 말하는 것이다. 중우 소원은 뭐고?"

"아지매, 내 소원은 의사가 될라 카는데, 쪼께 어렵겠지요? 의사가 되면 일본 놈들에게 잘린 우리 아버지 다리를 만들어 줄라고 합니더."

"그래 그게 바로 중우의 희망이란다. 인자 알겠나? 그라고 애국가는 나라를 상징하는 노래이며, 또한 조선을 사랑하는 뜻으로 가슴 깊은 곳에서 울어나는 소리로 부르는 노래란다. 중우가 보통 학교에 들어가면

선생님들이 자유와 해방에 대해, 애국가에 대해 다 가르켜 준다. 알겠나?"

"그런데 아지매 아까 아지매가 한 말 중에 복례고모 소식이 뭔교? 복례고모는 일본 순사 각시 아닌교?"

"그래 중우야, 복례고모는 일본 순사 중에서도 높은 놈의 각시 맞다."

어디선가 바람 한 올이 불어와 돌담장 위에 엎드린 호박꽃 잎을 흔들어 깨운다. 더위에 지쳐 잎을 축 늘어뜨리고 있던 호박 꽃들이 날씬한 줄기를 내밀고 누른 이빨을 드러내며 하늘하늘 웃고 있다.

"그래 세상이 변했으니 너도 좋은 게지. 암 좋고 말고지 해방이라는 바람이 시원한 게지! 암 모두가 얼마나 기다렸던 바람인데" 아지매는 혼자 구시렁거리고 중우와 똑같이 엉덩이를 실룩이며 대문을 밀치고 마당으로 들어선다.

"아부지, 금달래 아지매 왔심더. 문 좀 열어보소. 울산 소바우 우시장에 사는 아지매 말임더. 빨리 나와 보이소. 아지매, 아부지 방 안에 있으니 불러 보이소."

"중우야 너거 어무이는?"

"어무이 아까 중식이 업고 있었는데, 아마 할매한테 갔을 낌니더 할매가 아파서요."

"할매가 많이 아프나?"

"아임더 늙어서 그냥 쪼께 아픔니더."

중우는 마루에 잡아다 놓은 붕어를 들고 부엌으로 간다.

방문이 열리고 눈물범벅이 된 아부지가 얼굴을 드러낸다.

"아지매 올라오소. 덕구와 복례는 어찌 되었는교? 다리가 불편하니 가볼 수가 있어야지요."

"그래 방우동생도 일본놈의 고문에 한쪽 다리를 잃었으니 어찌 통탄하지 않겠어? 이제 해방이 되었으니 마음 놓고 나다니게. 향교 문을 열어 아이들에게 우리글도 가르쳐야 하고 우리말도 가르쳐야 하니 동생 책임이 막중하다."

"아지매도 그동안 고생이 많았심더. 해방이 되었다 해도 마음을 놓으면 안됩니더. 누구 손에 죽을지 아직은 모릅니더."

"방우 동생도 각별히 조심해야 한다. 수일 내로 영남 유림단 동지들에게서 소식이 올끼다. 항상 몸조심 해라. 그라고 놀라지 마라, 읍내 사람들이 가막소로 몰려가서 가막소 문을 부수고 독립군을 풀어주었다. 미처 도망가지 못한 일본 순사 두 놈을 시내 한복판 가로수에 매달아 놓고 총을 쏘아 죽였다 카더라. 아마 덕구도 울산 읍내 가막소에 있었으면 풀려나올끼다 카는데… 복례는 일본 놈들이 어디로 끌고 갔는지 모른다카네. 복례신랑인 헌병 대장 놈이 어젯밤에 살해 되었으니 복례 소식에는 좀 이상한 점이 있어. 좀 더 상세하게 알아볼게"

"아지매, 복례가 자살을 하지는 않았겠지? 제발 살아 있어야 하는데."

"동생, 이틀 전에 복례가 우시장으로 나를 찾아와서 국밥 한 그릇을 사주면서 눈물을 흘리더라고, 그라고 보따리 하나를 다른 사람들 눈치채지 않게 내 치마폭 안으로 밀어 넣기에 받았는데, 이 편지 한통과 주먹만한 금덩어리 세 개가 들어 있었어. 그때는 깊이 생각하지 않았는데, 해방이 되고 보니 이상한 점이 없잖아 있어.

복례는 해방이 된다는 것을 미리 알고 있었던 것 같아. 자살을 할리는 없잖아? 자살을 했으면 시신을 찾아야 하는데 안 그렇나? 덕구가 나오면 꼭 알아보라고 해야지. 아니면 소식통은 내가 빠른 편이지."

복례의 편지를 손에 든 방우는 눈시울을 적신다.

'아부지 피를 이어받은 내 동생 덕구야! 장하다.

앞으로 생활의 기반을 잡으려면 고생이 될 텐데 적은 것이지만 도움이 되었으면 한다.

누나를 찾으려고 애쓰지 말거라.

때가 되면 내가 나타날 것이니.

방우 오빠, 덕구를 도와주세요.'

편지의 내용은 간단했다.

"아지매. 복례가 해방이 될 것을 미리 알고 있었구만요. 그래서 일본 남편을 살해한 것이 아닐까요? 어수선할 때 죽이면 범인이 누구인지도 모를 것이고 말입니더. 복례는 그 일을 하고도 남을 사람인기라요. 덕구와 나를 살린 것도 복례 덕분입니더. 그렇게 손을 쓰지 않았으면 어림도 없었지요. 죽은 목숨과 진배없었심더. 우리 보는 앞에서도 '바가야로 조생진' 하면서 일본 도를 빼가지고 동지들의 귀를 비고 눈알을 빼고 했심더. 많이 죽어 넘어갔어요. 얼마나 무서웠던지, 말로는 형언할 수 없었심더. 덕구도 고문을 많이 당했을 낌더."

"동생! 나라 없는 서러움이 한으로 맺힌 사람들 아이가. 그러니 덕구가 나오면 이 금덩어리로 기반을 잡아주게. 복례가 주고 간 금덩어리는 복례의 심장이고 살덩어리인 거라. 복례 그것이 속이 깊었어. 동생을 생각하는 마음이, 아니 혈육의 마지막 끈으로서의 책임감이랄까. 정말 부러운 형제 의를 가진 것이 아이겠나."

"아지매, 덕구 그놈은 누부가 있어 든든했는지도 몰라요. 덕구가 오면 다시 의논을 해 봅시더. 나도 이제 누부를 찾아봐야겠십더."

"방우 동생, 안전한 정부가 들어설 동안 나는 우시장 미친년 금달래로 살아갈 끼다. 장바닥 소식통이 제일 빠르거든. 사람들 눈이 있으니 이 바가지에 밥 한 덩어리하고 김치 조금 담아주가 아직은 남의 눈치를 봐야 하니, 금달래로 사는 게 얼마나 편한지 몰라."

"아지매, 해방도 되었으니 우시장 거지 금달래로 살지 말고 멋쟁이 누부로 변신해 나랏일을 돌봐야지요."

"그래 방우 동생도 기반도 잡혔고 하니 읍장이나 군수 정도는 해 봐야지?"

"아지매, 강아지가 다 웃겠어요. 미투리 신세를 면한 지가 얼마 되었다고요. 이렇게 제일 먼저 아지매가 찾아와 주는 것만으로도 고맙십더. 복례 소식 듣는 대로 연락주소. 몸조심하며 가이소."

"중우야, 이리 와 봐라."

정지에서 붕어를 구워 먹다 나온 중우의 입술 주위는 보기 흉하게 검댕이 묻어있다.

"아부지 와요?"

"아지매 가니 밥 한 사발과 김치 제일 맛있는 걸로 한 사발 드려라."

"아지매 이리 오소."

중우는 아지매를 향해 한쪽 눈을 감고는 눈웃음을 지운다. 어린 나이에도 아지매가 뭔가 큰 일을 하는 사람으로 생각하고 있는 것 같았다.

"아지매 고구마 삶은 것도 있는데 먹을란교?"

"그래… 우리 중우가 주니 잘 먹을게. 아부지랑 장날에 와서 국밥이라도 한 그릇 사주가, 간다."

아지매는 때 국물이 쩌린 바짓가랭이를 흔들며 가다가 동네 사람들을 보자 손으로 밥을 집어 입으로 가져간다.

중우는 대문 앞에 쪼그리고 앉아 머리를 갸우뚱거리고는 아지매가 남기고간 말들을 다시 생각해본다.

'해방이라는 놈이 자유를 나누어 준다고? 우리나라에도 애국가가 있었다고 '가미사마 도죠가' 아이고 애국가가 있었다 이거지?'

갑자기 무엇이 생각났는지 벌떡 일어선다.

"아부지, 아부지."

대문을 밀치고 숨이 넘어가듯 아버지를 부른다.

"또 무슨 일인데? 이리 호들갑이고?"

중우는 숨이 차는지 목을 길게 하늘로 뽑아 올리고 숨을 들이마신다.

"아부지, 빨리 마루로 나와 보라카이 빨리 덕구 삼촌이 저 언덕 아래서 우리 집으로 오고 있다. 여러 사람들과 함께 말이다."

"뭐라고? 덕구 삼촌이?"

방문이 열리고 아부지가 마루로 엉금엉금 기어 나온다.

"중우야, 너거 어무이 불러오느라 어서 할매 집으로 가봐라 어서"

"네 아부지."

중우는 대문을 박차고 언덕길을 돌아 할매 집으로 달려간다.

"어무이, 어무이, 어서 집으로 가자. 할매도 같이 가자 해방이라는 놈이 자유를 막 뿌려주니 덕구 삼촌이 나왔다카이."

"그래? 중우야 앞장서라 할매도 가야지. 중우야. 해방이라는 놈이 자유를 뿌린다고 누가 말해 주더노?"

중우는 픽 웃고는 할머니 뒤를 따라나오는 어무이를 쳐다본다.

"할매, 금달래 아지매가 벌써 왔다 갔어. 해방이 되었다는데 할매는 왜 방 안에만 처박혀 있노?"

"중우야, 할매가 울어서 빨리 집으로 못 갔다."

"와? 할매도 해방이라는 자유 때문에 울었나? 아부지도 울던데."

"그래 맞다."

"할매 이렇게 좋은 날 울기는 와 우노."

"중우야 할배 생각을 하고는 많이 울었다. 중우야, 할배는 말이다. 자유도 사랑했고 중우도 많이많이 사랑했단다."

"정말, 하늘만큼 땅만큼."

"그래 그것보다 더 많이 사랑했다."

"에이 거짓말. 내가 태어나기도 전에 할배는 죽었다면서."

"그래… 할배는 중우가 어무이 뱃속에 있을 때에 돌아가셨다."

어무이는 하늘을 향해 긴 한숨을 토해낸다.

"어무이는 이 좋은 날에 와 또 한숨을 쉬노?"

중우는 할매를 붙들고 겨우 집 대문 앞에 섰다. 마당에는 시끌벅적 야단이 났다. 그동안 한 번도 보지 못한 일이 일어나고 있었다. 마당 한가운데 멍석을 깔고 있던 덕구 삼촌이 어무이와 할매를 보고는 뛰어와 서로 부둥켜안고 엉엉 소리 내어 운다.

"덕구 이놈아! 살아 있었구나. 잘 견뎌내었구나, 혹독한 고문을 당했을 낀데 잘 참아주어 목숨을 부지했으니 고맙다. 외눈박이가 되었다고 누가 흉보겠나. 백성들이 환호해 주어야 하는 거룩한 훈장인데, 장한 훈장인데 그라고 네 누부 복례 소식 들었나?"

"누부 소식을 저도 모릅니더. 어르신 거룩한 훈장이라니요? 제가 나라를 위해 뭘 한 게 있어야지요."

"와 없노? 생명을 내어놓는 것이 어찌 재물을 내어 놓는 것에 비할라고. 오늘은 마음껏 먹고 떠들자 누가 머라카겠노?"

"어르신 고맙십니더. 어르신의 자금지원이 없었으면 어찌 우리 독립단원들이 생명을 부지 했겠십니꺼. 이제 해방이 되었으니 목사님도 모셔야 하고 김준봉 선생님도 모셔야 할텐데요."

"그럼 내가 죽기 전에 재산을 지원하고 죽을 끼다. 그 대신 우리 중우 하나 훌륭한 사람이 되게 도와주가. 그게 내 소원이다. 무슨 말인지 알겠제?"

"그럼요. 중우는 방우 형을 아부지라고 부르지만 우리 모두의 자식인 거라요. 어르신 걱정 마이소. 돌아가신 백중기 어르신을 위해서라도 중우를 꼭 훌륭한 사람으로 만들 낍니더."

마을 사람들이 하나 둘 방우 집 마당으로 모여들고 있었다. 방우는 지팡이에 몸을 의지하고 마당으로 나와 덕구를 껴안고 통곡을 한다.

"덕구야 고생 많이 했다. 눈은 왜 이리 되었노?"

"형 일본 놈들이 독립군 아지트를 말하라고 쇠꼬챙이를 달구어 눈알을 빼냈어."

방우는 주먹으로 눈물을 닦으며 어금니를 힘주어 깨문다.

"죽일 놈들. 뱀 같은 놈들. 남의 땅을 차지하고 몸통 전체를 삼키려 하는 욕심 많은 혈통을 가진 뱀 같은 놈들, 어찌 사람의 눈알을 뺄 수 있어? 그런 악랄한 족속들이 일본 놈들이라는 것을 몰랐어. 동생 미안해."

"형도 고생 많이 했지, 사나이라면 조국 독립을 위해 무언가 해야 하는 것이 아닌가? 눈알 하나 빼낸다고 해서 독립단원들 있는 본거지를 불 덕구가 아니지. 형! 우리 아부지 독립단원으로 만주와 조선 천지를 돌아다니면서 장사치로 고생했지만 비굴하지 않게 죽었어. 그 핏줄이 어디 가겠나? 형! 우리 어무이가 남긴 마지막 말이 무엇인고 하면? '사나이의 목숨은 조국의 것이다.' 라는 말을 남기고 운명했다고 복례누부도 들었어."

"그래 , 알아 덕구야! 너는 훌륭했어. 독립운동가 가문의 기둥답게 말이다. 장하다 우리 덕구 만세! 대한제국 만세! 대한제국 만세!"

마당에 모인 사람들이 목이 터져라 만세를 부르며 와와! 깔깔대고 웃는다.

"중우야! 대문을 활짝 열어두어라 다개 마을 사람들이 다 모여들게."

마당에는 마을 사람들이 하나 둘 모여 들고 있다. 중우 엄마 끝분이는 부지런히 술상을 차리고 있다. 중우는 너무너무 신바람이 났다. 태어나 제일 신이 나는 날이다. 할매도, 아부지도, 덕구 삼촌도, 금달래 아지매도 그렇게 활짝 웃음을 보이는 날이 없었기 때문이다.

해방이라는 놈이 과연 잘나고 멋진 놈이구나. 모두에게 웃음을 선물하는 것을 보니…

파랗고 싱싱한 하늘 자락으로 구름 몇 조각이 떠간다. 어무이 등에 업힌 동생 식이는 해방이 자유를 뿌리고 다니는 것도 모르고 잠보처럼 쌕쌕 잠에 빠져 있다.

다개 마을에 찾아온 해방의 하루는 환호와 기쁨에 들떠 저물어가고 덕구도 마을 사람들도 모두가 어둠을 베고 아랫목에 편히 누웠다.

덕구는 피비린내 서린 구치소의 불안했던 악몽을 털어버리고 두 팔을 벌린 채 모처럼 곤하게 잠자리에 들었다. 그러나 방우는 잠을 이룰 수 없었다. 가슴과 가슴 사이를 수없이 오가는 그 많은 치욕들을, 참아야 했던 아픔들을, 해방이라는 명약을 얻어내기 위한 고초와 수모를 잠재우지 못하고 가슴을 치고 있다. 방우는 자리에서 벌떡 일어나 앉았다. 잘려나간 발목이 아파서가 아니다. 자식인 중우에게 꼭 해주어야 할 말이 있었기 때문이었다.

"중우야, 잠들었나?"

"아임더. 잠이 안 오네요."

"그라면 일어나 앉거라 아부지가 지금부터 하는 말을 마음 속에 깊이 새겨두어야 한다. 할아버지도, 이 아부지도, 너거 어무이도, 덕구 삼촌도 복례고모도 많은 세월 해방을 위해 아프게 견뎌 내었단다.

중우가 커서 이 다음 훌륭한 사람이 되어 이 한을 풀어 주어야 한다."

"예 아부지 걱정 마이소 훌륭한 사람은 되기 쉬운 거라요."

방우는 장롱 깊숙이 간직해둔 보자기를 꺼낸다. 보자기를 풀자 두툼한 창호지에 싼 것을 조심스럽게 하나하나 펼친다. 그 속에는 가보처럼 간직한 미투리 한 쌍이 얌전히 누워있다. 방우는 신발을 안고 눈물을 지운다.

"아부지 이게 뭔교? 짚신이라 카는 거 아인교?"

"그래 맞다. 이제부터 아부지가 살아온 뼈아픈 날들을 니는 들어두어야 한다. 누가 무어라 해도 니는 내 자식이니가."

방우는 보잘것없이 닳아 너들너들 해어진 미투리를 가슴에 품는다.

"중우야! 이 미투리는 말이다. 40여 년을 내 발 냄새를 맡으며 살아준 고마운 신이다. 이제 해방이 되었으니 양반들처럼 백 고무신을 신을 수도 있고 또 잘하면 가죽 구두도 신을 수 있겠지만 아부지는 발 하나가 없으니 다 소용없는 일이란다. 암! 백 고무신도, 구두고 다 필요없는 일이지. 그래서 아부지는 두 발로 신고 다니던 미투리가 좋다. 눈물에 밥을 말아 먹던 긴 긴 세월이 그립기만 하단다. 내 아들 중우야, 이 아부지는 말이다 늑대처럼 이산 저산, 이 고을 저 고을로 오직 이 미투리에 몸을 의지하고 조선의 해방을 위해 싸웠단다.

중우야, 할아버지는 이 아부지보다 더 훌륭하신 분이란다. 우리가 이렇게 살고 있는 것도 다 할아버지 덕분이란다. 중우야 너는 할아버지의 정신을 이어받아 훌륭한 사람이 되어야 할아버지의 은공을 갚는 길이 되는 거다."

방우는 중우 손을 꼭 쥐고 어둠이 깔린 고헌산을 바라보며 급류가 쏟아지듯 지워지지 않는 기억을 묶은 필름을 되돌려 본다.

2. 점터의 화입식

다개 마을 어귀에서 바라보는 고헌산의 노을은 유난히 아름답다.

튼실한 황소 한 마리가 배를 깔고 엎드린 듯한 산세도 그렇거니와 온 땅의 기를 품은 듯한 형체를 가진 산등성이 위로 마치 결 고운 주단을 덮어놓은 듯한 색깔이 인근의 가지산, 간월산, 신불산을 지나 영취산 끝 마루까지 걸쳐 있어서 더욱 장관을 이루고 있다.

다개 마을 대지주인 백중기(白重基)노인 역시 이런 풍경이 아름답다고 생각하기에 고희(古稀)밑자락에 이르기까지 건장함을 자랑하며 살아가고 있다.

노인은 모시옷을 말끔히 차려입고 당산 나무 그늘에 서 있는 풍신이 꼭 귀한 사람을 마중할 때의 채비 그대로이다.

이따금 고헌산 쪽을 응시하고 있는 백중기 노인은 입안 가득 웃음을 머금고 연신 큰 기침을 한다. 그가 노상 곁에 두고 싶어하는 복례를 다시 만나는 날이었기 때문이다.

작년 가을이 다 갈 무렵까지 복례는 앞 못 보는 홀어머니 그리고 동생인 덕구와 함께 이 마을 고헌산 자락에 살고 있었다. 복례가 철부지 열 살 때부터 장님인 엄마의 길잡이 노릇을 하면서 익힌 지압술은 엄마보다 낫다고 칭찬을 받아 왔던 터였다. 어느 날 복례 어미가 앓아 누운 탓으로 복례가 다 익히지 못한 서투른 지압술을 백중기에게 선보인 것이 인연이 되어 거의 매일 복례는 백중기 댁에서 지내게 되었다.

"보래, 끝분아! 니는 배알도 없나? 복례 가시나 밥상은 와 차려주노? 부엌으로 내려와서 묵어라고 해라. 나는 저런 가시나 밥상 심부름까지 해주는게 보기 싫다 말이다."

머슴인 방우는 복례가 김장자 마님의 마루에서 밥상을 받아먹는 것이 밉상스러워 불만을 풀어댄다.

"오라버니 어쩔긴교 복례는 백중기 어른의 꽃이라예. 회춘을 하기 위한 어른의 욕심이라요. 어무이도 참고 있는데 오라버니 같은 머슴은 그저 눈 딱 감고 심부름이나 하이소. 싫으면 감포 댁에게 시킬게. 이상하다. 오라버니가 와 심술을 내는데? 복례가시나 좋아하는 거 아이가? 얄궂제…. 그렇잖아도 어르신에게 홍복이 굴러들어왔다고 주변의 입방아가 심술을 안고 무성하다 카이."

그렇게 세월을 복례에게 묶어놓고 지냈는데 어느 날 복례가 어르신에게 머리를 조아리고 울먹이며 작별인사를 하러 온 것이었다.

"어르신요, 그동안 믿어 주어서 고맙습니더. 어무이와 함께 이 고장을 떠날까 합니더."

마음 단단히 결심을 한 듯 백중기 어른에게 이사 가는 것을 고하는 복례의 눈 언저리에는 눈물이 고여 있었다.

"그래 사정이 있다면 가야지. 내가 잡는다고 있겠나? 마는 언제나 너거 어무이와 아부지 생각을 잊으면 안된다. 어디를 가던지 바르게 살아야 된다. 알겠지?"

"네 어찌 어르신 뜻을 저버릴 수 있겠습니까마는 어무이의 뜻을 따라 가는 것입니더. 어르신 그동안 감사했심더."

마지막 인사를 하고 떠나는 복례가 아쉬운지 영감의 눈 주위가 붉어진다. 복례가 사라져간 대문을 넋을 놓고 바라본다.

날이 밝기가 바쁘게 백중기 노인은 복례의 집으로 갔다.

"방우야, 앞장서라. 복례집으로 갈 끼다. 이 주머니도 들고."

"네, 어르신."

방우는 주머니 속이 궁금했지만 묵묵히 뒤를 따랐다. 복례 집 마당에 들어선 어르신을 본 복례가 당황해 어쩔 줄 몰라 한다.

"어르신 이런 새벽에 웬 걸음입니껴?"

마루에는 이삿짐 상자 두어 개가 놓여 있다.

"여비라도 줘야하는데, 그냥 보내어 마음이 아프다. 이거 얼마 안되니 요긴하게 쓰도록 해라." 방우가 들고 있던 주머니는 복례에게 전달되었다. 방우는 심술이 났다.

노인은 돈을 주면서 서운한 듯 복례 머리를 쓰다듬었다.

"복례야, 살아가는 일이 고생스러우면 언제든지 기별을 하든가, 아니면 되돌아 오느라. 내가 살아갈 터전은 마련해 놓을 테니."

노인은 복례 등을 두드려주며 인정을 베풀었다. 복례는 운문재에 이르는 궁근정 고갯길을 돌아서 가면서 손을 흔들며 소리를 질렀다.

"어르신 안녕히 계시이소, 다시 올 겁니더."

그리고 떠나버린 복례를 기다리는 영감이 미웠다.

그런데 며칠 전 복례의 동생 덕구가 청도 향교의 전교 윤상우의 서찰을 가져와 백중기에게 전하면서 바로 오늘 그곳 풍물패가 울산으로 건너오게 되었는데 복례가 그곳 풍물패에 끼어 오게 된다는 기별을 받고 있었던 것이다.

백중기는 오랜만에 젊고 파닥파닥하게 살이 오른 복례를 만난다는 것이 젊을 때처럼 가슴이 후끈 달아올랐다.

'그래 그년이 필경 광대 패거리를 따라다니다가 난잡한 화냥질만 하고 지났을지도 몰라.' 생각 속으로 불쑥 질투도 아니 괘씸한 마음이 드는 것이었다. 백중기가 담뱃대를 털려고 하는 순간 동네 한 켠에서 농악 소리가 들려왔다. 꽹과리 소리가 사라지면 쿵 하고 징소리가 크게 울렸다.

"방우야."

백중기는 방우를 불렀다.

"네, 어르신."

"저기 농악패를 찾아가면 두 패거리가 있다. 한쪽은 이쪽 언양 장터를 떠도는 패거리이고 또 한쪽은 청도 패거리이니라. 그 청도패에는 작년에 청도로 간 복례가 들어있다. 복례를 잘 찝어내어 말을 전해라. 오늘 밤 나에게로 왔다 가라고 하고 이걸 살짝 전해라. 알아들었느냐?"

백중기는 조리개 주머니 하나를 방우 손에 쥐어 주었다.

"잘 전해 주어야 한다. 다른 사람들이 눈치채지 않게 몰래 말이다. 알아들었느냐?"

"네 어르신 알아듣고 말고요."

방우는 주머니를 받아 쥐고 손으로 주물러본다. 동전 꾸러미는 아닌 것 같고 지폐 다발이 틀림없었다. '저 노랭이 영감탱이가 가지고 놀던

노리개를 다시 찾을 양인지 지폐뭉치를 쥐어주는 이유가 무엇이란 말인가? 아무래도 복례가 영감의 밤 시중을 찰떡마냥 착 달라붙게 해준 것이 아니라면 이런 지폐 뭉치를 줄 수 있을까? 아니면 서찰일까? 우리 머슴들에게는 볏짚 한 단 이라도 아까워 미투리 만들 때 짚을 많이 넣어 두텁게 만든다고 지랄을 하던 영감탱이인데, 하기야 복례가 색을 밝히는 요사스런 면이 있긴 있는 게지."

백중기의 뒷모습이 얄미웠다.

두어 번 헛기침을 남기고 백중기는 마음이 가벼운 듯 몸체를 좌우로 흔들며 집으로 향했다. 골목길로 막 들어서는 순간 깜짝 놀라 앞을 본다.

"어르신, 어르신"

끝분이가 달려와 고개를 조아린다.

"웬일이냐? 여자가 호들갑은?"

백중기 노인이 놀란 듯 물었다.

"어르신 손님이 아까부터 와 계심더. 청도에서 왔다는 할배 한 분이 집에서 기다리고 있심더."

"사랑채로 모셨느냐?"

"네"

백중기는 집에 와 있는 손님이 윤상우 노인으로 짐작하고서 걸음을 재촉했다.

윤상우는 백중기의 형 백중서와 동갑내기로 원래 이웃 전읍에서 태어나 그곳에서 쇠부리업을 오래 하다가 경상북도 청도군으로 이주해간 사람이었다.

그는 성격이 강직하기로 소문이 났고 학문을 좋아해 일찍이 서당을 세워 미개한 농민을 상대로 교육에 헌신하는 열의를 보이기도 했다.

그런 윤상우는 백중기를 끔찍히 생각하고 있었다. 백중기 역시 떠난 백중서 형을 대하듯 자주 만나며 평소 친하게 지내는 터였다.

백중기 노인이 문간을 들어섰을 때 윤상우 노인이 반기며 맞았다.

"어이구 형님! 집에서 맞아야 하는 걸 …"

백중기가 기다리게 해서 죄송하다는 뜻으로 허리를 몇 번 굽실거리고는 사랑채로 들었다.

"밖에 누가 없느냐?"

"네, 어르신."

끝분이의 상냥한 대답이 방울이 구르듯 이어졌다.

"먼 길 오시느라 청도 어르신 시장하실 텐데 진지 상을 올려라."

감포 댁과 끝분이가 밥상을 마주 들고 사랑채로 들어간다.

"방우는 어디 가고 없느냐?"

밥상이 사랑채로 들자 불쑥 김장자 노인이 한 마디 한다.

"영감 어서 진지나 하시구려. 청도 어르신도 시장하실 텐데…"

김장자 마님이 방우를 찾는 어르신이 못마땅한지 한 마디 툭 던진다.

"참 오랜만에 형님과 같이 겸상을 하는 것 같습니다."

둘은 밥상에 마주 앉아 서로의 안부부터 주고받는다.

"그렇지요. 시절이 점점 어수선해지니까 자주 걸음도 못하겠고요… 주변에 죽술로 끼니를 연명하는 사람들이 많아지니까 서당을 일으켜 세우는 일이 여간 힘들지 않고…"

윤상우 노인은 언제 보아도 용모가 반듯한 깎은 선비였다.

"조정이 쇠약하니 서로 경쟁이나 하듯이 강대국을 끌어들여 힘을 빌리려드니 언제 무슨 일이 벌어질지… 왜(倭)는 조선의 경제권을 거의 찬탈하고 있어요. 전국의 금광이란 금광, 또 석탄광 할 것 없이 여기 달천광산도 벌써 눈독을 들인다지요?"

"그런 건 모르겠소만 실은 나도 쇠부리업에 손을 대볼까 해서 점터를 하나 세워 봤는데, 미리 수철을 장만해 둔 걸 놓고 별소리가 다 들리고 있습니다."

"무슨 소리가?"

윤상우가 심각한 얼굴을 찌푸린다.

"달천 광산을 하사받은 이의립공 자제이신 극경씨가 수철의 보유가 쇠부리업의 성패를 결정할 꺼라 하시면서 미리 배려를 해 주셨지요. 그래 능력껏 실어다 비축을 해 두었는데, 그것이 잘못됐다는 거예요."

"아니 뭐가 잘못됐다는 건지? 현종 임금이 하사하시면서 그 종부 종손을 내려가며 관리하도록 하신 거예요. 그런데 그 사이 언제 그 큰 일을 하셨다는 겁니까? 대단하십니다. 역시 대단하셔…"

윤상우는 놀란 듯 백중기를 추켜준다.

"뭐 자그만하게 꾸민 점터가 대단하겠습니까. 정성껏 해 볼 뿐이지요."

"그럼 길일을 택해 첫 불을 지펴야죠?"

"예 그래서 날짜를 내일 모래 하룻날로 잡아 뒀습니다. 마침 어르신도 계시고 잘 잡은 것 같습니다.

사실 백중기 노인의 점터 소식은 온 마을은 물론이고 인근 마을까지 큰 화제가 되고 있었다.

점터의 화입식이 있는 날, 백중기 노인은 아침 일찍부터 서둘러 점터로 갔다. 방우도 마님이 챙겨준 고사 상 제물을 지고 백중기와 윤상우 노인의 뒤를 따랐다.

동네의 어디선가 농악 소리가 들려왔다. 백중기의 점터 개장을 축하하는 농악대가 동리를 돌고 있었다. 그러자 사람들도 하나 둘 씩 모여들었다.

웬만큼 사람들이 들어찼을 때 제상을 차린 백중기 노인이 제문을 다 읽고 정중히 절을 하고 나서 술잔을 들고 모인 사람들에게 음복술을 권했다.

박수가 쏟아졌다. 백중기의 인사말도 곧 이어졌다. 백중기는 이럴 때 윤상우 노인이 축하 말 한 마디 하는 것도 괜찮을 것 같았다.

“자! 여러분, 오늘 이 자리에 귀하신 분이 축하하러 오셨습니다. 청도향교의 전교로 계시는 윤상우 어르신께서 서당 복원운동을 위해 애를 쏟고 있습니다. 한 말씀 청할까 합니다. 박수로 환영해 주세요.”

박수가 쏟아졌다. 윤상우 노인이 나섰다.

“여러분! 나는 바로 인근의 전읍에서 태어나 그곳에서 자랐습니다. 백중기 어른과는 이분의 형 되시는 백중서 어른과의 교분으로 해서 수 십 년 동안 한 식구처럼 지내고 있습니다. 보시다시피 이번에 이렇게 훌륭한 점터를 세우신 백중기 어른의 열정에 놀랐고, 그래서 잠시 문안차 들렸던 걸음에 오늘 여기까지 오게 됐습니다. 그런데 여러분! 나는 이 자리에서 확실히 짚고 넘어가야 할 한 가지 말씀을 드릴까 합니다. 우리나라를 동방예의지국이라고 합니다. 이런 소리를 듣게 되기까지는 백성들이 학문을 숭상하고 군자의 모습을 보이기 때문입니다. 군자는 어떻게 해야 되겠습니까? 글을 읽어야 되겠지요. 고을마다 마을마다 서당이 있어 글읽는 소리가 높았는데 서당이란 서당은 다 일본놈들이 폐쇄했기 때문에 글 읽는 사람이 없습니다.

우리의 후세들에게 우리글을 가르쳐야 합니다. 윤상우는 크게 기침을 두어 번 한 다음 아주 작심한 듯 말을 줄줄 이어갔다.

"이 점터에서 쇠부리를 하려면 지금 여기 있는 수철이 있어야 하지요. 이 수철은 우리가 잘 아는 저 달천 광산에서 가져와야 합니다. 달천 광산이 어떤 광산입니까? 바로 전읍출신 이의립공이 찾아내 이 일대에서 쇠부리 산업을 크게 일으켰고 많은 농기구와 무기를 만들어 나라에 바쳐 공헌한 까닭으로 임금께서 이공에게 하사한 것입니다. 그런데도 불구하고 국모인 왕후를 시해하고 우리나라를 통째로 집어삼킨 왜놈들이 전국의 지하자원을 다 뺏어 버렸습니다. 그래놓고 또 그것도 모자라 달천 광산도 집어 먹으려 하는 모양입니다. 여러분! 우리는 정신을 바짝 차려야 합니다. 지금 방방곡곡에는 의병들이 불같이 일어나고 있습니다. 삼백 년 전 임진왜란을 우리의 의병들이 이겨 냈듯이 우리는 다시 그때로 돌아가 이 화적 같은 왜놈들을 몰아내야 합니다. 여기 위암 장지연 선생의 격문을 내가 읽어 드리겠습니다."

윤상우의 목소리는 거침이 없었다.

"여러분! 박수를 쳐 주시고 크게 만세를 외칩시다. 대한제국 만세! 대한제국 만세! 만세!"

모인 사람들도 모두 만세를 불렀다.

백중기는 가슴이 조마조마했다. 그렇다고 윤상우의 소리를 막을 수는 없는 일이었다. 그때였다. 언젠가 자신을 찾아와 수철을 들먹이며 심한 겁을 주던 그 일본 순사가 앞으로 나오고 있지 않은가? 일본 놈들이 모르리라 생각했는데 덜컥 겁이 났다.

"아니, 저놈이"

백중기가 눈을 부릅뜨고 다시 쳐다 보았을 때 그가 무슨 말을 지껄이고 있었다. 백중기가 다가서자 순사는 윤상우를 날카롭게 쏘아붙였다.

"당신을 통감부령 위반죄로 체포하겠소!"

순사는 윤상우의 손에 덜컥 수갑을 채웠다.

점터는 갑자기 등장한 순사로 인해 모두들 웅성거리기 시작했다. 순사는 다급하게 빠져나가려 하는 것 같았다.

방우가 순사 앞을 막고 버티어 서면서 고함을 쳤다.

"수갑을 안 풀면 네 놈이 살아서는 못 갈 거다! 알겠나? 어서 풀어!"

그러는 사이 한 청년이 뛰어나와 독립만세를 외쳤다. 청년은 몽둥이를 들었다. 복례의 동생 덕구였다. 덕구는 금방 내리칠 듯 몽둥이를 휘저었다. 풍물패들이 언제 왔는지 복례가 뛰어나와 덕구를 말렸다.

백중기 노인은 순식간에 일어난 일을 덤덤히 보고만 있을 수밖에 없었다. 덕구까지 나와서 순사를 몰아칠 줄은 예상 밖의 일이었다. 윤상우 노인도 순사에게 끌려가면서 연신 뒤를 돌아보고 있었다. 백중기는 달려가 순사의 손을 덥썩 쥐었다.

“여보! 순사 양반 내 집에 온 손님을 이렇게 보낼 수야 없는 법이오. 잠시 집으로 가시구려. 가서 잘 상의해 처리하도록 하시지요?”

백중기는 순사를 달래는 방법밖에는 없다고 여겼다.

“방우야, 어서 가서 마님에게 주머니 하나 마련하라고 일러라. 무슨 말인지 알겠지.”

“예, 알겠심더.”

방우가 집으로 달려가 숨을 몰아쉬며 마님에게 귓속말로 속삭였다. 마님은 곧 봉투에 지폐뭉치를 넣었다. 방우가 그들이 와 있는 방으로 들어가 백중기 옆에 앉았다. 그 사이 감포 댁은 술상을 준비해 들어왔다.

“자! 아무리 바빠도 여유를 가집시다. 자! 나리 양반 한 잔 하십시오.”

큰 사발에 술 한 잔을 부어 순사에게 권했다. 순사는 손을 저으면서도 싫지는 않은 듯 얼굴 위로 엷은 미소를 담았다. 그리고는 단숨에 술 한 잔을 비우고는 너스레를 떨었다.

“아! 술 오랜만이오. 술맛이 좋소. 이거 근무시간에 술을…”

방우가 봉투를 백중기에게 내밀었다.

“어르신, 이건 나리님께 드리라고 마님이 주시네요.”

“오,그래! 나리 양반 출장비라 생각하시고 조금도 부담 느끼지 마십시오. 내가 이정도는 용돈으로 드릴 수 있는 처지가 되니까요.”

순사는 한 손을 저으면서도 또 한 손으로는 봉투를 받아 눈알을 굴리면서 들여다본다. 좌중은 분위기가 확 달라졌다.

방우가 일어서며 방을 나가려다 뼈있는 말 한 마디를 던진다.

"어르신 청도 어르신이 술을 자시면서 수갑을 차고 계시니 보기가 안 좋습니더."

"응, 그래! 그래!"

순사가 더 맞장구를 치듯 수갑을 풀었다.

"자, 이렇게 만난 것도 인연이오. 다 잊어버리고 술이나 더…"

백중기가 거들자 순사도 거푸 몇 잔을 들이켰다. 좌중이 떠들썩해지며 취기가 돌았다. 순사가 한 술 더 뜨고 나섰다.

"백중기 씨, 우리 자주 만나고 좀 친해 봅시다. 나 히라야마 좋은 인간입니다. 조선에 와 있으니 불편해서 죽겠소. 빨리 실적을 올리고 우리 옥상(아내)있는 일본으로 가게 협조 바랍니다."

"아, 히라야마상 어떻게 하면 실적을 올리는지?"

"독립운동하는 사람 몇 명만 잡으면…"

"아, 그렇소이까. 우리는 시골에서 농사짓고 살다 보니 그런 쪽은 통 모르고 살아갑니다."

"아, 근데 백중기 씨! 독립운동하는데 돈 대주는 사람도 알고 있으면…"

"아, 알게 되면 내 즉시 히라야마상에게 기별하리다."

"하이, 하이, 하이…"

그 사이 한 마디도 없었던 윤상우 노인이 이때다 싶은 듯

"가만 있자 나도 출장비를 보태야겠소. 내 노자 돈을 좀 가져온 게 있는데…"

윤상우는 다개리로 오면서 비밀 군자금을 전하기 위해 돈 주머니를 허

리춤에 차고 왔기에 얄팍한 봉투 하나를 순사에게 내밀었다.

순사는 거의 취한 상태로 일어서며 윤상우가 건넨 돈 봉투까지 챙겨 대문을 나서고 있었다.

비틀거리고 있는 꼴이 꽤 취한 모양이었다. 곧 오토바이 소리가 나면서 순사가 돌아가는 듯했다. 윤상우 노인이 백중기를 바라보며 멋쩍은 듯 어깨를 으쓱 올려 보인다.

"게다 짝이 사라졌으니 우리끼리 다시 한 잔 해야지요. 근데 어른에게 체면이 말이 아니게 됐습니다. 남의 잔치를 망쳐놔서…"

"무슨 말씀을…"

윤상우는 송구스러움을 감추지 못했다.

"짜식, 가다가 웅덩이에 처박혀 뒈져 버려라!"

방우와 덕구가 들어와 앉으며 중얼댔다.

"덕구야! 너 오늘 내가 다시 봤다." 방우가 덕구를 쳐다본다.

덕구는 윤 노인에게 절을 했다.

"아, 이 젊은이들 참 대단하더구만."

"뭘요. 저희 집에 오신 손님이신데 그런 수모를 당하시니 그랬을 뿐입니다. 윤상우는 자신으로 인해 일어난 사건이 더 이상 뒷일이 없기를 바라고 있었다. 백중기 또한 그런 마음이었다. 그리고 방우도 덕구가 그렇게 당차고 당당한 줄은 모르고 있다가 그 광경을 보고는 한결 믿음직스러워지는 것이었다.

"덕구야, 일본 순사 앞에서 독립만세를 부르다니 정말 놀랐어. 그런 용기가 어디서 나왔노? 너는 벌써 그 놈들이 점을 찍었어. 어짤라카노 좀 참지."

아무나 할 수 없는 일을 점터를 여는 날 하고 말았으니 한편으로는 또 다른 사람이 화를 입지 않을까 하는 생각에 덕구 자신도 사실은 겁에 질려 있었다.

그 무렵 을사조약을 전후하여 일기 시작한 항일 의병운동은 전국 각지로 번져나갔으며 일본은 항일 의병운동을 탄압하기 위해 온갖 악랄한 행위를 자행하고 있었다.

의병과 의병을 돕는 백성을 무참하게 학살한 다음 목을 베 장바닥에 갖다 놓았으며, 학살한 시체를 공개리에 가마솥에 끓여 그 골육을 보라고 강요하기도 했다.

그뿐이 아니었다. 고성에서 있었던 천인공노할 일 외에도 원주에서는 우리의 의병을 나무에 묶은 다음 껍질을 벗기기도 했다.

또 그 광경을 보고 손뼉을 치며 웃도록 강요하기도 했다. 소름끼칠 이 혹독하고 잔인한 짓을 저지르는 일본의 만행을 알고 있는 백중기로서는 겁에 질릴 정도가 아니라 두근거리는 가슴을 누르지 못하는 것이었다.

"어르신, 오늘 연설을 들으니 그만 속이 확 틔는 것 같습니다."

덕구가 윤 노인을 향해 자신의 뜻을 전달했다.

"아, 아니지 나는 젊은이들을 보고 감동했소…"

"아니올시다. 여태까지 왜놈은 보이는 대로 처단하는 것이 우리 의단의 철칙인데 그놈을 살려 보내고 나니 분한 생각이 듭니다."

"아니 , 그럼 젊은이는 어느…?"

"네, 영덕의 신돌석 의단입니다."

그 사이 덕구는 영덕을 중심으로 크게 용맹을 떨치고 있던 신돌석의 의병 단원이 되어 여러 번 왜병과 싸운 적이 있었다.

"하! 그랬던가요? " 윤 노인이 무릎을 치며 놀라워했다. 신돌석 그는 왜군과 싸우면 연전연승 이기고 마는 일명 태백산 호랑이라 불리는 의병장이 아닌가, 더욱이 그의 부친 신석주와는 절친한 사이로 상당량의 군량미를 지원한 적이 있던 윤상우는 그의 대원을 만나게 된 것이 뜻밖이면서 매우 반가웠다.

"그런데 어르신께 수갑을 채우던 그 순사 놈이 용돈 몇 푼에 그냥 넘어가지는 않을 것 같은데…"

백중기는 아무래도 마음이 놓이지 않았다. 곧 무슨 화가 미칠 것 같아 더욱 가슴이 옥죄여 왔다.

"어르신, 오늘은 일찍 쉬시는 게…"

"그려, 그렇게 해야겠어."

"저희는 문간방에서 자겠습니다. 점터에는 불편수 세 명이 지키도록 했습니다."

"오오냐…"

방우와 덕구는 문간방으로 건너갔다. 잠자리에 누워서도 덕구가 기특하다는 생각이 들었다. 그에 비하면 자신은 너무 밋밋한 세월을 보내고 짬 없이 나이를 먹은 것 같았다. 이리저리 뒤척이며 잠을 이루지 못했다.

"덕구야, 잠이 오지 않으니 아무래도 점터에 가봐야겠다. 첫날인데 너거 누부는 도대체 와 점터에 나타났노?"

"글쎄 나도 그걸 모르겠다 말이다. 누부가 풍물패거리에 들어간 이유는 또 뭔지?"

"글쎄다. 백중기 어르신이 덕구 누부를 사랑하는 것인지는 몰라도 좀 이상한 면이 있다 아이가. 어르신이 너거 누부에게 전하라며 주머니 하나를 주었는데, 무엇이 들어 있었는지 궁금하기도 하고."

"형 우리 어무이가 장님으로 살아가기가 힘이 들 것이라고 어르신이 돈 몇 푼 집어준 걸 거야."

방우는 덕구 말을 듣고 있다가 놀란 듯이 벌떡 일어나 옷을 입고 밖으로 나간다.

"형, 어디가?"

"자고 있어라 점터에 갔다 올 끼다."

방우는 점터로 향했다. 자정이 가까운 캄캄한 밤이었다. 산길을 들어서려고 할 때였다. 맞은편에서 웬 여인이 걸어오고 있었다. 가까이 닿자 복례가 반갑게 인사를 했다.

"아이 깜짝이야, 방우 아저씨네!"

복례의 가녀린 음성이 어둠을 찌르듯 날카롭게 들렸다. 방우가 미처 말을 꺼내기도 전에 복례가 따라붙으며 방우의 팔을 끼고 당겼다.

"아저씨, 우리 어디 가서 얘기나 해요."

"얘기는 무슨 얘기? 복례하고 해야 할 무슨 이바구가 있을라고…"

오른쪽 팔꿈치가 복례의 불룩한 젖탱이에 닿자 몸이 짜릿해 졌다.

"아따! 팔 한쪽이 내 다리만 하네. 이 힘을 다 어디에 쓰는교?"

"힘을 쓸데가 있어야지."

"하하 방우 아저씨 바보신가?"

"그렇지 바보!"

방우가 받아 넘겼다.

"바보가 아니라 미련 곰탱이지!"

복례 입에서 곰탱이라는 말이 나오리라고는 생각지도 않았다. 둘은 당사 옆의 묵은 방앗간으로 들어섰다. 디딜방아가 놓인 방앗간은 여기저기 거미줄이 처져 있었다.

방우는 단둘이 만나면 물어볼 말이 많았는데 막상 무슨 말을 해야 할지 떠오르지 않았다. 그러나 내심 늙은 총각이 허구한 날 동경해왔던 여자의 은밀한 부분을 탐할 수 있는 기회를 가슴 한켠에 숨겨 두었지 않았던가? 또 복례는 힘이 넘쳐나는 나 같은 젊은이를 고대하고 있는 것은 아닐까? 설령 그것이 들통이 나서 어르신 앞에 꿇어앉는다 하더라도 여인의 주린 정에 먼저 기름을 부어놓은 영감도 이해해줄 것 같아 용기가 생겼다.

방우는 음탕한 웃음을 씨익 웃어 보였다.

복례가 갑자기 가슴을 파고들며 안겼다. 방우에겐 너무 좋은 순간이었다. 꿈을 꾸는 거 같았다. 그러나 망설여지기도 했다. 여자를 곁에 두고 망설여 보는 것도 처음이었다. 그 사이 복례는 연신 숨을 몰아쉬다가 헉헉거리고 있었다. 방우의 손을 잡아 아랫배 위로 얹는 것이었다.

방우가 그의 배꼽 아래를 훑어 내려갔다. 벌써 거기엔 흥건히 젖어 있었다. 복례가 벌렁 누우면서 소리쳤다.

"방우 아저씨 흥흥…"

어느새 복례는 울부짖고 있었다. 복례가 더 큰 소리로 고함치듯 말했다.

“아저씨! 빨리빨리….”

“우리 다음에 만나 밤새우며 놀지 뭐…”

방우가 그렇게 말하자 복례는 막무가내로 흔들며 안겨들었다.

“아이고 바보! 바보! 이러니까 곰탱이라지.”

방우는 화가 벌컥 났다. 바지를 벌러덩 벗었다. 우람하고 큼직한 것이 복례의 아래로 박혀 들었다.

둘은 엉켜 뒹굴다 기진맥진 숨을 몰아쉬고는 나가떨어졌다.

그 순간 방우의 머릿속으로 어르신과 마님이 떠올랐다.

오늘 처음으로 불을 지핀 점터는 인부 스무 명이 넘었다. 그런 점터의 총대장이 된 방우에게는 그만큼 책임감이 따랐고, 그것이 자꾸만 점터를 떠올리게 했다. 점터를 둘러보았다. 불편수들이 잘 지키고 있었다.

이들 인부들의 취사를 책임지게 된 복례도 얼른 돌아가 눈을 붙이고 있었다. 방우는 어르신께 아침 문안을 드리려고 집으로 갔다. 대문을 들어서자 윗채가 어쩐지 소란스러웠다. 필경 무슨 일이 있는 모양이었다.

마님이 버선발인 채 마당에 내려서며 방우를 잡았다. 손을 부들부들 떨고 있었다.

“마님! 무슨 일입니까?”

“영감이…영감이….”

“네?”

방우는 신발을 신은 채 마루로 뛰어가 방문을 열었다.

끝분이가 백중기의 목을 받치고 있었다.

"어르신! 어르신!"

방우가 고함쳤다.

백중기는 숨을 몰아쉬고 있었다.

윤상우와 덕구가 허겁지겁 뒤따라 들어와 백중기를 흔들었다. 그는 감은 눈을 겨우 뜨며 힘겹게 말을 하려고 했다.

"내자! 내자!"

배중기의 안사람이 가까이 다가가서 귀를 백중기 입가에 바짝 댔다.

"끝분이… 끝분이를 잘 거두시오. 그리고 점터는 방우에게."

김장자 여인이 알아듣고 고개를 끄덕이며 큰 소리로 대답했다.

"그래요. 끝분이를 거두라고, 알았시오. 알았시오. 그런데 나는 우짜노? 먼저 가면 나는 우짜노…"

방 안 사람 모두가 일시에 울음을 터뜨렸다.

"의원, 의원을 불러라 어서."

윤상우가 소리쳤다.

"언양 읍내로 나가려면 한참을 가야 하는데…"

부엌일을 하는 감포 댁이 들어와 다급하게 바늘로 백중기의 열 손가락을 찔렀다. 피가 한 방울도 나오지 않았다.

"마님 안 되겠어요. 이미 틀렸어요. 피가 굳어 버렸어요."

백중기의 동공이 닫히고 있었다. 새벽 닭 울음소리가 들렸다.

백중기 노인은 숨을 거두며 영영 눈을 감고 말았다.

나이 예순하나에 맞은 최후의 순간이었다.

윤상우는 마음을 가다듬을수록 황당하기만 했다. 백중기의 죽음이 자신이 벌인 일로 말미암은 것 같았기 때문이다.

윤상우는 연신 방바닥을 치며 통곡하고 있는 백중기의 부인 김장자 여인을 쳐다보기가 민망스러웠다.

윤상우가 점터를 세우느라 오랫동안 신경을 쏟았을 텐데. 그동안 가슴에 사무친 배일감정을 쏟아놓지 않았으면 일본순사가 자신에게 수갑을 채우는 일은 없었을 것이고, 결국 그 광경을 본 백중기가 심장에 충격을 받아 이런 불행을 맞았다는 생각에 황당하기만 했다.

마을 사람들은 갑작스런 그의 죽음이 그날 점터에서 일어난 일본 관헌의 출현에 영향받은 심장마비였다고 입을 모았다.

그렇게 위풍당당한 삶을 살아온 그가 갑작스런 죽음을 하리라고는 아무도 몰랐다. 조국을 위한 일이라면 이유도 묻지 않고 지원금을 조달해 주던 어른이었는데, 이렇게 허무한 생을 마감 짓고 말다니 윤상우 어른도, 방우도, 덕구도 다개 마을의 큰 별이 추락한 지금 그저 막막하기만 했다.

날이 밝아지자 경황 없이 어수선함 속에서 온 집안이 법석대기 시작했다.

장례 준비는 윤상우 노인이 이르는 대로 모두 따랐다. 윤 노인은 김장자 여인과 방우와 덕구를 앞세워 고헌산으로 가자고 했다. 배중기의 유택을 잡기 위해서였다. 눈물이 길을 막는 듯 김장자 여인은 산중턱까지 울음소리를 멈추지 않았다. 기쁜 일과 슬픈 일은 병행한다더니 정말 맞는 것 같았다. '점터를 준비하느라 영감이 밤낮 잠을 설치더니 기어이 일이 일어나고 말았제.' 김장자 여인이 가슴을 친다.

해방이 될 때까지만 고생하라더니…, 이렇게 허무하게 갈 양반일 줄 몰랐어.

영감 잘 가시오 잘 가시오.

끝분일랑 염려 마이소…

3. 다개 마을의 별이 지다

방우는 삽과 곡괭이를 준비해 지게를 지고 따라갔다. 감포 댁도 덕구와 같이 저만치 떨어져 함지에 담은 음식을 이고 뒤를 따랐다.

고헌산의 중간 능선에서 윤 노인은 삽으로 땅을 한 삽 파보고는 줄자를 꺼내 사방을 번갈아 재어보고 나서 다들 자리에 앉히고는 감포 댁이 가져온 술을 뿌리고 하늘을 보고 절을 한번 했다.

"다들 앉으시오. 이만한 묘 터도 드물 겁니다."

다개 마을이 한눈에 보였다. 아홉 구비를 돌아 흐르는 구량천 물도 하얗게 보였다.

"허! 인생이야 원래 무상하다지만, 영감은 좀 더 살아야 하는데, 나라를 위한 일이 태산 같은데 안타깝습니다."

김장자 여인을 돌아보며 윤 노인은 말을 이어갔다.

김 여인은 산허리를 내려다보며 눈물을 훔치고 있었다.

윤상우는 슬픔에 빠져 있는 김장자 여인을 위로하기 위해 분위기를 바꾼다.

"이 산을 다들 고헌산이라고 하지만 또 다른 이름은 고함산이지요, 사람들의 발길이 거의 닿지 않는 곳이었어요. 저 쪽 산 너머에 석이라는 돌 버섯이 돌 틈에 붙어 있어 이것을 따 먹으면 불치의 병도 거뜬히 고칠 수 있는 명약으로 소문이 나 있어서, 그러나 이 바위에는 솥뚜껑만한 지네와 거미가 살고 있었다고 해요. 어느 날 이 동네에 사는 머슴이 버섯을 따기 위해 길고 튼튼한 줄을 가지고 바위의 아래쪽으로 내려가 석이를 따기 시작했지요. 청년이 목숨을 걸고 석이를 따려는 이유는 청년의 외동아들이 불치병에 걸렸기 때문이었지요. 이 청년은 버섯 따는 데에 정신을 쏟고 있었지요. 이때 어떤 사람이 나무 한 짐을 해가지고 내려오다가 잠시 쉬어가기 위해 조망이 좋은 자리에 나뭇짐을 바쳐놓고 쉬고 있어서. 나무꾼이 담배 한 대를 피우고 나서 북쪽을 바라보니 솥뚜껑만 한 거미가 그 머슴이 매어놓고 있는 밧줄을 물어뜯고 있었지요. 나무꾼은 소름이 끼쳤어요. 만약 줄이 끊어지면 저 청년은 영락없이 죽게 될 테니까. 나무꾼은 벌떡 일어서며 고함을 질렀습니다. '보소! 보소 버섯 따는 사람 보소! 거미가 줄을 끊고 있단 말이요.' 그 소리는 산울림이 되어 크게 울려 퍼졌어요. 그때 청년이 알아채고 급히 몸을 피해 목숨을 건졌어요. 그 후 이 산을 고함산이라고 부르게 되었답니다.

윤 노인의 얘기를 듣고 난 김 여인이 눈물을 닦으며 혼자 말로 구시렁거린다. '자식이 무엇인지 부모는 자식을 위해 생명을 걸곤 하는데 자식이 있어야 나도 생명을 걸어볼 텐데. 그것이 살아가는 보람일 낀데'

"어르신, 자식이 왜 없습니까? 방우는 40년을 어르신을 모셨는데 자식이나 진배없지요. 방우는 머슴이라도 종의 씨도 아닌데, 자식이라 불러도 손색이 없으며 만약 그렇게 하신다면 마을 사람들이 어르신을 우러러볼 것입니다. 방우도, 오늘부터 어르신을 어무이라고 부르면? 그런데 어르신 생각은요?"

김장자 여인은 잠시 생각한 끝에 고개를 끄덕였다.

“방우야, 니가 내 뜻에 따라만 준다면 윤 노인 생각대로 자식으로 믿어주마, 나라를 위해 목숨을 바치라면 바칠 수 있겠나?”

“방우형, 그러마고 대답해라. 어르신의 깊은 뜻을 알아야지. 무식한 상놈의 신세를 면할 수 있는 기회가 된다 아이가.”

덕구는 방우를 같은 동지로 만들고 싶은 생각에 열을 올린다.

“예! 어르신 뜻을 기꺼이 따르겠심더, 잘 지도해 주이소.”

방우는 그렇게 대답을 하고 나서 마님을 힐끗 돌아보았다.

“마님 감사합니다. 부족한 저의 뜻을 따라주신다니 숨진 중기 동생도 기뻐할 것입니다.”

윤 노인은 김장자 여인의 손을 잡으며 기쁨에 찬 눈길로 하늘을 본다. 튼튼한 동지 하나를 얻었다는 감격의 눈길이었다.

“방우 씨, 덕구 씨 내 말 새겨듣게 목숨은 하나뿐이니까 언제든 소중하게 쓰일 때가 있소. 사나이로 태어나 밥 먹고, 똥만 싸다 죽을 수는 없잖아. 무식하다했소? 글은 배우면 되지 글은 배우면 되는 거야. 무식한 상놈이라도 나라를 위해 할 일이 얼마나 많은데…”

“방우야, 덕구야 그래 고함 산에 왔으니아부지라 소리 한번 쳐보아라. 이 산 속에는 일본 놈들도 없으니.”

김장자 여인이 흡족한 양 방우와 덕구에게 소리치기를 권했다.

“그래 형! 이곳에 묻히실 어른이 아부지라 여기고 큰 소리로 아부지라 불러보자.”

방우와 덕구는 나란히 섰다.

“형 난 아무래도 아부지라는 소리가 나오지 않을 것 같아. 형만 불러봐.”

“나도 그래.”

방우는 그렇게 대답해놓고 금세 눈시울이 붉게 물들었다.

“어르신 아부지라는 소리는 어릴 때 해 보고 못 해봐서 통 나오지가 안심더.”

감포 댁이 다가와서 방우를 검지로 쿡 지르며 쯧쯧 거린다.

“허기야 세 살 때 애비를 떠나 여태까지 어르신 밑에서 살았는데 그렇기도 하겠네.”

감포 댁이 한 마디 거들었다.

방우로서는 아부지라 부르지 못하는 또 다른 이유가 있었다.

방우 나이 세살 때 부모를 여이고 불혹을 넘기도록 백중서와 백중기에게 충직한 개처럼 온갖 풍상을 겪으며 성심껏 섬기고 살아왔건만 총각 신세를 면하게 해 주지 못하고 가버린 백중기 노인이 원망스러웠던 것이다.

윤상우와 김장자 여인은 같이 집으로 내려갔다. 방우와 덕구는 그대로 남아 봉분을 덮어 줄 잔디를 떠오기 위한 곳을 찾아 두기로 했다. 잔디를 떠야 할 곳엔 가을 민들레가 피어 있었다.

“형! 우리 의단에 가면 이 가을 민들레 꽃을 제일 쳐준다!…”

“왜?”

“온갖 나무들과 식물들이 다 잎을 떨구고 난 다음 그때까지 꽃을 피우는 모습이 너무 좋다는 거지…”

"그렇군그래 형! 우리 같은 상놈도 이렇게 마지막에 가서 꽃처럼 피어나면 좋겠지?"

"마지막까지 밟히고 밟히다 못해 결국은 쓰러지고 말 텐데 어째 꽃을 피우겠노 말이다."

"그래도 형! 우린 그렇게 살면 되잖아. 양반도 죽고 상놈도 죽잖아. 어차피 한번은 다 죽는다구… 형 나라를 위해 보람되게 죽어야지."

"그렇긴 해도…"

방우가 풀죽은 듯한 말로 대답했다.

"형. 인제 점터는 어떻게 되는 거야? 어르신이 형이 관리하게 할 때는 이유가 있을 것이야. 백중기 어르신이 형을 자식이라 생각했기 때문일 거야."

"글쎄… 마님이 알아서 하겠지 뭐! 덕구야 고함이나 한번 속 시원히 질러볼까?"

"그래 형, 나는 형이 좋아 우리 누님 복례도 형이 좀 아껴줘 이제 ."

"덕구야! 무슨 소리로 고함을 칠까?"

"그래 형! 만세부르지 뭐!"

"그럴까"

둘은 다시 북쪽을 향해 섰다.

"대한 제국 만세!"

고함치는 소리는 곧 메아리로 울려왔다. 다시 고함치듯 만세를 불렀을 때였다. 건너편 능선 어딘가에서 화답하듯 만세 소리가 들렸다.

"대한제국 만세!"

똑똑히 들려왔다.

"형! 사람들이 있어"

"웬 사람들일꼬?"

"형! 대한제국 만세!를 불러보지! 응"

둘은 입을 모아 크게 힘껏 소리를 질렀다.

"대한제국 만세! 대한제국 만세!"

이번에는 황제 폐하 만세! 하는 소리가 들려왔다.

"형! 독립군인가 봐! 고종황제 폐하 만세! 로 하면 만날 수 있겠어."

"고종황제 폐하 만세! 고종황제 폐하 만세!" 큰 소리로 고함을 쳤다.

"그 누구요? 만납시다"

"형! 내가 가서 만나볼게!"

덕구가 뛰어갔다. 덕구가 가까이 가자 장정들이 서 있었다. 그들은 덕구를 경계하면서 조심조심 말을 꺼냈다.

"거 누구시오?"

"당신들은 누구시오?"

덕구가 다시 물었다.

"우린 영남 유림단이오! 그런데 당신은?"

덕구는 영남 유림단이란 말에 마음 놓고 말을 건넸다.

"아! 영남유림단! 이거 반갑소! 나는 신돌석 의단입니다.

"아! 태백산 호랑이부대!"

한 사나이가 감격하듯 덕구를 얼싸안았다.

그들 중 한 사나이가 말했다.

"그런데 여긴 어쩐 일로?"

"예. 황제 폐하께서 의병활동을 자제하라는 조칙을 내리지 않았습니까!"

"그렇지요."

"그래서 우리 의단의 단원들은 제각기 연고지에 흩어져 때를 기다리고 있지요."

"예. 황제 폐하의 그 조칙을 거두어 달라는 상소를 저희 유림단이 힘을 쏟았어요. 그러자 저희 영남유림단의 무력항쟁부대도 이제는 마음 놓고 싸우고 있습니다. 왜놈들과 싸우기 위해서 부득이 관군의 무기고를 털어서 전투를 했는데 작전상 퇴진을 하고는 지금 대원 서른 명이 경주 안강의 산속에 매복해 있습니다. 그 중에 다섯 명이 동이 난 식량을 구하기 위해 여기까지 오게 됐습니다. 문복산에서 방향을 잘못 잡아서 아주 심한 고생을 했지요. 여기 다섯 명도 사흘을 꼬박 굶었습니다."

"아, 그렇습니까? 영남유림단 이라니까 마음이 놓입니다만 어서 몸속에 곡기를 넣는 것이 급하겠습니다."

"에… 동지께서 무슨 방도가?"

"방도가 뭐 있겠습니까."

"먼저 배를 채우고 봐야지요. 제가 의논을 하겠습니다."

"덕구야 동생 어디 있어?"

그때 방우가 덕구를 부르며 오고 있었다.

"아니, 누가 이리로 오고 있습니다."

그들은 덕구를 붙들고 겁먹은 소리를 했다.

"예, 괜찮습니다. 걱정 마십시오. 같은 동지입니다."

방우가 오자 덕구가 그들을 소개했다.

"형! 이분들은 영남유림단원인데 사흘을 굶었다고 하네. 어떻게 하면 좋지?"

"덕구야, 이 귀한 손님들을 빨리 모셔라 아래 점터까지. 매사에 조심을 하고, 나는 뒤를 살피면서 가마 어서 가서 점터 일군들 몰래 시장기를 채워 드리도록 해라."

"그럴까?"

그 중 한 사람이 뛰어가서 일행과 같이 나왔다. 그들은 모두 다섯 사람. 방우와 덕구까지 장정만 일곱이었다. 이들이 점터에 가서 일꾼들이 먹다 남은 밥을 챙겨 겨우 시장끼는 면하게 되었을 때는 해가 지고 있었다.

장정들을 광속에 숨겨두고 방우는 점터를 돌아보았다. 복례를 찾았으나 점터에 있을 줄 알았던 복례가 보이지 않았다.

"박씨 주방 일을 하는 복례 씨가 보이지 않아요?"

"글쎄 어제 낮에 동네 어떤 사람과 같이 마을로 내려가서는 돌아오지 않았어요."

불편 수 박씨는 의아 한듯 방우에게 말했다. 방우는 불편 수를 빼돌릴 생각을 했다. 창고를 들여다 보니 쌀가마니가 쌓여 있었다.

"박씨 아저씨 저녁인데 집으로 갔다 오시오. 저녁은 덕구와 제가 지어먹을 터이니."

"손수 밥을 지으시게요."

"예, 복례 씨가 없으니 그렇긴 하지만… 괜찮으니 내려가 보시오."

방우는 박씨를 생각해 주는 척했다.

"그럼 내려갔다 아침 일찍 오겠어요."

박씨가 집으로 가자 방우는 마음을 조이며 그들에게로 갔다. 복례가 없는 것을 천만다행으로 생각했다.

그들 중 가장 나이 든 듯한 사내가 덕구에게 살짝 귓속 말을 했다.

"여기는 위험지대인 것 같습니다."

"괜찮습니다. 이제는 별수가 없지 않습니까. 부닥치면 처치해야지요!"

덕구가 그렇게 말하자 그는 더 낮은 소리로 말했다.

"그런데 언양에 헌병 분견대가 생기고부터 언양에도 마을마다 밀정을 심어 놓았다고 합니다. 동지께서는 잘 대처하시겠지만 그래도 조심해야 합니다."

덕구에게 말하는 그 사내의 소리에 방우는 귀가 번쩍해지는 것 같았다.

"복례가 어제 낮부터 보이지 않는다는 것이 도무지 풀리지 않는 수수께끼였다. 같이 간 마을 사람이 누구며 그가 곧 왜놈의 밀정인지도 모를 일이라는 생각이 들었다. 그렇잖아도 당사 앞집에 사는 김기호란 자가 일본 사람과 친하다는 소문이 파다한지도 오래되었다.

"덕구야. 복례누부 어제 낮부터 안 보인다니까 온갖 생각이 다 든다. 혹 같이 갔다고 하는 사람이 김기호가 아닐까. 나는 그자가 꼭 왜놈의 앞잡이 같단 말이다."

"형! 내가 뒤를 밟아 보고 확신이 선다면 처치해 버릴게! 사실이지 왜

놈보다 그 앞잡이 노릇 하는 놈이 더 죽일 놈이라고”

“맞아요. 그렇습니다.”

모두들 맞장구를 쳤다.

“그래! 동지 양반들! 대원들의 식량을 구하는 것도 문제지만 그걸 경주 안강까지 가져가는 일도 만만치 않을 건데요?”

방우는 그들을 보고 쌀가마니를 이동할 수 있는 방법을 물어본다.

“여기 쌀가마니를 세어보고 그 반을 이 양반들에게 주도록 하지. 뒷일은 차차 생각하기로 하고.”

“형! 그래도 될까? 그러지 뭐… 마님이 보충해 줄 것 같아”

영남유림단의 단원들은 모두가 뛸 듯이 기뻐했다.

“하! 이거 너무 과분합니다.”

“이 형이 베푸는 정을 꼭 유림단의 후원자 명단에 올리셔야 됩니다.”

덕구는 방우형이 고마워 주먹을 불끈 쥐었다.

“아. 그렇지요. 그래야지요.”

그들은 덕구의 말에 몇 번이나 머리를 끄떡이며 고마워했다.

“그럼 오늘 저녁으로 옮겨야 합니다만 준비는.”

“주시기만 한다면 후송 통로는 언재든지 준비되어 있습니다. 그럼 그렇게 알고 오늘 밤 내로 옮기겠습니다. 정말 감사합니다.”

“만약 가시다 들키는 한이 있어도 점터 얘기는 마십시오. 약탈했다고 하십시오.”

“물론이지요.”

“제가 배우지 못해 글을 쓰지 못합니다. 천방우(千芳愚)라고 합니다.”

"예. 저희 유림단으로서는 큰 힘이 될 것입니다. 감사합니다."

그들이 돌아서 가는 모습이 보이지 않을 때까지 지켜보던 방우와 덕구는 돌아가신 어르신이 그들을 보낸 것이 아닐까 싶어 감격이 벅차올랐다. 집으로 내려오는 발걸음은 가벼웠다.

산길을 내려오다 보이는 백중기의 고가(古家)엔 벌써 상가(喪家)임을 알리듯 만장이 펄럭이고 있었다.

백중기 어른이 죽고 나니 머릿속이 혼란스러워졌다. 밉든 곱든 백중기 어른이 살았을 때는 상놈 소리를 들어 속을 끓이며 삭힐 수 있었는데. 이제 마님에게 그런 소리를 들어야 된다고 생각하니 마음이 편치 않을 것 같았다. 방우는 은근이 끝분이를 마음 속에 두고 있었는데. 영감은 둘을 묶어주지 않고 그냥 가버렸으니 무심하기 이를데 없는 사람이라는 생각에 괘씸하고, 섭섭하고 야속한 생각에 가슴이 답답했다. 끝분이도 같은 처지라는 듯 말 한 마디를 해도 따뜻하고 다정하게 대해 주었는데, 방우 역시 끝분이를 그렇게 대해주며 가족처럼 살아왔었는데. 백중기가 마지막 숨을 거두면서 그의 부인에게 유언으로 남긴 말은 자신이 아닌 끝분이를 챙기라는 말이 황당하게 들렸다. 겨우 3년을 한집에서 살았을 뿐인 끝분이를 챙기라는 유언을 방우 자신의 머리로는 도저히 이해가 되질 않았다. 왜 그런 말을 했을까? 끝분이를 챙기라는 이유가 무엇일까? 방우는 그런 말들이 떠오를 때마다 정신이 몽롱해질 만큼 혼란스러웠다.

"덕구야, 내 머리가 터져나갈 것같이 아프다. 앞으로 어떻게 살아야 할지?"

방우가 말없이 따라오는 덕구를 돌아보았다.

"형! 지난 일은 잊어버려야지. 앞으로 살 일만 생각하지 뭐! 형이 그러니 나는 더 막막해진다. 형, 언제 우리는 누굴 의지하고 살아야 돼? 걱정하지마 앞으로도 그냥 물 흐르듯 흘러가는 거지머. 안 그렇나?."

"그렇기는 해도 영감이 죽으면서 끝분이를 챙기라니 말이 되는 소리가."

"모르지 어무이의 생각은 다를 수도 있으니."

집안에는 문상객들이 북적거려, 몇 안 되는 동네 아낙들이 일을 거들고 있었다. 마님은 끝분이를 쉬도록 하는 것이었다. 영감의 유언을 지키기 위해서 그러는구나 방우는 그렇게 짐작하고 있을 따름이었다. 방우가 툇마루에 걸터앉아 있는 끝분이에게 국수 한 상을 들어다 주었다. 방우를 쳐다보는 끝분이의 눈가가 부석하니 부어있었다.

"오라버니 저녁에 시간 내어 저랑 만나 얘기 좀 해요."

"무슨 얘기?"

방우가 무슨 일이냐는 듯 대답했다.

"오라버니, 긴히 의논하고 싶은 일이 있어서, 점터로 갈까요."

백중기 어르신이 세상을 등진 하루가 저물어 갔다. 문상객들도 거의 돌아가고 몇몇 어르신들이 사랑채를 지키고, 감포 댁도 뒷설거지에 정신없이 바빴다.

방우가 집을 나와 점터로 향했다. 장례 절차며, 점터일이며 책임감이 어깨를 짓누르는데 끝분이까지 부담을 주는구나 생각하니 한숨이 나왔다. 방우가 골목길을 빠져나와 언덕으로 올라서며 뒤를 돌아보았을 때 끝분이가 따라오고 있었다. 순간 방우는 점터를 피하고 싶었다. 두 갈래 길에서 왼쪽으로 돌면 연못으로 가는 길이 있어 왼쪽 길로 틀었다. 점터에는 여러 사람이 있는데 혹 복례라도 보게 된다면 무슨 말이 만들어질지 모르는 일이었다.

연못에서 개구리들이 울어대다가 인기척에 놀라 울음을 뚝 그친다. 곧 장맛비가 시작될 모양이다. 방우는 고개를 갸우뚱거리고는 입맛을 쩝쩝 두어 번 다신다.

대체 끝분이가 하고자 하는 말이 무엇일까? 방우가 궁금증에 말려 있을 때 끝분이가 등 뒤에 다가왔다.

"오라버니! 여기에서 잠깐 있다가요."

"그러지 뭐! 그런데 누가 보면 상가 집 일꾼들이 어째 이렇게 나왔을까? 의심하며 흉보겠네. 허구한 날 다 두고 하필이면 오늘 보자고 하는 이유가 뭐꼬?"

방우는 막중한 책임감 때문에 남의 눈이 두려워졌다. 끝분이 얼굴이 눈물에 젖어 있었다. 웬일일까? 사실 방우는 지금까지 끝분이를 마음속에 담고 혼자서 가슴앓이를 해 왔지만 내색 한 번 제대로 해보지 않았기에 두려웠다.

"오라버니, 여기 앉으세요."

끝분이가 자리를 잡고 앉기를 권했다.

방우가 옆에 앉자 끝분이는 돌을 주어 화풀이라도 하듯 연못으로 던졌다.

"오라버니, 제가 지금부터 그동안 고민하던 심정을 틀어 놓으려 하는 것은 절대로 부담을 주려는 것은 아닙니더. 오라버니보다 다섯 살 아래

이니 동생이라 생각하고 들어주이소. 우리 집 가문은 천박한 상놈의 가문은 아입니더. 아부지는 한문과 한글을 깨우쳤지만 가난으로 산판을 돌며 나무 베는 일꾼으로 일하던 중에 독사에게 물려 죽고, 어무이는 그 후 시름시름 앓았는데, 의원에 한번 가보지 못하고 그냥 세상을 등지고 말았심더. 가난한 탓으로 이 머저리는 혼기를 놓쳐버리고 남의 집 식모살이로 전전했심더. 두 번째 자리를 옮겨 온 곳이 백중기 노인네로 와서 3년 동안을 오라버니와 한솥밥을 먹게 되었던 것입니더."

방우가 덤덤해하자 끝분이는 약간 당황해하는 눈치였다.

"무슨 말을 할라고, 빨리해야 가지 다들 기다릴 텐데?"

방우가 퉁명스럽게 물었다.

"오라버니에게는 이 마음을 털어내어도 부담이 없을 것 같고 해서 보자고 했는데."

끝분이의 말꼬리가 울먹였다.

"끝분아! 와 그러노? 말을 해야 알지? 원 답답해 죽겠다."

"오라버니! 나 죽어버리고 싶다! 슬프고 억울해서 못살겠다."

끝분이는 설움을 못 참고 흐느끼고 있다.

"와 그라노? 말을 해봐라. 어서, 이 오라버니라고 했으면 무슨 말 인들 와 못하노?"

"오라버니와 나만 알고 있는 비밀이다."

"그래 알았다. 아이고 답답해라. 어서!"

"오라버니! 나 알라 뱃어."

끝분이는 망설이며 그 말을 하고는 엉엉 울었다.

방우는 놀랐다. 천둥 벼락을 맞은 나무처럼 까맣게 타들어 가는 심정이 된 것 같았다. 삼 년 동안 끝분이를 눈여겨 보아왔었다. 혹여 백중기 어른이 끝분이를 각시로 맞이하라고 하지 않을까? 하는 생각을 해왔기 때문에 더욱 놀랐다. 조마조마 기다려온 방우였다.

"그렇다면 누구 알라를 뱃다는 기고?"

"오라버니! 욕하지 말아 죽은 영감."

"뭐? 니가 백중기 영감 알라를 뱃다고?"

"응. 오라버니. 억지로 당했는데 배가 불러 이렇게 광목으로 칭칭 배를 감고 있어라 해서…"

끝분이는 배를 손바닥으로 쳐 보였다.

"그러면 김장자 어르신도 알고 있나?"

"응. 오라버니. 김장자 어르신이 광목을 장만해 줬어."

"엉큼한 영감탱이, 남의 일생은 어떻게 되든지 자기 손이 끊어질까 두려웠던 거지, 이 멍청아, 그렇다고 몸을 함부로 돌려? 입에 풀칠하기가 그리 힘들더나? 그라고 보니 니도 복례 가시나하고 똑같네."

방우는 더 이상 아무 말도 하고 싶지 않았다. 순간 백중기에 대한 원망스러움이 북받쳐 울분이 치밀어 올랐다.

백중기가 운명하는 순간 마님에게 끝분이를 챙기라는 소리의 의미가 이제야 풀리는 것이었다. 그렇다면 끝분이의 뱃속에서 자라고 있는 아기가 백중기로서는 자신의 혈육이니 후손으로 재산을 다 물려주려 했던 것일까? 갑자기 겁이 덜컥 났다.

"끝분아, 숨김없이 털어내주니 고맙다. 마님이 보면 이상하게 생각 할 수도 있으니 가자, 괜히 의심받을 필요는 없으니."

끝분이를 달래듯 하여 집으로 돌아왔다.

방우의 마음 한구석에 불쌍한 끝분이가 자리하게 되었다.

하나뿐인 동생을 보는 뜻 한 생각으로 끝분이를 보살폈다. 끝분이를 보호해 주어야겠다는 마음이 변함없이 자리를 잡고 있었기 때문이었다.

암담하고 지루한 가운데 출상 날이 되었다. 오전 11시에 하관을 끝내고 나서 백중기의 혼백은 가까운 백련사에 모셔졌다. 사십구제를 지내기 위해서였다. 방우는 유택에 남아 뒷일을 마무리하고 있었다. 오롯이 솟아난 봉분을 저만치 떨어져 보고 있는데 끝분이가 다가왔다.

"오라버니, 백련사 절에 가서 점심을 하고 싶은데?"

"왜 백련사에서 밥을 먹을라카노?, 집으로 가자 다른 사람들의 눈이 무섭다."

"끝분아 니 혼자 집으로 내려가거라 이 오라비는 점터에 가볼 끼다."

끝분이는 그날 이후로 '오라버니'라는 소리를 자연스럽게 했다.

방우는 백중기의 유택을 유심히 바라보았다. 며칠 전까지도 위엄을 차리느라 당당해 보이려했던 백중기도 별수없이 흙 속에 묻혀 누워 있으니 사람의 한세상살이가 덧없다는 말이 맞는 말이구나 하는 생각이 들었다.

그래도 저기 묻힌 백중기는 머슴을 거느리고 광에는 쌀가마니가 가득히 들어 자물쇠를 채우고 살았는데…

어느새 눈물이 뺨을 흘러내리고 있었다. 하지만 방우는 모든 것을 잊고 싶었다. 살아온 과거 속에서 백중기로부터 받은 기쁜 일, 나쁜 기억들을 모두 지워버리고 싶었다. 그것은 자신의 전 생애를 두고 바쳐온 머슴과 상전 같은 주인과의 관계를, 아니 앞으로는 그런 속박에서 벗어나 살고 싶은 순박한 상놈의 열망인지도 모른다. 방우는 무덤을 향해 절 두 번을 하고 점터로 향해 터벅터벅 걸었다.

점터에는 일꾼들이 먹을 쌀 여섯 가마니가 비었다고 야단들이다. 영남유림단 단원에게 내 준 쌀이었다.

“염려 말아요, 도적맞은 것은 아니니. 일본 순사들이 들고 나니 마님이 집으로 옮겨 놓으라고 해서 옮겨놓은 .”

방우는 임시변통으로 말을 얼버무렸다. 속든 속아주든 그런 것에 신경쓰고 싶지 않았다. 복례는 방우를 빤히 쳐다보고 있다. 워낙 여우같은 계집이라 뭔가를 눈치챈 것 같기도 했다.

“복례야, 니는 동에 번적 서에 번적 어디메 그리 다니노? 점터 일군들의 밥을 책임졌으면 정성을 다해야지. 돌아가신 어르신께 도움도 받았으면서 의리가 와 없노?”

“방우 오라버니 잔소리 말고 시간 있으면 얘기 좀 해요.”

“할 말이 있어야지.”

“그래요? 마님에게 의논해서 쌀가마니 다시 채워 놓도록 해요. 점터 주방 책임은 저 복례란 말입니더. 여러 말 하지 말고.”

“알겠어, 복례에게 의논하지 않고 옮겨 미안하다.”

백중기 어른의 장례식을 치르고 나니 어르신이 없는 집안은 절간같이 조용했다. 윤상우 노인만이 손님으로 남아 있었다. 그도 내일이면 청도로 돌아가게 되니 불안하기만 했다.

"끝분아!"

김장자 여인이 끝분이를 안채로 불렀다.

"예. 어무이."

"너 여기 와서 좀 앉거라."

김 여인이 근엄하게 말했다.

"예, 어무이 진지상은…"

"괜찮다! 나는 천천히 먹을란다. 그런데 너 내가 묻는 말에 똑똑하게 대답해야 할 끼다. 알겠나?"

"예. 어무이. 무슨 말씀입니꺼?"

"너. 요새 방우하고 무슨 말 한 거 있나?"

"방우오라버니하고 무슨 말을요?"

"니가 언제부터 방우를 오라버니라 캤노? 요새 와서 오라버니라고 부르며 친하게 지내는 것 같은데 니 배에 광목 두른 얘기도 했나 말이다."

"어무이예. 그 얘기를 어째서 하겠는교?

"그래 정말로 말 안 했다 그거지. 하늘 보고 맹세할 수 있겠지?"

"예. 어무이."

"그래. 그라믄 됐다. 너는 아무 소리 말고 니 배 안에 든 알라 낳아서 잘 키워야 될 끼다. 내가 죄가 많아서 백씨가문에 시집와 할 도리를 못한 게 딱 한 가지가 있다. 여자로서 백씨 가문에 대를 이어줘야 하는 자식을 낳지 못한거라. 그러니 오늘부터는 배에 광목 두른 것 풀고 떳떳하게 하는 게 좋다마는 니 생각은 어떻노?"

"어무이 말씀은 알겠지만 나는 죽어도 아기를 못 낳을 것 같네요. 처녀가 아기를 낳는 것도 큰 죄가 안 됩니꺼."

"니가 내 말을 잘 새겨듣지 못하는구나. 배는 자꾸 불러오고 저절로 다 알아질 건데 내가 알아서 생각해 줄 끼다. 그러이 내 말 잘 들어라. 어서 가서 방우 불러오너라."

"예."

끝분이가 물러 나오자 어무이의 한숨 소리가 마루까지 들렸다.

끝분이는 점터로 방우를 찾으러 가다말고 잠시 망설이고 있는데, 점터에서 방우가 내려오고 있었다.

"오라버니! 어무이가 오라버니를 데리고 오라 카는데, 무슨 긴요한 말을 할 것 같아서요."

"와 그라는데? 무슨 일 있나?"

방우가 놀란 뜻한 소리로 되물으며 가까이 왔다.

"오라버니, 어무이가 오라버니를 불러오라고 했는데… 아마도 내 뱃속에 있는 알라 얘기를 할 모양이더라."

"그래 뭐라고 했는데?"

"응. 알라를 낳아서 잘 길러야 된다고 하면서, 알라만 낳아 주면 한 재산 줄듯이 말하더라."

"그래, 니는 뭐라고 했노?"

"나는 죽어도 못 낳겠다고 했지 뭐. 오라버니, 나 어찌하면 좋겠노?"

"그래 말 잘했다. 내가 한번 만나보지."

둘은 집으로 와서 끝분이는 부엌으로 들어가고 방우는 안방으로 들어갔다. "방우야 내 할 이야기가 있어서 찾았다."

“예. 어무이 무슨 이야긴대요.”

방우와 김 여인이 마주 보며 앉았다.

“우리 영감 살았을 때부터 우리 내외는 방우 니를 친자식처럼 여기고 살았는데 니 생각은 안 그랬던 모양이제.”

“어무이가 무슨 말을 할라 카는지 모르지만 나는 상놈의 씨이기 때문에 사실 마음은 늘 딴 데 있었다 아입니꺼.”

방우는 언젠가 끝분이가 일러주던 말이 생각나서 ‘쌍놈의 씨’란 말을 섞어 받아넘겼다.

방우의 그 말은 그가 오랫동안 몰래 담아온 마음의 상처를 드러내는 한이었다.

“누가 니 보고 쌍놈이라 하더노? 방우 니사 우리 집에서 40년을 같이 살았는데 누가 뭐라 해도 친자식이나 진배없지. 안 그러나? 방우야, 사실은 니는 상놈의 씨가 아이다. 니 아부지와 어무이는 만주에서 독립군들의 조석을 도맡아 해주는 일을 해 왔다. 그러던 중 일본 놈들의 습격으로 두 분이 다 돌아가셨다. 이른 말을 왜? 지금에사 하는 고하니 죽은 영감의 간곡한 부탁에서이다. 이제 영감도 돌아가시고 나니 이제부터 니도 아부지 대를 이어 사람답게 살아가 주었으면 하는 생각에서다. 니가 세 살 때 이 집으로 왔다. 니는 쌍놈이 아니라 뼈있는 독립군의 후손이다. 이제부터 아부지와 어무이의 뜻을 받들어 살아가야 한다. 방우야 그라고 니가 꼭 알아서 협조해주어야 할 일이 있다. 세상에 이 부지런한 영감이 언제 끝분이를 건드렸던 모양이다. 자기 새끼를 가져 보고 싶다는 욕망 때문이지. 복례란 년도 그랬지만 알라가 되지 않았다. 만약에 끝분이가 아니고 복례년에게 알라가 섰다면 어째 됐겠노."

"그라머 지금 끝분이가 돌아가신 어르신 알라를 뱃단 말입니꺼?"

방우는 전혀 모르는 척 말했다. 김장자 여인의 계획에 휘말리기 싫은 점도 있었기 때문이었다.

김장자 여인이 망설임 없이 털어놓는 방우의 부모 이야기며, 영감의 씨를 내게 알리는 의도가 무엇일까? 의문점이 꼬리를 물었던 것이었다.

"그런데, 우리 부모님이 독립군이라는 것을 어떻게 알 수 있습니꺼?"

"방우야, 영감의 위패를 모셔놓은 백련사에 가서 니 아부지 함자를 대라 그라면 스님이 다 말해 줄 것이다. 니 아부지 함자는 천석구 씨다. 그동안 방우에게 말하지 않았던 것은 일본 놈들이 방우 니를 잡아가지나 않을까 하는 영감의 생각이란다. 백련사는 옛 천전리에 있던 장천사로 그 뿌리가 깊은 고찰이란다. 내일이라도 백련사에 가 보아라 이제 니도 아부지의 유언을 받들어 나라를 위해 무엇인가를 해 주었으면 한다. 그라고 한 가지 부탁이 있다."

"어무이 말해 보이소, 들을 수 있는 일이면 들어야지요. 나를 이만큼 길러준 공을 생각해서라도 사람이라면 어무이 말을 들어야지요."

"방우야, 고맙다. 방우 니가 놀라는 것 생각 안 해본 것은 아이다. 그러나 끝분이가 그 애를 낳아주고 길러주면 좋겠다 싶어서 하는 말이다. 요새 와서 끝분이가 방우를 오라버니라고 하면서 잘 따르는 것 같아서 그러니 니를 길러준 공이라 생각하고, 니가 끝분이를 범해서 생긴 아이라고 하면 어떨까 싶다. 죽은 영감의 체면도 살리고, 다만 죽을 때까지 끝분이와 니만 아는 비밀로 해주가. 세 식구 살 수 있는 길은 그 길 뿐인 것 같아. 태어나는 알라의 장래도 있고, 잘 생각해 봐라."

"어무이예! 뜻은 잘 알겠습니다마는 내가 그 일을 끝까지 모르는 척 살아갈 수 있을까요?"

김장자 여인은 담뱃대를 들고 심각한 표정을 지우며 한 모금 길게 빨아 한숨과 함께 품어내고는 연거푸 담배를 태우기 시작했다.

방우는 잠시 심리적 갈등에 망설이는 듯하다가 이내 얼굴에 밝은 표정을 지었다.

"어무이예, 한 번 그렇게 해보겠심더. 어르신에게 은공을 갚을 수 있는 기회를 주시니 고맙심더. 물론 영감님의 허물을 감추기 위해서는 나도 그만큼 심리적 갈등을 겪게 될 것 같습니더. 어무이 나를 좀 밀어 주이소. 끝분이가 알라를 낳으면 친자식처럼 돌볼 낌니더 걱정 마이소."

방우는 일어서 나오면서 어쩐지 마음이 편하질 않았다. 괜한 울분 같은 것이 목으로 차오르는 것 같았다. 산으로 가서 고함이나 실컷 지르고 싶어 덕구를 찾았으나 덕구는 보이지 않았다.

부모님이 원망스러웠다. 처참한 자신의 운명이 원망스러웠다. 나라 잃은 아픔이 원망스러웠다.

방우는 쉬지 않고 뛰었다. 백련사를 향해 미친 듯이 뛰었다.

김장자 여인의 곡소리는 날이 밝아질 때까지 그치지 않았다. 방우도 빈소에서 꼬박 밤을 새웠다.

백중기의 죽음 탓이었지만 그보다는 부모님의 소재를 알게 된 것이 가슴을 설레게 하는 것이었다.

날이 밝기가 바쁘게 백련사로 달려갔다. 덕구가 영문도 모른 채 뒤를 따랐다.

아버지……!

어머니……!

고함지르듯 잊었던 부모님을 부르며 미친 듯이 뛰어갔다.

4. 뿌리를 찾아서

방우가 달려와 뛰어든 백련사 경내는 조용하기만 했다. 이따금 일렁이며 가느다랗게 울리는 잉경 소리만이 들릴 뿐 적적함 속에 갇혀 있는 절 본래의 모습 그대로였다. 대웅전 앞뜰에서 불이 켜진 승방을 향해

"스님! 스님! 스님 계십니까?"

소리치듯 불러 보았지만 인기척은 들리지 않았다.

"스님! 스님! 스님 안 계십니까?"

그때였다. 노스님 한 분이 설문을 열고 마루에 나와 앉는다.

방우가 바짝 다가서서

"스님!"하고 불러도 그는 얼굴만 주억거릴 뿐 대꾸는 하지 않았다.

마루에 걸터앉으며 더 큰 소리로 "스님!"하고 불렀다.

그제사 노스님은 "어떤 스님을 찾는 거요?" 하는 것이었다.

"아무 스님이나요. 스님 일이 있어 왔심더. 아무 스님이나 좀 만나게 해주이소." 방우가 다시 다급하게 말했다.

"그런 스님은 이 절에는 없소. 다른 데 가서 찾아보시오."

"스님, 그라지 마시고 좀 만나게 해주이소."

"으허… 그런 스님 찾겠다고 처사 양반이 여기 하루종일 서 있어도 못 만날테니 그만 돌아 가보시오." 하고는 노스님이 다시 흩어진 물건을 주

워담듯 몇 마디를 중얼거렸다.

“절에 오면 절집 법도를 따라야지…”

“스님, 뭐라 했습니까?”

방우가 턱밑까지 다가앉으며 물었다. 그러나 여전히 노스님은 묵묵부답이었다. 다시 얼굴만 주억거리던 스님이

“범조야”

“네, 큰스님!”

“이 젊은 처사님께서 아무 스님을 찾는다는데 그런 스님은 우리 절에는 없다. 혹, 부처님은 아실 테니까 법당으로 모시고 가서 절을 하며 물어보도록 해라”

“네, 큰스님!” 하고는 방우를 따라오라고 했다.

그 젊은 스님은 대웅전으로 오르는 층계에서 방우에게 나직히 말했다.

“어디서 오셨는지? 큰 스님께서 아마 스님보다 먼저 부처님을 찾지 않는다고 가르치시는 모양이니 너무 섭섭해하지 말라”고 했다.

“스님, 나는 저 아래 다개 마을에서 왔심더. 그런데 이 절에 아버지의 위패가 모셔져 있다고 해서 왔습니다.

“네, 어느 영가를?”

“네, 천석구입니다.”

“그럼 그 영가와는 어떤 관계인지?”

“에, 저의 아부지됩니더.”

스님은 놀라는 듯 잠시 무엇인가를 생각하는 것 같았다.

“그럼 처사님 잠깐만 법당의 왼쪽 문으로 드셔서 부처님께 절을 하고

계십시오. 큰 스님께 여쭙고 물어볼 말이 있어서 그럽니다."

방우가 법당에서 여러 번 절을 하고 있을 때 큰 스님과 범조스님이 들어서며 촛불을 밝히고 향을 피웠다. 환해진 법당의 삼존불에 불빛이 비치면서 근엄한 모습의 부처님이 또렷하게 보였다.

"해방이 되기 전에 말을 하지 말라했는데… 백중기 거사가 참고 있던 말을 기어이 하고 가셨나 보구나!"

"네 큰 스님, 아마 그러신 모양입니다."

큰 스님은 벌써 목탁을 치고 있었고 방우는 말없이 절만 하고 있었다.

"범조야! 천석구 이화분 영가에게 절을 하도록 하고 처사와 같이 내 방으로 오너라"

"네 큰 스님"

큰 스님은 그런 다음 법당을 나갔다.

범조 스님이 가지런히 놓아주는 위패를 보고 방우는 이마가 닿도록 큰 절 두 번을 했다. 눈물이 비 오듯 쏟아졌다.

'아부지, 어무이 이 불효자식을 용서하이소. 40년을 넘기고 이제사 찾아온 불효자식이 무슨 할 말이 있겠습니까? 용서하이소'

손바닥으로 눈물을 훔쳤으나 목구멍에선 와락 통곡이 쏟아질 것만 같았다.

"자, 처사님 큰 스님께로 갑시다. 아마 무슨 말씀을 하실 겁니다."

범조 스님을 따라 든 방우는 절 세 번을 한 다음 가부좌를 틀고 앉은 큰 스님 앞에 무릎을 꿇고 앉았다.

"인연이 되니까 이렇게 만나게 되는가 본데 내 말을 잘 들어야 하오"

"예, 큰 스님!"

방우는 범조스님이 큰 스님을 대하는 그대로 나긋나긋하게 대답을 했다.

"백중기 거사께서 천방우 처사를 머슴인 양 천하게 키운 것은 다 그 거사님의 깊은 심지 때문이었소. 천석구님의 유언도 있기도 했지만 그런대 농가 집안에서 아무 흠 없이 키웠다면 보나마나 왜인들이 가만두지 안했을 것이요. 하오니 천방우 처사는 백중기 거사와 김장자 보살을 절대로 원망하지 말 것이며 친부모처럼 모셔야 할 것이오."

"예, 큰 스님! 잘 알겠습니다. 꼭 그렇게 하겠습니다."

"그리고 천방우의 부모님은 참 훌륭한 사람이었고 대인(大人)이었어요. 중국 땅 그 넓은 천지를 전전하면서 독립운동을 하셨고 아깝게도 왜인들에 의해 순국을 하셨으니… 혈육이라야 지금 천방우 처사하고 또 하나 위로 딸을 두셨으니 누님이 되겠구먼… 그 누님이 속세를 떠나 입산 출가를 했어요. 그가 이 세상에 남은 유일한 혈육일 것이니 인연이 닿거던 한번 만나보시오. 아마 보련(普蓮)이란 법명으로 비구니가 돼서 수행도 훌륭하게 하고 있는 줄 내가 듣고 있지만 저기 울산 읍내에서 북쪽으로 약간 떨어져 있는 백양사(白楊寺)에 살고 있는가 보더라고… 이제 위패도 보았으니 부모님이 묻힌 곳도 알고 가야지…"

"예, 큰 스님 감사합니다."

"저를 따라오십시오"

방우는 범조 스님을 따라 절을 뒤로하고 소나무가 우거진 길을 걸어 올랐다. 얼마를 걸어 올라가자 소나무 두 그루가 마주 바라보고 그 가운데 넓은 바위가 의자처럼 되어 있었다. 노스님이 가던 발걸음을 멈추고 섰다.

“여기에 앉으십시오. 여기가 바로 처사 부모님이 묻힌 곳입니다. 그리고 혈육으로는 누님 한 분 살아 계신답니다. 아마 해방이 되면 만날 수 있지 않을까 싶습니다. 마지막 아버지의 유언은 자식이 죽지 않고 광복된 나라의 영광을 맛보게 해달라는 유언에 따라 백중기 노인이 천방우 처사를 세상의 복잡한 일에는 관여하지 않도록 무식하고 천박스럽게 길렀을 것입니다. 그것은 오직 혈육이 없었던 그 어른만의 철학인지도 모릅니다. 그러니 집으로 돌아가시면 김장자 어른께 효도하고 자식처럼 섬기십시오.”

방우는 어안이 벙벙해 도저히 자리를 뜰 수가 없었다. 멀지 않은 곳에 부모님의 유해가 묻혀 있었는데도 찾아뵙지 못했으니 서러웠다.

“스님! 고맙습니다. 이 비육한 인간의 뿌리를 찾아 주셨으니 감사합니다.

이제 돌아가면 김장자 어무이를 친 어무이처럼 이 목숨 다해 받들겠습니다.” 스님이 절로 돌아간 다음에도 석양을 등지고 한없이 앉아 있었다.

“어무이, 아부지 이 불효를 용서해 주이소. 아부지 함자도 어무이 함자도 모르고 40년을 살아온 자식을 용서해 주이소. 아부지 반드시 누부를 찾아 함께 부모님 앞에 올낌더 걱정 마이소. 어무이 아부지 그럼 이만 가 보겠심더 언제든지 외로워질 때는 찾아 올낌더. 해방이 되면 아부지 소원대로 가족과 함께 손자 손녀도 데불고 말입니더. 그때까지 잘 계시이소."

어둠이 발아래 깔려들 때 정신을 가다듬고 자리에서 일어났다. 산길을 걸어오며 백중기에게 청춘을 이용당한 끝분이를 생각했다. 백중기에게 은공을 갚을 길은 끝분이를 각시로 맞아들이는 것이 옳은 일이라 생각이 들었다. 또한 뱃속의 아이와 끝분이와 김장자 어른을 위해서도 좋은 일이 될 것이라 믿고 걸었다.

방우는 끝분이로부터 처음 비밀스런 얘기를 들었을 때 어쩐지 끝분이가 밉지 않았다. 오히려 그런 얘기를 천박한 자신에게 먼저 해주는 끝분이가 그렇게 고마울 수 없었다. 그 응고된 고민을 뱃속에다 담고 눈을 피해 살아온 끝분이의 쓰라린 아픔이 자신의 아픔인 것처럼 느껴졌다. 한편으로 백중기 어른이 자신에게 베푼 깊은 뜻에 고마움을 느꼈지만, 끝분이의 신세를 망치고 자신의 욕심을 챙긴 처사가 괘씸하기도 했다, 백중기의 그 이중적인 위선이 훤히 가슴으로 미어들고 있었다. 끝분이가 설령 오갈 데 없는 신세가 된다고 하더라도 끝분이 만은 보호해야만 된다는 의무감 같은 것이 마음에 깊이 자리를 잡았다.

방우는 마음을 새롭게 가다듬고 점터로 향했다. 점터에 이르자 덕구가 달려오며 방우의 손을 잡고 반겼다.

"형! 어디 있었노? 그놈이 맞아! 그놈이 맞아! 밀정이 맞다카이."

"뭐라고? 니는 뜻을 모르고 쏘다니다가 와서 밑도 끝도 없이 무슨 말이고?"

방우가 뜻을 모르고 되물었다.

"형, 오늘 하루 밀정 노릇을 할 것 같은 김기호란 자의 뒤를 종일 따라

붙었다. 오후가 되자 김기호가 동네를 빠져나가 대곡(大谷) 쪽으로 드는 것을 본 나는 얼른 그보다 먼저 지름길로 돌아 대곡마을로 가서 숨어 있었던 것인데. 숨어서 약 두어 시간이 됐을 때 오토바이를 탄 왜병 한 놈이 반구서원 앞에서 김기호와 무언가 말을 주고 받고는 다시 노트에다 적는 모습을 빤히 목격했다. 그들이 헤어지는 것을 확인한 다음 그 길로 점터에 와 형을 기다리고 있었다. 형~그놈이 밀정으로 확인된 이상 그놈을 더 내버려 둘 수 없잖아! 없애버릴까?"

"아니야! 너무 급하게 굴지 말고… 거사를 할 때에는 신중을 기해야 하거든 때를 기다리자 그놈이 언젠가는 꼬리가 길면 밟히기 마련이거던."

"그럼 봉변을 보일까?"

"어떻게?"

"하는 방법이 있지. 그놈을 끌어다가 사람들이 다니는 나무나 전신주에다 묶어버리는 거야. 그다음엔 목에다 똥통을 걸어 놓으면… 하하하."

"덕구야, 말도 안 되는 소리 하지 말거라, 죽고 싶니? 그놈은 일본 놈이라는 빽을 가지고 움직이잖아."

"형, 이대로는 견딜 수가 없단 말이다."

"덕구야, 니 생각도 좋지만 그렇게 하고 난 뒷일을 생각해 봐라? 당장에 목을 따서 죽인다면 또 몰라 우리가 한 짓인지를 본 사람을 대라고 큰 소리라도 쳐볼 수가 있겠지만 다음 기회에 뵈어야 한다. 오늘은 그냥 집으로 가자." 둘이 돌아와 문간방으로 들려할 때 김장자 여인이 방우를 불렀다.

"방우야! 끝분이가 아직 안 들어온다. 어디메 갔는지 모르나?"

"예. 어무이. 어디 간다는 말이 없었습니꺼?"

"해거름부터 보이지 않는다. 무슨 일인지 걱정이 된다."

"뭐 별일 없을 겁니더."

"그래도 이맘때까지 나가 다니지는 안 했는데… 참 별일이다."

의외의 일이었다. 끝분이가 이렇게 밤늦도록 밖을 돌기는 뜻밖의 일이었기에 걱정이 앞섰다.

점터로 가볼까? 혹시 끝분이가 딴 생각을 하고 있는 것은 아닐까? 끝분이가 방우에게 아기 밴 얘기를 할 때는 무슨 일이라도 저지를 것같이 아주 비장한 결심을 한 듯했다. 비장한 각오란 목숨까지도 내던질 듯 말하는 끝분이의 얼굴과 눈빛을 방우는 잊지 못하고 있었던 것이다. 자리에 누워서도 도무지 잠이 오지 않았다.

사랑채의 벽시계가 3번을 치고 있었다. 그때였다. 대문이 삐걱거리는 소리가 났다.

방우가 순간 벌떡 일어나 방문을 열고 대문 쪽으로 시선을 옮겼다.

"오라버니! 아직 안 잤어?"

"응. 어디 갔다 이제 오노?"

끝분이가 문간방으로 들어가려는 걸 방우가 막고는 아래채로 걸어갔다. 끝분이의 옷에는 온통 건풀과 흙이 묻어 있었다. 호롱불을 밝혔을 땐 흙은 옷에만이 아니었다. 머리가 흐트러진 사이로 역시 흙이 뒤범벅이 되어 있었다. 얼굴에는 여러 군데에 상처가 나 피가 흐르고 있었다. 피로와 절망이 온몸에서 배어 나왔다.

"끝분아! 무슨 일 있었나? 얼굴에 피가."

"그래 오라버니."

끝분이는 방우의 목을 감싸 안으며 엉엉 울었다.

"그래. 차근히 말을 해라! 왜 무슨 일로…"

"오라버니! 사람이 죽는다는 게 정말 쉬운 일이 아니네! 하도 속이 타고 해서 뱃속에서 꿈틀거리는 게 너무 싫고, 죽고 싶어서 저기 디딜 바위까지 가서 죽어버릴라고 뛰어내렸는데 죽지 못하고…"

끝분이는 울분을 삼키며 울어냈다.

"산비탈을 얼마나 굴러갔는지 몰라."

"그 바위에 올라가면 죽는다. 그리고 디딜 바위가 얼마나 먼 곳에 있는데… 몇십 리 길을 갔다왔단 말이가?"

"그래 디딜 바위에 산다고 하는 지네하고 거미를 불러도 안보이더라."

"끝분아! 그라면 안 된다. 목숨은 귀한 것이거든."

방우가 크게 소리치듯 끝분이를 안았다.

"끝분아! 니가 오라버니의 마음을 이래 몰라주노?"

"오라버니! 나는 어짜면 되노? 오라버니 시키는 데로 할게."

"그래 끝분아. 오라버니 말 들어라 죽는다는 것은 끝을 말하는 기라. 오직 살아야 하는 기라 왜? 무엇 때문에? 뱃속에 자라고 있는 알라 때문에? 내가 아부지 노릇을 하마 염려 말고 낳아라. 어무이하고 다 의논이 된 거라. 누가 물어보면 내 알라라고 해라. 처녀 총각이 좋아 알라를 가졌는데 누가 욕을 할끼고. 오늘부터 배를 내밀고 다니라 알았제?"

"응. 이 뱃속에 씨를 이 방에서 받았기 때문에 나는 정말로 이 방이 싫다 오라버니."

"그래! 그것도 인자와서 우짜겠노! 우리 팔자가 그런 걸."

"오라버니! 백중기 영감에게 몸을 망치는 날 말이다. 오라버니였으면 하고, 부질없는 생각도 해봤다."

끝분이는 아주 격한 감정을 방우의 위로에 가라 앉히는 것같이 차분해 졌다.

"그래 끝분아. 나도 그랬으면 좋았겠다. 우리 앞으로 그렇게 살자. 꼭 신랑 각시로만 살아야 하나! 오누이로 정답고 의좋게 살면 되지."

"응. 오라버니만 그래 해 준다면 나는 오라버니를 위해 무엇이라도 할 수 있어."

"알았다. 끝분아 죽는다는 생각은 절대로 하지 말거라 그라고 좀 눈을 붙여라."

방우는 끝분이를 잠들게 하고는 문간방으로 건너와 누웠다. 도무지 잠이 오지 않았다. 오누이로 같이 살자고 했던 말을 떠올리면 어째서 그런 말을 쉬이 했을까 하는 생각을 해보았다. 내 누부가 하늘 아래 살아있다면 끝분이의 신세처럼 되지 말라는 법이 없는 일이지 그런 생각이 문득 들었다. 누부를 만나보고 싶다는 간절함이 뼛속으로 스며들었다.

방우는 잠이 오지 않았다. 앞을 가로지르고 있는 이 무거운 인생 벽을 과연 걷어내고 끝분이와 생을 같이 할 수 있단 말인가. 방우는 곤히 잠든 덕구를 내려다 보았다. '덕구야! 이놈 불쌍한 놈아. 우린 모두 시절을 잘못 만난 탓으로 이렇게 척박한 땅에 풀포기들처럼 살아야 한단다.' 속으로 중얼거리며 잠을 청했다.

5. 감추어진 꼬리

봉창으로 보자기만 한 햇살이 방 안을 밝혔다. 바깥에 시끄러운 인기척에 잠을 깬 방우가 창호지 문에 구멍을 내어 밖을 내다보았다. 마당에는 뜻밖의 일이 벌어지고 있었다. 일본 군인이 허리 짐을 짚고 집안을 두리번거리고 있었다. 그는 가슴팍을 두른 가죽 띠에 육칠포를 꼽고 있었고 긴 칼까지 차고 있었다. 팔에 완장을 두른 것으로 보아 헌병인 것 같았다. 방우가 더욱 놀란 것은 며칠째 보이지 않던 윤상우 노인이 포승줄에 꽁꽁 묶인 채 서 있고 그 옆으로 김기호 그자가 서 있는 게 아닌가. 더욱 놀란 것은 반 기모노 차림으로 복례가 의기양양한 듯 집안을 두리번거리고 있었다. 방우는 덕구의 입에다 손을 대고 덕구를 흔들어 깨웠다. 덕구가 놀라 일어나 앉았다.

"왜놈이다. 왜놈!"

"뭐 뭐."

덕구가 문틈으로 내다보고는.

"형 어떡할까?"

"빠져나갈 수도 없잖아!"

방우가 체념한 듯 말했다.

그때였다. 복례가 소리를 질렀다.

"산에 있다. 산에 있다. 젊은 놈들은 집에서 안자고 점터에서 자거든…"

일본 놈이 눈을 부라리며 소리를 지른다.

"점터로 하야구 하야구.(빨리빨리)"

모두들 점터로 가는 모양이었다.

"후… 덕구야, 니 누부 완전이 물간 생선 같다. 돌아버린 것 아이가? 점터 일군들 밥 책임을 지고 있던 너거 누부가 각중에 헌병 앞잡이라도 되었다는 말 아이가. 옷은 또 그게 뭐꼬? 일본 계집들이 입는 옷을 걸치고."

방우가 깊게 숨을 뿜어내었다. 위기의 순간이었다. 화입식 날의 만세 사건을 그냥 넘어가지는 않을 것이란 예감은 들었지만 지금과 같은 상황이 일어날 줄은 모르고 있었던 방우는 뜻밖의 광경에 놀라지 않을 수 없었다.

마을 사람들은 조용하던 다개 마을이 백중기의 점터 때문에 못살게 됐다고 원성이 대단했다.

마른 아침에 날벼락을 맞은 듯 부들부들 떨던 김장자 여인은 방우를 찾다가 끝분이를 보고는 얼굴이 새파랗게 질려 어찌할 바를 몰라 했다. 끝분이의 흙투성이가 된 옷이랑, 얼굴에 상처를 보고는 영문은 물어볼 사이도 없이 윗채 안방으로 불러들였다.

"끝분아, 이게 어찌된 일이고 니 꼴이 와그렇노? 얼굴의 상처는?"

"어무이 알라 놓는 게 겁도 나고 해서 죽을라고 산꼭대기에서 굴렀십니더. 그래도 죽지 않아심더. 죽었으면 좋았을 낀데."

"뭐라고? 미친 거 뱃속의 알라를 생각해서도 그라면 안 되지 죄 받을라고. 끝분아, 제발 알라만 놓아주면 방우와 결혼도 하게 해주고 이 재산도 다 니꺼 아이가 와 바보짓을 할라 카노?"

김장자 여인은 손수 목욕물을 덥혀 흙투성이의 몸을 깨끗하게 한 다음 안방에 뉘었다.

아침나절이 되자 점터의 일꾼들이 집으로 몰려왔다.

"마님, 일본 놈들이 점터에 와서 야적해 놓은 수철에 손을 대지 말라는 경고문 같은 걸 붙이고 새끼줄로 경계선을 쳐 놓고는 포승줄에 묶인 윤상우 노인에게 마구 발길질을 하다가 끌고 갔심더. 만세를 선동한 놈은 총살에 처할 것이라고 으름장을 지르고, 방우와 덕구가 어디 숨었는지 대라고 하면서 일꾼들을 모아놓고 겁을 주었습니다."

"응 알았으니 점터에 가서 각자 맡은 일을 책임지고 하여라. 조치는 내가 해줄 터이니 너무 두려워 말고 알아들었지?"

김장자 여인이 방우에게 마차준비를 하라고 했다. 백중기 어른이 나들이할 때마다 이용하던 마차였다.

방우가 마차에 말을 몰아와 대문간 마당에 세우자 김장자 여인은 끝분이를 마차에 오르도록 했다.

"감포 댁과 덕구는 잘 들어라 언양 장터 쪽에 있는 밀양한의원으로 갔다 오마 이유는 묻지 마라. 끝분이를 한의사에게 데려가 진찰을 받아 보아야하니 감포 댁은 방앗간에 가서 우리 집 쌀 몇 가마가 되는지 돈을 마련할 수 있는지 알아보거라. 모두 그렇게 알고 집을 잘 지키도록 해라. 정신을 바싹 차리고 방우는 마차를 몰아라."

"어무이, 나는 잡혀가도 괜찮다는 건교? 일본 놈들이 눈이 빨개서 찾고 있는데 마차를 어찌 몰고 가는교?"

"아이다. 생각이 다 있으니 잔말 말고 가자. 끝분이가 급한데."

저녁으로 제법 서늘한 바람이 일었다. 가을의 문턱에 들었다는 느낌이 들자 마음이 사늘해짐을 막을 수 없었다. 방우는 겨울이 싫었다. 겨울은 가난한 사람들에게는 고문의 계절이기도 하기 때문이었다.

얼굴이 부덕하게 생긴 밀양한의원의 한의사는 밀양과 울산 쪽에서 명의로 손꼽히는 사람이었다.

의원은 마님을 보자 놀라는 듯 반색을 했다.

"마님, 어쩐 걸음이십니까? 어르신도 안 계시는데?"

"이 아이 진찰을 부탁하려고요, 임신 중이라서 말입니다."

그는 끝분이를 진찰대에 눕히고 진맥을 한 다음 고개를 두어 번 저었다. "하마터면 큰일 날 뻔했습니다. 앞으로는 절대 안정이 필요합니다. 약을 몇 첩 드릴 터이니 달여서 먹이면 뱃속의 아이의 숨과 맥박이 골라질 것이니 염려하지 마이소. 어르신의 딸자식입니까?"

"네, 그렇심더."

이상이 없다는 의사의 말에 김장자 여인은 안심을 한듯 한숨을 쉬었다.

방우가 모는 마차가 다개 마을로 접어들고 있을 때 저 앞쪽에서 말을 타고 호각을 불며 달려오는 왜병이 마차를 세우는 것이었다. 마차가 정지하자 곧 뒤따라온 오토바이에 김기호가 타고 있었다. 그가 내리며 잘 만났다는 듯 나섰다.

"아. 할머니도 계셨군요. 어디 갔다 오는 길입니까?"

그의 말투는 언제나 부러지듯 들렸다.

"언양 한의원에 갔다 오는 길이오. 방우가 폐가 나빠서 폐병이 들었다 카는데, 김 주사가 어디 휴양할 곳 아는 데는 없는교?"

김장자 여인이 방우를 빼돌리기 위해 둘러대고는 김기호의 눈치를 살핀다.

"아참! 말 타고 계시는 분이 바로 우리 동네의 치안은 물론 모든 행정 사무까지도 책임지고 계신 울산헌병대 언양 분견대장입니다."

김장자 여인이 약간 고개를 숙이며 예를 표하자 그가 말안장에서 뛰어내렸다.

"아, 나는 시게무라입니다. 백상 할아버지가 살았을 때 한번 뵌 것 같습니다. 그런데 할머니집이 감시대상이어서 말인데 사실은 많이 머리가 아픕니다. 점터에서 일어난 만세 사건으로 천방우 이 사람하고 또 하나 작은 청년을 연행해서 조사를 해야겠는데 지금 같이 갈까요?"

김기호가 무슨 생각을 하는지 일본 놈을 향해 지껄인다.

"이 사람이 천 방우라는 놈인데, 폐병에 걸려 한의원에 갔다 오는 길이라는데 연행을 해도 좋을까요?"

"아이고 나리 양반, 잘 만났습니다. 우리 집에는 아시다시피 남자가 없어 무서워 겁이 난다니까요. 거기다가 이 애까지 몸이 아파서… 그래서 나리께서 잘 보살펴 주셔야겠습니다. 부탁입니다."

김장자 여인이 사정하듯 했다.

김기호는 의기가 양양해 거드름을 피웠다. 자기는 조선 사람이 아닌

듯 착각하는 말투로 빈정거렸다.

"할머니 보소! 이 시게무라 대장님께서 조선 땅에서 생활하려니 모든 것이 불편합니다. 그래서 얼마 후 적당한 날을 골라 조선 여자와 혼인식을 올리려고 합니다. 그날은 그럴듯하게 큰 혼인식을 거행 할라 하니 할머니께서는 특별히 후한 축하금을 내셔야 할 겁니다. 왜냐하면 할머니도 잘 아는 복례 씨가 신부가 되니까요. 마침 두 사람이 다 혼자서 쓸쓸하게 지내니까 서로 위로하면서 살면 좋을 것 같지 않습니까? 안 그렇습니까? 제가 중매를 했지요."

김장자 여인은 복례라는 이름을 듣는 순간 온몸에 닭살이 돋았지만 가만히 듣고만 있었다.

"그럼 김 주사가 그날을 다음에 알려주시오. 그러면 어무이께도 후한 축하금을 낼 것입니다. 김 주사님에게도 생각해 줄 것입니다. 혼례 날이 정해지는 대로 연락 주십시오."

방우가 나서 그렇게 받아 넘겼다. 그들의 얼굴색이 밝아지는 것 같았다.

"자! 그럼 가보시오 방우도 약 잘 묵고 병을 고쳐야지."

"김 주사 염려해주니 고맙소."

방우는 바쁘게 마차를 몰아 집으로 왔다. 방우는 김기호가 말한 한 마디 한 마디를 다시 곰곰이 생각해 보았다. 덕구가 김기호에게 가하려는 행동을 섣불리 할 일이 아니라는 생각이 들었다. 언젠가는 점터의 만세사건으로 자신과 덕구를 붙잡으러 닥칠 터이고, 그런 마당에 밀정으로 이미 활약하고 있는 그에게 위해를 가한다면 아무래도 더 큰 화를 입을 것 같았다. 덕구를 불러 다시 의논을 해보기로 마음먹었다.

김장자 여인은 어느새 한약을 달이고 있었다.

“방우야! 이제부터 너는 폐병쟁이로 살아가야 한다. 그라고, 복례 그 년이 인제 제 갈 길을 찾아가는구나. 덕구도 조심해야 되겠다. 덕구 누부잖아. 피는 못 속이는 법이거든. 일본 놈들이 어떤 인종들인데 청양 고추보다 더 매운 종족들인기라. 그런 인종과 혼례를 치르다니 복례란 년도 갈 때까지 간거지. 영감 살아 있을 때 보살펴 준 년인데 일본 놈에게 가다니. 방우야, 열 길 물속은 알아도 한 길 사람 속은 모르는 일이다 각별이 조심하거라.”

김장자 여인은 복례가 왜놈과 붙어살게 되면 그놈이 덕구에게는 자형이 되니 조심하라는 뜻인 것 같았다.

“어무이예. 덕구는 복례 알기를 개똥보다 더러운 인간이라고 여깁니더, 그런데 일본 놈과 혼인을 한다고 하면 아마 그냥 넘어가지는 않을 겁니다.”

그러나? 김장자 여인의 의심은 풀리지 않은 듯했다.

“그렇잖아도 덕구는 김기호 그놈이 왜놈 밀정 노릇을 한다고 이를 갈고 있었는데요.”

마침 덕구가 마당으로 들어섰다.

“덕구야, 니는 어디를 그리 소다니노? 너거 누부가 일본놈 대장하고 결혼을 한다 카는데.”

방우가 자초지종 이야기를 꺼냈더니 덕구의 얼굴색이 금방 변하며 분을 참지 못하는 것이었다.

“형, 흥분하지 마소. 가만두고 보이소. 멋진 일이 앞으로 일어날 낌더.”

“침착해라 덕구 니 심정을 와 모르겠노. 너거 누부도 다 생각이 있다. 선불리 결정한 일은 아닐기다.”

“어무이 말이 맞을 끼구만요. 복례가 누굽니꺼 덕구야 기다려보자.”

모두의 마음이 통했다. 복례가 뜻이 없이는 함부로 철없이 굴지를 않는다는 것을…

집안이 어수선한 가운데 백중기의 49일 제일도 거의 다 되어가고 있었다. 일주일 후면 막제일이었다.

점터의 수철 더미에다 경고문을 붙여놓고 부당하게 옮겨놓은 수철이었다고 우겨대며 원래의 생산지인 달천 광산으로 도로 옮겨 놓을 것을 요구하면서 백중기를 압박하던 왜인들이 이제는 김장자 여인에게 독촉을 해 오는 것이었다.

이의립(李義立)공이 조정으로부터 하사받은 이후 그의 장남인 이극경의 소유로 돼 있던 달천 광산도 마침내 통감부에 의해 일본사람 나까무라(中村)에게 강제로 소유권이 넘어가고 말았다. 통감부령이란 걸 만들어 놓고 무엇이든 잡히는 대로 이 땅의 자산들을 수탈해가는 일을 예사로 행하던 그들은 육군헌병대를 동원해 웬만한 마을까지 밀정을 심어놓았다. 실제로 언양에다 헌병 분견대를 두고 분견대장의 권한이면 삼권을 좌지우지하는 힘을 갖도록 하였으니, 그 행패는 이루 말할 수 없는 고초였다.

윤상우 노인의 소식도 묘연했다.

그날 포승줄에 묶여 헌병대로 끌려간 이 후, 어느 누구도 윤 노인의 소식을 일러 주는 사람이 없었다. 그리고 다개 마을 전체가 김기호의 눈치를 보며 살아야 했다. 방우도 일정 기간 몸을 피신해있어야 할 것 같았다.

방우와 덕구는 이 문제를 의논하기 위해 사랑채로 올라갔다.

“어무이 저희들이 의논하고자 하는 일이 있어 올라왔심더. 들어가도 될까요?”

“그렇지 않아도 올라오라고 할 참이었다. 너희 둘 당분간 몸을 감추어야겠다. 사태가 심상치 않아. 복례도 너거들 때문에 독한 결심을 한 모양인데 아무리 생각을 하고 또 해봐도 복례란 년이 일본 놈에게 시집갈 년은 아니란 말이다.”

“어무이 생각이 맞는지도 몰라요. 그러니 어짜면 좋겠는교?”

“형! 그렇긴 해도 다개리 만큼 안전한 곳도 없을 것 같다. 낯선 곳에서 잘못되기라도 하면 꼼짝없이 당하고 말 거잖아!”

“하긴 그렇기도 하다만 나는 하루하루가 불안해 죽겠다. 이놈들이 곧 덮칠 것 같아서.

“너무 불안해 하지 말거라. 마음을 단단하게 먹고 기다려 보자.”

그때였다. 대문이 삐걱거렸다. 마당 가에서 한약을 달이던 감포 댁이 일어나 대문으로 간다.

“누구시오.”

방우와 덕구도 대문간으로 시선을 돌렸다.

“아줌마 복례예요.”

대문을 열자 뜻밖에도 복례가 들어서고 있었다. 덕구가 시답잖게 복례를 맞았다. 복례는 혼인 날짜를 앞두고 그래도 어르신이라 불렀던 김장자 어르신과 동생인 덕구를 마지막 만나보고 싶었던 모양이다. 그러나 복례의 내심은 덕구 때문일 것 같았다.

덕구가 신발을 끌며 복례에게로 다가간다.

"왜? 날 만나 무슨 할 말이 있는데…"

"덕구야, 누나가 너에게 왜 할 말이 없겠노? 막상 시집이라고 간다고 하니까 나에게는 니가 하나뿐인 동생 아이가."

"나는 누님이라고는 애시당초부터 없었고 하니… 그만 말도 하기 싫다."

"덕구야! 그래도 그렇지 않은 법이다."

김장자 여인이 마땅찮다는 듯이 한마디 했다.

"덕구야, 그라면 방우 아저씨나 보고 가지 뭐!"

방우가 사랑채에서 슬그머니 마당으로 내려왔다.

"아이고, 방우 아저씨, 나하고 얘기 좀 해야 됩니더. 중요한 문젠 기라요…"

방우는 중요한 문제라는 소리에 귀가 번쩍 띄었다. 김장자 여인도 방우에게 만나보라고 손짓으로 문간방을 가리켰다.

"그라면 이방으로 오소! 무슨 말인데."

복례와 함께 문간방으로 들어와 앉았다.

"방우 아저씨, 나 불쌍한 여잔지 알잖아요."

"복례 씨가 와 불쌍한교? 복 많은 여자지."

"그건 그렇고 방우 아저씨, 내일은 여기 있지 말고 어디로 가서 있어야 됩니더. 덕구는 무조건 나를 미워하지만 잘 타일러 주이소. 아저씨 내일 아침에는 울산에서 지원 병력이 와서 잡으러 들겁니더. 한번 잡히면 못 빠져 납니더. 그러니 내일 피하고 나서 당분간은 여기 안 있어야 합니더. 알았지요? 내가 일본사람에게 비록 몸은 팔려간다 해도 방우 아저씨는 안 잊을 겁니더. 못 잊을 겁니더…

그라고 내일 지나고 모레는 우리 점터에서 만납시더."

"또 만나서 뭐하게. 남의 눈도 있는데."

"그날은 헌병 대장도 김기호도 다 울산에 회의하러 가면 밤늦게야 돌아옵니더. 알았지요?"

"그래?"

"그럼 나는 갈게요."

복례가 바쁜 듯이 대문을 나서자 김장자 여인이 방우에게로 와서 나직히 물었다.

"뭐라카더노?"

"내일부터 피해야 된다고 합니더."

"와?"

"나하고 덕구를 잡으러 온다카네요."

"봐라! 그렇다카이"

방우는 몸을 숨기려면 지금 당장 떠나야 할 것 같았다. 날이 새기 전에 들이닥칠지 모를 일이었다. 덕구와 의논해봐도 별 방도를 세울 수 없었다.

"형! 그 산에서 만났던 영남유림단 대원들이 아직도 그곳에 있을까?"

덕구가 고헌산에서 만났던 영남유림단 대원들을 생각하게 된 것은 내일 하루 그들과 같이 동굴 속에서 지냈으면 해서였다. 설령 그곳을 은신처로 삼는다 해도 오늘 밤 중으로 옮겨야겠다는 생각이 들었다.

김장자 여인은 찹쌀밥에다 찹쌀떡을 커다란 보시기에 가뜩 채워주었다. 방우는 끝분이 방으로 갔다.

"끝분아 이 오빠가 돌아올 때까지 약 잘 먹고 기다려야 한다. 그라고 어무이에게 폐를 끼쳐서는 안 된다. 절대로 안 된다. 어차피 너는 뱃속의 알라를 낳아야 하니까 배가 불러도 부끄럽다는 생각을 하지 말거라 내가 있으니 니를 내가 책임질 것이니… 끝분아 우리는 어차피 이 집 대들보에 붙은 석가래 역할을 해 주어야 한다. 어무이의 후한 인심을 잊어서는 안 된다. 꼭 건강한 도련님을 낳아 주어야한다. 알았나?"

끝분이는 퉁퉁 부은 얼굴로 방우의 손을 꼭 잡았다.

"부디 어디를 가든지 몸조심하고 꼭 다시 만납시더."

"알았다. 끝분아."

"오라버니! 안 오면 난 죽어버릴 끼다."

"알았다. 겁주지 말고, 죽낀 와 죽노? 목숨은 질긴 것이다. 고래 심줄보다 질기다. 목숨은 천지신명이 거두어가야 죽는 거야, 정신 차리고 기다려라."

방우와 덕구는 점터로 가기 위해 집을 나섰다. 김장자 여인이 따라오며 방우의 등을 두들겨 주었다.

"방우야, 어떠한 일이 생겨도 몸조심해야 한다. 복례 그년이 밉긴 해도 고마운 년이다. 이런 위험을 알려 주었으니 다행한 일이지, 안 일러 주었으면 꼼짝없이 잡혀갔을 거구마 맞지. 너무 미워할 일도 아니지?"

방우는 씨익 웃으며 마음을 감추었다.

복례라면 무조건 판에 박은 듯 싫어지던 편견이 덜해지는 것 같았다.

지금 이 집을 나서면 돌아오기 힘들 것 같았다. 짐이라야 옷 두어 벌과 미투리 신 두 컬레가 전부였다.

점터에 도착해 곧 잠자리에 들었다. 내일 새벽 해가 뜨기 전보다 훨씬 이른 시간에 그 동굴을 찾아가기로 했다. 덕구는 어느새 잠이 들었다. 지금 잠이 든다 해도 두 세 시간 정도면 일어나야 될 것 같아 방우는 새벽까지 꼬박 세웠다. 방우가 곤히 잠든 덕구를 깨웠다. 새벽 3시 정도가 되었다며 옮기자고 했다. 챙겨놓은 짐을 허리춤에 차고 어두운 산으로 기어올랐다. 손전등을 켜면 위험하다는 어무이의 말을 생각해 불을 밝히지 않았다.

사위가 쥐죽은 듯 고요한데 어디선가 개 짖는 소리가 들려왔다.

"형 일본 놈들은 개를 끌고 다닌다던데."

"야, 재수 없는 소리하지 마라. 간담이 다 서늘해진다."

밤이라서 그런지 동굴로 향하는 길은 험했다.

영남유림단원이 서서 만세를 부르던 지점을 찾았다.

"형, 여기서 태백산이라고 소리쳐 보자. 그게 신돌석 의단의 신호거든 수시로 바뀌지만 한번 불러보자."

태백산! 태백산! 두어 번 소리쳐 봐도 동굴 안에선 인기척이 없었다. 덕구가 바위틈을 기어들어 가 손전등을 켜보아도 동굴 안에는 아무도 없었다. 방우가 들어가 가져온 가마니대기를 깔았다. 두 사람이 누울 정도로 자리가 준비되었다. 덕구는 경황없는 속에서도 시퍼런 식칼 하나를 꺼내 보였다. "형! 지금부터는 언제 무슨 일이 일어날지 모르잖아, 생각을 비장하게 가져야지. 형은 그동안 못 잔 잠이나 자 내가 망을 볼게."

"그래 난 좀 자야겠다."

방우는 그대로 누워버렸다. 황소 같은 숨소리를 내며 곤히 잠들었다.

날이 밝아오고 있었다. 신돌석 의병 단에서 군사훈련을 받고 몇 차례 왜병과 맞붙어 싸워본 경험이 있는 덕구는 모든 행동을 의연하게 했다. 조금도 두려워하는 기색이 없었다.

덕구는 위험한 상황에서. 더욱이 발자국 하나 남기지 않고 숨어있어야 할 처지에도 점터까지 가서 다시 능선 하나를 넘어 마을을 정탐하고 왔다고 했다. 덕구가 엎드린 자리에서 다개 마을 전체가 훤히 내려다 보였다. 아침이 되어 집집마다 아무런 일도 없었던 것처럼 굴뚝에 연기가 올라오고 있었다. 동굴 안이 훤해질 무렵이 되어서야 동굴로 돌아온 덕구는 방우를 깨웠다.

"형! 왜놈들이 쫙 깔렸어."

"어디에?"

방우가 놀라 물었다.

"응. 왜놈들이 한 트럭에 빽빽이 타고 마을로 들어가는 것을 똑똑히 보았어. 아마 집을 들추고 있을 거야. 조금 더 있으면 점터로 올라오겠지. 에이 이럴 때 총 한 자루 있으면 까부시고 말걸."

"그래 덕구야, 지금부터 자는 거야. 내일 새벽까지, 밥 생각나면 너 혼자 좀 먹어라."

"형, 내가 알아서 할게."

"덕구야. 복례누나가 고맙다. 안 그렇나? 오늘 일어날 일을 미리 우리가 몰랐으면 어떻게 됐을까? 참, 윤상우 노인은 어디에 있는지?"

"하룻밤 더 자고 복례누부가 점터로 온다고 했으니 오겠지? 그때 형이 한번 물어봐!"

"응. 어무이도 복례를 너무 미워하지 말라고 했다…"

덕구는 아무 말이 없었다.

다개 마을에 들이닥친 왜병들은 토끼 사냥을 하듯 온 동네를 짓밟고 쑤셔댔다. 30여명이 완전무장을 한 채로 김장자 여인의 집을 들추며 군화를 신은 채로 마구 집안구석 구석을 뒤졌다.

김기호가 인솔하는 자들이다 보니 동네 집집마다 사정을 거울을 비추듯 모두 알고 있었다. 시게무라가 인솔하는 병력보다 김기호 쪽이 훨씬 사납게 굴었다. 그러나 복례는 보이지 않았다.

약이 오른 김기호는 소문을 퍼뜨렸다. 방우와 덕구가 제 발로 헌병대에 오거나 숨은 곳을 알려주지 않으면 김장자 여인의 논 20마지기를 몰수할 것이며 그래도 자수해 오지 않는다면 김 여인의 소유하게 된 전답 60마지기를 모두 몰수할 수도 있을 것이라고 엄포를 놓고 다녔다.

초죽음이 되다시피 된 김장자 여인이 부들부들 떨고 툇마루에서 엉엉 소리 내어 울기까지 했다는 소식을 들은 덕구는 도저히 참을 수가 없다며 복례누부를 찾아가겠다고 흥분했다.

"덕구야, 오늘 너거 누부를 만나기로 했으니 어떻게 손을 서보도록 해

볼게 흥분하지 말고 기다려라. 날씨도 좋지 않다 부슬비가 오고 있다. 너는 여기서 꼼작도 말고 있거라."

동굴에서 맞는 두 번째의 아침이 왔다. 방우와 덕구는 밖으로 나와 마을을 내다보았다. 집집마다 굴뚝으로 연기를 뿜어내고 있었다. 돌팔매질을 해 보았다. 돌은 허공을 향해 힘차게 솟구쳐 올랐다.

"덕구야, 여기서 꼼짝도 말고 숨어 있어라. 형이 점터에가서 소식을 알아보고 올게 너거 누부하고 점터에서 만나자고 했으니 나올끼다. 설마 일본 놈을 데불고 오지는 않을 테지"

"형, 그래도 복례 누부를 조심해야 한다."

방우는 점터로 발길을 돌렸다. 일꾼들이 방우를 보자 놀라며 눈이 휘둥그레진다.

"방우야 여기가 어디라고 왔노? 어서 빨리 도망가거라, 장총을 든 왜놈의 순사들이 칼로 수철 더미를 다 찔러보며 방우와 덕구를 내놓으라며 칼로 위협을 주기도 했다. 하루라도 빨리 제 발로 걸어와 자수하면 목숨만은 살려 줄 것인데, 그렇지 않으면 마을 전체를 불태워 버린다고 했어. 어서 숨어라."

"숨는다고 해결이 나겠는교. 세월이 가야만 해결이 될 것 같심더."

밖에서 복례 소리가 들려 왔다. 방우는 반가웠다.

"복례 씨 일찍 왔네요."

방우가 인사를 하자 복례가 방으로 들어와 앉았다.

"복례 씨가 일러준 얘기대로 잘 피해서 화를 면했으니 참 고맙습니더. 집에 마님도 고맙다고 그러데요."

"예. 덕구 그 인간은 언제 철이 들란지 그런데 집에는 누가 아픕니까. 한약냄새가 나던데 영감도 없는데"

"아 끝분이가 좀 넘어져서 허리도 다치고"

"앗따 그 노랭이 할미가 어떻게 부엌대기 약을 다 지어서 달이는 가베"

복례는 김장자 여인을 싸잡아 꾸짖듯 나쁘게 얘기하는 것이었다.

"복례 씨, 김장자 어르신도 영감이 죽고 없는 지금에는 복례를 나쁘게 생각하고 있지 않아. 그리고 헌병 대장과 결혼하게 되는 것도 우리 마을을 위해서는 좋을 일이라고 했어. 복례 씨가 도와줄 것 같은 예감이 든다라고 말했어. 복례 씨를 보는 눈이 옛날보다는 많이 틀린다. 그건 진심이야."

"그런데 아저씨, 오늘 내가 와 보자고 하는 줄 알고 있나요?"

"무슨 할 말이 있는지?"

복례는 가까이 다가앉으며 방우를 빤히 들여다보는 것이었다.

"나도 인간인데 막상 일본 사람한테 시집을 간다고 생각하니 오만가지 생각들이 다 생기네요."

"뭐! 그럴 수도 있는 거지. 여자 팔자는 알 수 없다고 하는데, 복례 씨야 잘 된 거지 뭐. 이놈의 팔자는 언제 미투리를 벗어던져버릴 신세가 될란지. 쯧쯧"

"그런데 방우 아저씨 한 가지 물어볼 게 있는데 바른대로 대답하소."

"뭔데?"

복례가 예상했던 대로 또 본성을 드러내고 있음을 방우는 알 수 있었다.

"복례 씨, 남자가 그렇게 좋아요? 지금 이런 상황에 이상한 장난을 할 때가 아니지. 덕구와 나는 일본 놈들의 시선을 피해 다니는 위험에 처해 있어. 김기호가 지껄이고 다니는 소문 못 들었나?"

"누가 그런 것을 몰라서 이러는가요? 나까무라에게 시집을 가기 전에 방우 씨에게 내 몸을 주고 싶었을 뿐이라요. 이제 내 뜻이 무엇인지 알았지요?"

"정말, 그럼 이리 오소. 방우가 복례를 배 위로 끌어 올렸다. 순식간에 복례의 욕망이 성취되는 순간이었다.

"우리가 너무 오래 방에서 지체를 했네. 덕구가 기다리고 있을 낀데."

"방우 씨, 지금 덕구를 데불고 집으로 가시소. 스님 한 분이 집으로 찾아올거니 덕구와 함께 그 스님을 따라가면 당분간 피할 수 있을 곳을 마련해 줄깁니더. 그라고 김장자 여인이 방우 씨가 폐병이 걸렸다는데 정말인교?"

"복례 씨가 알아서 생각하이소. 그라고 이렇게 살길을 마련해주니 고맙십니더. 시집가면 부디 잘 사이소. 우리 같은 인간들 잊어뿔고 잘사이소."

"방우 씨도요. 해방이 되는 날까지."

복례의 눈에서 눈물이 흘러내렸다.

방우가 나가려 하자 복례가 다시 방우를 껴안으며 입술을 빨았다. 방우도 복례가 그렇게 밉지 않았다.

하늘은 잔뜩 찌푸려 있었다. 우르르 꽝꽝하고 우레가 치면서 번쩍하고 번개가 치더니 곧 세찬 소나기가 쏟아졌다. 비는 곳곳에 여우 물을 쏟아내고 있었다. 동굴 안에 있어야 할 덕구가 그렇게 쏟아지는 비를 맞으며 내려와 점터 마루에 걸터앉아 있었다.

"형. 누부 만났어?"

"응. 덕구야. 누부 지금 방금 갔어 비를 맞았겠다. 우릴 살려줬잖아. 이제 너무 미워하지 말자."

"그 인간 비를 맞든 말든 일본 놈 마누라 되면 이제 일본사람 되는데 뭐."

"그렇더라도. 덕구야 복례 씨 마음 안에는 니가 들어앉아 있는 기라."

방우가 나직히 타일렀다.

둘은 집단으로 엮은 비옷을 쓰고 빗속으로 걸어 집으로 갔다. 집 마당으로 들어오는 방우와 덕구를 보고 김장자 여인이 달려나와 반겼다.

"아이고 무사 했구나, 난리도 무슨 이런 난리가 있노."

김장자 여인은 밀정 김기호가 인솔한 왜병들이 닥쳐 집안을 발칵 뒤집어 놓은 이야기를 했다.

장총에다 착검을 한 그들은 신발을 신은 채 방 안으로 들어와 닥치는 대로 마구 질러 대더라는 것이다. 끝분이도 같은 말을 울먹이며 했다.

"오라버니, 이제는 오라버니하고 덕구아저씨 안 내놓으면 집에다 불을 질러 버린다 카이 어짜면 좋노. 오라버니. 무서워 죽겠다. 그래도 피해야제 또 언제 그놈들이 올지 모른다 카이."

"그래, 걱정마라. 무슨 방법이 있겠지."

"오라버니, 내일이 어르신의 막제 일인데 어떻게 하겠노 걱정이 된다."

방우는 어무이에게 절을 하고는 일어섰다. 바로 길을 떠나야 될 것 같았다. 내일이 백중기 어른이 숨을 거둔지 벌써 49일이 되는 날이라니 참으로 세월은 빨리 흐르고 있었다.

"방우야, 내일이 영감 막제 날이라 기호란 놈이 염탐을 올지 몰라 방우네가 올 줄 알고 말이다. 그러니 얼씬도 말거라. 조금 있으면 스님 한 분이 올끼다. 여기는 그 스님하고 막제를 보낼 것이니 걱정 말고 가거라."

"어무이예, 아까전에 점터에서 복례를 만났는데 어무이와 똑같은 말을 하대요. 스님이 온다고."

"그래 맞다. 복례란 년이 너거들 살릴라고 손을 선거니 그리 알고 가거라."

절에는 노스님도 계시고 여자 보살님도 계시고 상좌스님도 영특한 사람이라… 무슨 방도를 가르켜 줄지 모르겠다. 그리고 여기서는 49재를 따로 올리마 김기호의 눈을 피하려면 몸이 아프다는 핑계로 스님을 모셔가지고 집에서 지낼 터이니 염려 말거라 그라고 김기호란 놈에게 방우니가 폐가 안 좋아 휴양지에서 약을 먹고 있다고 했다."

"예, 알았습니더 어무이예. 끝분이는 많이 좋아진 것 같십더?"

방우는 끝분이가 걸렸다. 그러나 지체할 처지가 아니었다.

김장자 여인은 허리춤에 차고 있는 주머니를 내밀었다.

"소작인들이 농사지은 벼 가마니를 쌀로 찌어 내다 파는 일도 용이하지 않았다. 백련사의 범조 스님에게 부탁해서 언양 장날에 내다 팔아 모은 돈이니 요긴하게 쓰야 한다."

제법 많은 돈이었다.

"당분간 숨어 지내는 비용으로 쓰도록 해라. 집 걱정은 말고…"

어무이를 쳐다보는 방우의 눈에는 눈물이 고여 들고 있었다.

방우와 덕구는 백련사로 향했다.

비가 온 뒤라 백련사로 가는 길은 예사롭지 않았다. 길이 험하고 가파른 바위 돌 뿐이다. 미끄러워 기어올라가기에 숨이 차고 미투리가 밀려 떨어져 너들거렸다.

"형 우리 이참에 검정 고무신을 사서 신고 다니면 어떨까?"

"덕구야, 니 말도 맞다 기회를 보아 신발부터 바꾸자. 이른 상황에서 미투리를 만들 수도 없고. 돈을 만져 보기는 더욱 어려울 것 같고."

비에 젖은 숲들이 몸을 털어 물기를 뿌리고 있었다. 우수수 낙엽이 떨어지는 듯 했고, 멀리서 산짐승 울음소리도 들리는 듯 했다. 절 마당에는 빗물이 고여 질퍽이고 있었다.

목탁 소리가 들리는 법당으로 다가가 마음을 가다듬고 차분히 스님을 찾았다.

"스님 저희들이 왔십니더 어르신이 보냈심더."

"이 비를 맞으며 어인 일로?"

"어르신 사십구제를 올리려고? 왔십니더?"

"어두운데 고생 많았겠어요. 어서 올라오세요."

범조 스님이 반갑게 맞아 주었다.

법당을 거쳐 노스님을 친견하고 나와 범조(梵造)스님 방으로 갔다. 차를 마시며 방우가 어렵사리 말을 꺼냈다.

"스님, 내일이 우리 어르신 막재일인데, 부득이 피하지 않으면 안 될 일이 생겨 피신을 해야 합니더."

"그렇지요."

범조스님이 염주를 굴리면서 말했다.

"그렇잖아도 보살님이 며칠 전 오셔서 정하게 기도하셨는데 좋은 방도가 생겨날 겁니다. 영가께서도 이제 중음신의 과정을 훌훌 벗으시고 삼계육도(三界六道)에 드시게 되셨으니 만사가 고루 잘 풀리게 될 것입니다. 그런데 바로 어제도 그 왜놈들이 다개 마을을 벌집 쑤셔놓은 듯이 행패를 부렸다지요? 그 왜 그렇게 소란이더냐고 물었더니 이 동네에 독립운동을 하는 젊은 처사님들이 숨어들어서 그런다고 하더군요. 그런데 왜 여기 오신 처사님이 몸을 피해야 되는 겁니까?

"예. 어짜다가 그런 운명이 되고 말았십니더."

"바로 며칠 전에 대구 쪽의 처사 한 분이 노스님을 친견하고 간 적이 있는데 제가 보기엔 아마 그 사람들이 독립운동을 하는 사람들인가 했드랬는데, 이제 보니 우리 두 분 처사님들을 못 잡아서 마을 사람들에게 대신 분풀이로 발악을 한 모양이지요?"

"며칠 전에 노스님을 뵙고 간 사람들은 어디로 간다고 했는지 알 수 없겠는교?"

"그 처사분들은 아주 투지가 대단해 보였습니다. 마음 같아선 따라나서고 싶었지만 출가한 몸이라. 그런데 그중의 한 처사님과 비교적 많은 말을 나눠보았는데. 일행들이 모두 동굴에 숨어 며칠 동안 밥알이라고 구경을 못해 아사 직전에 있다가 이 마을의 젊은 양반들 도움으로 겨우 살아났다고 했습니다."

덕구가 방우의 얼굴을 쳐다보았다. 그들이 영남 유림단으로 짐작하게 되었다.

"스님. 그분들의 행방을 알 수는 없겠는교?"

"글쎄요, 알 수는 있겠지요."

범조 스님은 그들의 행방을 알고 있는 것 같았다.

"스님. 그분이 어디에 있는지. 찾아야 할 것 같십니더."

"그래요. 찾는 일이 어렵지는 않을 겁니다."

"예. 그렇습니까."

덕구가 범조스님 가까이 다가앉았다.

"가만있자. 그 처사님 함자가 아. 그렇지 김준봉이라고 그랬어요. 그분의 집안 형 되는 이가 여기 언양에서 교회의 목사라고 하면서 그 사람을 만나러 간다고 하고 떠났으니 아마 그 교회를 찾아가면 그 처사님을 만날 수 있을 겁니다. 바로 여기 전읍에도 교회가 생겼고, 궁화에도 교회가 생겼다고 해요"

"스님, 그렇게 교회가 서는 이유가 뭔가요?

"아, 거기서는 예수라는 서양 사람을 믿으면 양반, 쌍놈이 따로 없이 다 동등하다고 하니까 젊은 양반들이 많이 모여든다는 것 아닙니까"

덕구와 방우가 서로 얼굴을 쳐다보았다. 양반 쌍놈을 따로 구별하지 않는 종교가 있다니 자신들에게는 엉뚱한 소리로 들리는 듯했다.

"스님, 절에서도 양반 쌍놈을 따집니까?"

"이 절의 노스님이 주장하시는 말씀가운데, 사람 위에 사람 없고 사람 밑에 사람 없다. 라고 하십니다."

방우는 스님의 말을 이해할 수가 없었다. 다만 교회에서는 사람을 차별하지 않는 종교라는 말이 귓속 깊이 파고들어 왔다.

“스님, 우리는 지금 종교를 논할 때가 아닙니더. 사느냐? 죽느냐? 두 갈래 길에 서 있심더. 임시 몸을 피할 수 있는 곳 말입니더. 일본 놈들이 눈에 핏발을 세우고 다닙니더. 지금 당장에 교회에 목사님을 찾아 갈랍니더.”

“그렇게 심각한 마음으로 여기를 찾았다면 협조를 해야지요, 그러나 절에는 노스님이 계시니 일단 의논을 하고 나오겠습니다. 기다리십시오.”

스님이 나간 지 오래되었다. 동이 트이는지 희뿌연 안개가 산허리를 돌아 무겁게 내려앉았다. 비 온 뒤의 개운함 같은 것이 밀려들었다.

덕구는 초초한지 계단 아래 앉아 한숨을 몰아쉬고 있다.

6. 사람으로 다시 태어나다

노스님의 방에서 나온 법조 스님을 따라 방우와 덕구는 그 영남유림단의 김준봉이라는 사람을 만나려 길을 떠났다. 그들에게 도움을 주었기 때문에. 도와줄 거라는 믿을 수 있는 확고한 예감이 들었다.

법조 스님은 허름한 집을 안내해주었다.

"스님, 여기가 예수를 믿는 곳이라고요?"

"그래요, 일본 놈들이 그들의 천왕을 믿으라고 하니 자연히 종교를 배척하는 것이지요, 그래서 교인들을 많이 모으지도 못한답니다. 미국인들이 믿는 코쟁이들의 종교라고 비판도 한답니다. 종교는 자유라 깊이 관여는 하지 않지만, 그래도 그들에게는 거치적거리는 존재지요. 그래서 십자가 같은 것도 세우지 못한답니다. 그럼 저는 가겠어요, 조심하시고요. 조선 사람이 불교를 믿어야지 무슨 코쟁이 종교를 믿어"

"스님, 감사합니다. 나중에 찾아뵙겠습니더."

방우와 덕구는 용기를 내어 교회 안으로 들어갔다. 교회 안에는 사람이 없었다. 그러자 어떤 젊은이가 들어와 다가왔다.

"어디서 오셨습니까?"

방우가 그에게로 다가갔다.

"저 실례지만 혹시 김준봉 씨를 아십니까?"

"김준봉 씨를 왜 찾으시지요?"

젊은이는 되려 얼굴을 붉히며 물었다.

"교회 목사님을 만나 뵙고 싶어서요."

"네, 여기 잠깐 계십시오."

그가 들어간 뒤 교회 안을 돌아보았다. 열사람 정도가 앉을 수 있는 의자가 있었고, 나무로 된 십자가가 걸려 있을 뿐이었다. 한참을 두리번거리는데, 키가 크고 노랑머리를 한 사람이 서투른 우리말을 하면서 다가왔다. 방우는 사람의 생김새가 신기해 무섭기까지 했다.

"저는 왕길지라고 하는 미국사람 선교사입니다. 우리 교회를 방문해 주셔서 감사합니다. 예수님에 대해서 더 많이 알아보시고 믿음을 가지십시오. 예수님은 우리가 지은 죄를 사해 주시기 위해서 우리를 대신하여 저 나무 십자가에 못 박혀 죽었습니다. 누구든지 이런 예수님을 믿게 되면 지금까지 지은 죄를 모두 사하게 되고 죽어서도 영생을 얻게 됩니다."

"선교사님! 예수를 믿는 사람들은 모두 서양 사람이고 예수교는 서양 사람의 종교라고 들었습니다. 조선 사람은 부처님을 믿고 절하는데 특히 조선사람 중에서도 상놈 소리를 듣는 우리가 예수님을 믿어도 되겠습니까?"

덕구는 범조 스님의 말이 문득 떠올라 불쑥 한 마디를 꺼냈다. 방우는 덤덤하게 앉아 있기만 했다.

"예. 예수님께서는 죄진 자들과 무거운 짐 진 자를 찾고 부르고 계십니다. 가난하고 병든 자, 그리고 조선에서 상놈이라고 천대받는 사람들을 더 사랑하십니다."

"그런데 이 교회에 혹시 김준봉 씨란 분이 안 계십니까?"

"김준봉 씨라, 혹시 김상봉 목사님을 잘못 아신 건 아닙니까? 우리 교회 김상봉 목사님은 아주 훌륭하신 분입니다. 두 분 선생님도 우리 교회 가족이 되어 주셔서 우리 다함께 하나님의 은혜를 받읍시다."

"네, 생각해 보겠습니다."

미국인 선교사는 공손히 절을 하고 나가는 것이었다.

잠시 후 선교사가 나간 문이 열리면서 점잖게 생긴 분이 교회 안으로 걸어들어오고 있었다.

방우와 덕구가 동시에 벌떡 일어났다.

"제가 김준봉입니다."

"아, 김 동지! 태백산입니다."

"아…그럼 고함 산에서 만났던 동지십니까?"

"그렇습니다."

그는 방우를 껴안으며 반갑게 맞아 주었다.

"여길 어떻게 알고?"

그는 둘을 데리고 나가 교회 안쪽의 아담한 방으로 안내하는 것이었다. 벽 쪽으로 책상이 놓이고 방 가운데에는 의자가 가지런히 놓여있었다. 김준봉은 자리에 앉자마자 그간의 경위를 설명해 주었다.

"두 동지의 도움이 아니었다면 우리 대원들은 아마 이 세상 사람이 아니었을 겁니다."

그는 감사의 인사를 먼저했다.

“하기야 한 동지가 기어이 가고 말았습니다만, 참 훌륭한 동지였지요…. 저와 같은 안동이 고향이라서 영남유림단에 같이 입단을 했고, 유림단에서 또 무력단에 같이 지원을 했었던 동지였는데, 그날 동지들께서 주신 쌀 두 가마니를 경주 쪽으로 운반하던 도중에 왜병의 총격을 받았습니다. 그래서 그만…”

“그때 그런 협조한 일로 인해, 사실은 지금 우리도 왜병의 눈을 피해 숨어다니는 신세가 됐습니다.”

덕구가 주위를 돌아보며 경계하듯 말했다.

“여기 목사님은 김상봉 씨라고 하던데, 동지님의 함자와 비슷해서요.”

“네, 목사님이 저와는 가까운 사이입니다. 그 정도로만 아시면 됩니다.”

“김 동지, 일본 놈들이 다개 마을을 온통 쑤셔 놓으면서 우릴 찾고 있으니 마을 사람들이 이제는 우리를 잡아다 줄 지경이 됐습니다.”

“아… 그렇군요. 여기 교회는 안전하니까 걱정 안 하셔도 될 겁니다. 미국인 선교사가 있으니 이곳 헌병 분견대도 함부로 달라붙지 않습니다. 제가 목사님께 말씀드릴 터이니, 며칠 동안 계시면서 좋은 방도를 만들어 봅시다.”

“예, 그렇게 해주신다면”

“그럼요. 그렇게 해 드려야죠. 우리 무력단에서 두 동지가 찾아 왔다면 아마 만세를 부를 겁니다.”

“쌀 사건으로 인해 결국 아까운 동지 한 사람만 희생됐지 않았습니까?”

"아니올시다. 두 동지의 공은 오래 잊지 못할 것입니다."

"그럼 이 교회는 어떤 인연으로?"

"동지들 너무 깊게 생각하려 하지 마십시오, 왜병의 총격으로 희생된 그 동지가 평소 예수를 믿는 신자였습니다. 평소에 그 동지와 나는 이 언양 지방에서 독립운동을 하거나 다음 세대를 위한 교육에 대한 관심을 많이 가지고 많은 얘기를 나누었습니다. 그래서 그가 마지막 숨을 접는 순간에 내 이 손을 꼭 잡으면서 목에 걸고 있던 이 십자가를 저에게 남기고 갔습니다. 하나님을 믿으라고 하늘나라에서 다시 만나자 하고는 심장을 멈춰버렸습니다."

"그럼 이제부터의 계획은 어떻게 잡으면 되겠는교?"

덕구가 조급한 마음으로 물었다.

"여기 목사님은 언양 쪽에다 복음을 전파하면서 한편으로는 민족정기를 살리는 운동을 펴는 일을 하고 있습니다. 그 대신 나는 우리의단으로부터 하명 받은 임무를 수행하는 것이지요. 그것은 군자금을 모으는 일입니다. 잘 아시겠지만 총칼을 든 왜놈들과 싸우기 위해 무기를 구입하는 일이 매우 중요한 일 중의 하나입니다. 그러기 위해서는 많은 희생이 따르기도 하고 자금이 필요하지요."

"예, 그렇지요. 그럼 그 무기구입은 용이하게 잘 되는 겁니까?"

"예, 저희는 일단 군자금을 모은 다음에는 여기 울산에 계시는 박상진 선생께 맡겨버리는 겁니다. 독립운동단체가 가장 믿고 따르는 분이 박상진 선생이시죠. 아마 영덕의 신돌석 장군도 의형제를 맺고 자주 찾아오는 줄 알고 있습니다."

"맞습니다."

덕구는 신돌석 의병대장이 송정 고헌 박상진 선생과 자주 만난다는 사실을 알고 있는 터였다.

"자. 이제부터 우리는 뜻을 같이하는 동지가 된 겁니다. 맹서하십시다."

김준봉이 책상 위에 손바닥을 펼쳤다. 방우와 덕구가 차례로 손을 포개놓고 힘을 주었다.

"무궁한 우리의 앞날을 위하여, 나라를 위해 목숨이 다하는 날까지 함께할 것을 맹세한다."

교회는 언양 읍내와는 다소 거리가 떨어진 중남면 수남(水南)교회였다. 방우와 덕구가 수남교회에 은신해 있는지도 십 수일이 되었다. 예배가 있을 때마다 예배에 참석해 목사님의 설교를 듣다 보니 숨어 지낸다는 것이 조금도 지루하지 않았다.

목사님과 미국인 왕길지 선교사와는 아주 가까운 사이인 것 같아 보였다. 그러는 사이 방우와 덕구는 성경공부를 통해 차츰차츰 한글도 배우고 교인으로 길들여져 가고 있었다. 무엇보다 한결 같이 사랑으로 대해주는 목사님과 선교사에 대한 신뢰가 깊어지면서 교회 안팎의 청소는 도맡아 했다. 무엇보다 천대받고 살아야 하는 상놈에 대한 의심을 많은 교인들은 잊게 해 주었다. 집안에 좋은 일이 있으면 잊지 않고 떡과 과일을 가져와 방우와 덕구에게 주는 교우들이 있었고, 햅쌀로 만든 찐쌀을 갖다주는 교우들은 일찍이 그들이 만나보지 못했던 천사들 같았다.

목사님은 글을 모르던 방우와 덕구에게 따로 공부시간을 정해 글을 배우게 해주고 자상하게 보살펴 주는 등 사랑을 부어주셨다. 목사님은 한글을 가르쳤고 김준봉 동지는 한자를 가르쳐 천자문(千字文)도 해독하게 되었다.

방우와 덕구는 노력이라는 단어를 생각하므로 불가능이란 없는 것 같았다. 사람답게 살아야 하는 길을 가르쳐주고 있는 목사님과 김준봉 동지가 고맙고 감사했다.

“덕구야, 이제 우리도 마음에 숨겨놓은 말들을 글로서 표현할 수 있고 전할 수도 있으니 마음의 자유를 찾은 것과 다름없구나. 이제 좀 더 노력하여 멋지고 참된 인간이 되어 사람답게 살아보자. 마음의 문을 활짝 열고 누구라도 들어와 대화할 수 있는 자유와 미투리에 얽매이던 구속적 차별 대우 모두를 말이다. 이제 다 버리고. 새로운 인간으로 거듭나는 거야. 덕구야, 너는 나보다 훌륭한 놈이었어. 네 누부를 원망하지 마라. 나에게도 혈육이 있지만 못 만나고 살아가지 않나. 그에 비하면 너는 행복한 놈이야.”

“형! 에게 혈육이 있었어? 동생이야? 형이야?”

“덕구야, 나중 나중에 다 말해주마 누부가 하나 있데. 만나 보지는 못했지만…”

“형, 정말이야?”

“그럼, 정말이고 말고.”

“형, 자유는 정말 좋은 것이야. 그렇지만 이런 자유는 싫어 우리 어무이가 늘 누부와 내게 일깨워 준 말이 있어. ‘너의 아부지는 비록 떠돌이 생활에 바람 같이 살았지만, 마음속 깊은 우물 속에는 나라 잃은 서러움으로 눈물이 가득 고여 있었어. 이제 엄마가 죽고 나면 누부와 의좋게 지내거라. 나라 잃은 서러움을 가슴 속 깊게 담아두어라, 덕구 너는 항상 내가 해야 할 일이 무엇인가를 생각하며 살아가야 한다.' 라고 하셨어, 우리 어무이는 훌륭한 분이셔. 아부지는 더 훌륭한 분이시고, 나중에 형에게 다 털어놓을 수 있는 기회가 오게 된다면 다 말해 줄게"

덕구는 뒷말을 이어가지 못하고 눈언저리가 붉어졌다.

"덕구야! 이제부터 보람된 일만 하고 살자. 나라를 사랑하고, 어무이도 사랑하고, 끝분이도 사랑하고, 복례 씨도 사랑하며 살아가자 우린 얼마든지 할 수 있어. 왜놈들도 까부시고, 우린 젊고 힘이 있잖아."

"형, 고마워. 실은 형의 속내를 알 수 없어 많이 경계했어. 이제 형을 알고 나니 마음 놓고 일을 같이할 수 있을 것 같아."

"덕구야, 최후까지 나라와 조선 민족을 위하여 이름을 남기자."

둘은 부둥켜안고 뜨거운 사나이의 눈물을 흘렸다.

수남교회는 이렇게 글을 모르는 문맹자에게 일본인들 몰래 한글을 가르치기도 하고 하루속히 일본으로부터 국권을 도로 빼앗아야 한다는 민족정신 고취에도 열성을 쏟고 있었다. 목사님의 설교에서 이와 같은 말이 간간히 강조될 때 방우와 덕구는 주먹을 쥐면서 공감을 하곤 했다.

교회는 지금까지 한 번도 왜놈으로부터의 제재나 감시를 받지 않았다는 것이 둘에게는 가장 안전한 피신처가 된 것이었다.

가끔 끝분이가 보고 싶을 때마다 지금쯤 배가 많이 불러 올랐을 것이라고 생각했다. 집안일은 어떻게 되고 있는지 궁금했고, 복례가 왜놈 헌병과 결혼식을 올렸는지? 그 김기호란 놈은 아직 득세를 하고 있는지? 그놈에 대한 시원한 복수의 날이 언제 올 것인지, 주야로 그 생각에만 빠져있었다.

수남교회의 깊은 내용을 알게 된 덕구와 방우는 다시 한 번 놀랐다.

김준봉 동지가 안내하는 지하 자료실로 가 보았다. 거기에는 동지들과 접선할 때 변장에 필요한 도구들이 갖추어져 있었다. 엿장수로의 변신에 필요한 도구들에서부터 채권 장사, 전기수리공, 찹쌀떡장사로의 변장이 가능한 의상과 도구들이 준비되어 있었다. 이제는 어느 곳으로 이동하거나 누구를 만나러 가도 괜찮을 것 같았다.

"김 동지 우리를 믿어주니 고맙습니다. 이렇게 많은 준비를 갖추고 있을 줄 몰랐습니다. 다들 나라를 위해 수고가 많습니다. 그런데 저는 여지껏 도움이 되지 못해 죄송하기만 합니다. 저에게도 일을 주십시오."

"기회가 되면 일을 드리겠습니다."

방우는 김 동지의 손을 굳게 잡았다.

"동지들, 오늘은 저녁을 먹고 어디를 가볼 데가 있습니다.

김 동지와 함께 마을로 내려갔다. 그런데 김 동지가 가리키는 집을 보고 당황했다.

"동지들 잘 보아 두세요. 저기 나무가 무성하게 둘러싸인 집이 왜놈 헌병 대장 관사라고 합니다. 오늘 여기 나온 이유도 바로 저 집을 알려 드리고자 나왔습니다. 아마도 움직이는 데 도움이 될 것입니다."

김준봉은 그 집이 왜놈 헌병 대장 관사라고 했다. 그 집을 찾아가면 복례를 만날 수 있을 것 같았다.

방우는 김준봉 동지에게 은밀히 얘기했다.

"김 동지 목사님이 하시려고 하는 일과 김 동지가 맡은 일에 대하여 크게 기여하고 싶으니 소임을 명령해 주십시오."

"그럼 제1호 지시 사항입니다. 각오가 섰습니까?"

"예. 이제사 그동안의 밥값을 하는 기분이 듭니다."

"내일 오후 8시 찹쌀떡 장수로 변장해 헌병 대장 집 앞에서 찹쌀떡이라고 크게 3번 외치고는 머뭇거리고 있으면 그 집 안에서 일하는 처녀가 나와 찹쌀떡 장수를 부를 것입니다. 그러면 찹쌀떡 10개를 주고 돈을 받으십시오. 그러면 그 처자가 헌병 대장 부인이 조선 사람이라 찹쌀떡을 좋아하니 며칠 안으로 한 번 더 오라든가 아니면 아무런 말을 하지 않을 것이니 방우 씨는 그 여인의 말을 듣고 오시기만 하면 됩니다. 다른 말을 일체 해서는 아니 됩니다.

"예, 잘 알겠습니다."

답은 그렇게 했지만 가슴이 설레었다. 복례의 집 앞까지 갈 수 있다는 사실과 볼 수 있을 것이라는 기대감 때문인 것 같았다.

"형, 정말 형이 갈 거야?"

"그럼 너는 안 되지 성질이 급해 잘못 하다간 일을 그르치기 쉬우니 말이다. 그리고 김 동지가 헌병 대장 부인이 너거 누부인줄 알아봐 어떻게 할라 카노."

"생각해보니 형 말도 맞아."

"덕구야, 헌병 대장 집에서 일하는 처자가 우리 측 사람인 것 같아 그러니 정보를 뽑아내기에는 좋은 줄을 묶어놓은 셈이구나."

"형 말을 듣고 보니 누부도 똑똑한 척 하지만 별수없네. 집안에 밀정이 있는 줄도 모르니."

"덕구야, 너거 누부는 그렇지는 않을 거야. 알고도 넘어가는 것인지 모르는 일이지 덕구 네가 있는 한은 말이다."

"하긴 그런 생각도 해보지. 형, 옛날에 복례 누부는 어린 나를 사랑했어 정말이야. 밥그릇에 밥이 바닥에 깔려있어도 누부는 나를 주었거든, 눈먼 어무이 몰래. 누부는 왜 안 먹느냐고? 물으면, 옆집에서 옥수수를 얻어먹었다고 핑계를 대기도 했어. 나를 먹이려고, 하루는 누부가 들에 쑥 뜯으러 가자는데 도망가서 실큰 놀다 오니 어머니가 보릿가루를 넣어 쑥 털털이를 해 주었는데 어찌나 맛있던지… 형 정말 누부에게 못 되게 굴었어. 누부는 보리 이삭 벼 이삭을 줍는다고 땀을 흘리는데, 나는 놀기만 했어. 누부가 화가 나 메뚜기라도 잡으라고 소리를 지르면 못 들은 척 놀기만 했어. 누부나이 겨우 여덟 살 때였어. 형, 누부는 돈에 한이 맺혀 일본 놈에게 갔어. 돈 때문일 거야. 아니면 아부지 원한을 풀기 위해서인지도 몰라."

독한 덕구의 눈에서 눈물이 흘렀다.

"덕구야, 피붙이는 어디가 달라도 다른 데가 있는 거야, 누부를 이해해라." 다음날 방우는 찹쌀떡 장수로 변장해 교회를 나섰다. 헌병 대장 관사 대문 앞에서 찹쌀떡이라고 외쳐야 하는데 말이 입 속에서 굴러다니기만 했다. 방우는 배에 힘을 주어 찹쌀떡이라고 소리를 질렀다.

현관 불이 켜지고 슬리퍼 끄는 소리가 들렸다. 방우가 대문 가까이 바짝 다가섰다.

"찹쌀떡 아저씨."

"네."

방우는 가슴이 두근거렸다. 혹여 복례라도 만날 수 있지 않을까 하는 기대를 가져 보았기 때문이었다.

대문이 열리자 곱상하게 생긴 처녀가 나와 웃었다.

"찹쌀떡 10개만 주세요. 얼마죠?"

"십 전입니더."

여자는 지갑에서 돈을 꺼내어 봉투에 담아 주었다.

"감사합니다."

"아저씨 며칠 만에 또 오실 수 있어요? 대장님 부인이 조선 사람이라 찹쌀떡을 좋아한답니다"

"글쎄요. 한 5일 정도?"

뒤 끝말을 길게 남기고 돌아섰지만 복례가 보고 싶었다. 방우의 동정을 빼앗아 간 첫정을 준 여자이기도 하지만, 덕구의 누부라는 혈육의 고리로 인한 믿음 같은 것이 방우를 괴롭혔기 때문이었다. 복례를 보지 못하고 돌아오는 발걸음은 무쇠 추를 달아놓은 듯 무거웠다.

마을을 빠져나올 동안 찹쌀떡을 목청이 터져라 외쳤다. 불만, 불투명한 인생길, 가도 가도 끝이 보이지 않는 길, 한숨이 절로 목덜미를 눌렀다.

교회를 향해 언덕길을 오르는 동안 봉투 속이 궁금했다. 그러나 그 속을 들여다본다는 자체가 배신이라는 생각이 들었기에 그대로 김 동지에게 내밀었다.

"방우 동지 수고했어요, 그런데 왜 힘이 없어 보여요?"

"아마 두려움 때문일 껍니더."

"방우 씨 별도의 지시사항이 있을 동안 편히 쉬세요. 조금 있으면 아주 바빠질 것입니다. 놈들이 최후 발악이 시작될 것이니까요. 그리고 내일 제가 여기 없을 것입니다. 출장을 가야 하는데, 그동안 선교사님에게 성경 공부를 하고 계세요, 살아가는데, 도움이 될 것입니다. 불안한 마음을 닦아 수양을 하라는 뜻입니다."

그가 돌아가자 미국인 선교사가 자신의 방으로 방우와 덕구를 불렀다. 그는 조금만 시간의 여유가 생기면 세례받기를 권했다.

"형제님, 기회는 또 있고 또 있는 것이 아닙니다. 하나님은 위험에 처해 있는 생명을 구할 수도 있고 죽일 수도 있는 능력을 가지고 계십니다. 일단 세례를 받아 제2생명을 받으면 삶과 꿈과 희망이 바뀔 것입니다. 목사님께 형제님을 잘 말씀 올리겠습니다. 다음 주는 세례를 받으실 분이 세분이 계십니다. 그때 같이 받으시지요."

"덕구야, 세례를 받을까?"

"나는 싫어 언제 죽을지도 모르는데. 형이나 받아. 축복해. 하나님도 형을 사랑할 거다. 형은 좋은 일만 하고 살았으니 하나님이 좋게 봐 줄 거다."

세례받기를 거부하는 덕구를 위해 기도를 했다. 선교사님도 성경 구절을 읽어주며 그것을 풀어서 알기 쉽게 말해 주었다.

"하나님은 죄지은 자를 용서해 주시고 구원해 주십니다. 더욱이 약하고 불쌍한 자와 가난한 자를 더 좋아하십니다. 보십시오. 이스라엘의 두 번째 왕인 다윗은 무수한 죄를 지었습니다. 간음에다가 부하를 일부러 죽음으로 내모는 등 참으로 많은 실수를 거듭하며 죄를 지었습니다. 그러나 그는 회개하고 하나님께 용서를 구했습니다. 하나님께 간절하게 용서를 구하고 선한 일을 행하는 그에게 하나님은 자비를 내리시고 새로운 출발을 하도록 허락하셨습니다. 성경은 그런 다윗을 하나님의 마음에 맞는 사람이라고 말하고 있습니다. 두 분께서도 이제부터 하나님께 항상 용서를 구하고 선한 일을 행하신다면 하나님은 절대 잊지 않고 새로운 삶을 허락해 주실 것입니다. 절대로 과거의 실수에 머물지 말고 새로운 삶을 하나님으로부터 받으시고 더 큰 기대와 더 큰 하나님의 복을 받으십시오."

"선교사님, 다음 기회에 세례를 받겠습니다. 꼭 약속드리겠습니다."

"그럼 그렇게 알고 믿음으로 기다리겠습니다."

그는 기도를 끝내고는 일어서는 것이었다.

방우는 그동안 안전하게 은신해 있었던 수남교회와 김준봉 동지가 방우의 생에 등불처럼 여겨졌다. 이제 닷새 후면 다시 복례 집으로 갈 수 있을 것이라는 생각을 하니 어쩐지 가슴이 답답해 옴을 느꼈다. 과연 하나님은 복례와 있었던 엄밀한 간음을 용서하시고 앞으로 행복한 삶을 살도록 해 주실까? 하나님은 간절히 기도하면, 가슴속 깊은 곳에 자리한 끝분이를 반려자로 허락해 주실까? 방우의 간절한 기도는 계속되었다.

"형! 복례 누부 집으로 가라는 지령이 없었지?"

"그래, 아마 며칠 있으면 김 동지가 출장에서 돌아올 거야. 그때 제2

의 임무가 하달될 것 같아."

"형 지금 형이 가지고 있는 돈이 얼마나 돼? 꾀나 되지 어무이가 준 돈말이다"

"한 20환은 족히 되겠지. 왜?"

"형! 김준봉 동지를 통해 군자금을 내느니 우리가 직접 송정(松亭)으로 가서 고헌 박상진 선생을 만나 전하자. 혹시 거기서 신돌석 의병대장을 만나질지도 모르고, 돈이 좀더 마련된다면 다개리를 떠나 영덕 쪽으로 아주 가서 거기서 터를 잡고 살자. 우리가 활동하기에도 신돌석 대장 밑이 편해. 여기는 더 머물고 있을 이유가 없을 것 같아."

"덕구야 니 생각도 좋지만 우리 마음대로 할 수 없을 것 같구나 일단 김 동지가 오면 무슨 수가 생기게 될 거야. 그때 의논을 해 보고 움직이자."

방우도 그 점에 대해서만은 같은 생각을 하고 있었다. 다개리에서 눌러 사는 한은 머슴살이하던 놈들이라고 손가락질을 받을게 아닌가 하는 그런 생각이 지워지지 않는 것이었다. 온갖 잡념과 공상으로 며칠을 더 머물러 있는 것이 괴로운 일이기도 했다.

아침 일찍 미루나무 가지에서 까치 떼들이 짖어 된다. 좋은 소식이 오려나? 다개 마을 소식과 점터 소식도 궁금했다.

"덕구야, 김 동지가 오면 우리의 뜻을 전하고 꼭 의논을 해보자. 집에도 가보고 싶구나."

"형, 이렇게 눌러앉아 세월을 보낼 수는 없지 무슨 결정을 지을 때가 된 것 같기도 하고."

기다리던 김 동지가 무사히 돌아왔다. 간 일이 잘 되었는지 얼굴표정이 밝았다.

복례를 다시 찾아가기로 한 하루 전날은 오후 느지막한 시간에 예배가 있었다.

목사님은 베푸는 즐거움이란 제목으로 설교를 했다.

"오늘을 바르고 온전하게 사는데 가장 걸림돌이 되는 것 중의 하나는 자신을 유혹하는 이기주의입니다. 물론 하나님은 우리가 최고의 삶을 누리고 각자가 번영하고 잘되기를 바라시며 우리를 위해 놀라운 은혜를 준비하고 계십니다. 이것을 믿는 것까지는 좋은데, 그 정도가 심하면 자칫 이기주의로 흐르기 쉽습니다. 베푸는 삶을 살면 이기주의의 함정을 피할 뿐 아니라 이루 상상할 수 없을 만큼 큰 기쁨을 누릴 수 있습니다. 오늘날 많은 사람들은 오직 자신을 위해 산다고 자랑스럽게 말합니다. 전혀 부끄러움을 느끼지 못하며 그렇게 말합니다. 자신에게 무엇이 필요한지 자신에게 무엇이 이로운지 만이 유일한 관심사로 여기고 있는 것입니다. 묘하게도 이기주의는 우리를 오히려 비참한 삶으로 내몰아 버립니다. 그리고 아무리 많은 이익이 생겨도 결코 만족감을 얻지 못하게 되는 것입니다. 하나님이 주시는 큰 기쁨을 얻고 싶습니까? 하나님이 부어주시는 놀라운 복과 은혜를 경험하고 싶습니까? 그렇다면 자기 자신을 과감히 잊어야 합니다. 남이 나를 위해 무엇을 해 줄까 하는 계산을 하지 말고 내가 남을 위해 무엇을 해줄까를 고민해야 합니다. 하나님은 우리를 베풀어야 하는 사람으로 창조하셨습니다. 베풀고 사는 법을 깨닫지 못하는 한, 우리는 결코 진정한 만족감을 얻을 수 없습니다. 그러기 때문에 우리는 받는 법이 아니라 주는 법을 배워야 합니다.”

목사님의 설교는 더욱 탄력을 더하며 계속되었다. 방우와 덕구는 숨 한번 쉬지 못하고 설교를 들어야만 했다. 설교의 내용이 마치 방우와 덕구를 두고 해 주는 설교같이 들렸다.

“화가 나거나 풀릴 것 같지 않은 걱정이 밀려올 때, 기쁜 일이 영 사라지는 것 같은 생각이, 자신을 답답하게 만들 때, 걱정거리에 사로잡혀 버릴 때, 분명히 찾아오는 것은 절망과 낙심뿐입니다. 고통이 다가올 때는 기도 하십시오. 하나님은 당신의 소원을 들어주실 것입니다.”

목사님은 설교를 끝내면서 그동안 교회를 위해 헌신 봉사한 방우와 덕구에게 이제 어디를 가든 하나님의 뜻을 따르고 하나님의 말씀대로 떳떳하게 살아가는 하나님의 일꾼이 되어 줄 것과 하나님의 은혜가 늘 이들에게 함께 해주기를 기도해 주었다.

방우는 다음날 다시 복례를 만나러 가는 날에도 새벽기도를 잊지 않았다.

“하나님! 이 죄 많은 죄인을 불상이 여기시고 원하는 일들이 모두 이루게 해주시기를 예수그리스도의 이름으로 간절히 비옵나이다. 아멘”

방우는 전번 날 복례를 만나러 갔을 때의 찹쌀떡 장사 그대로 차려입고는 교회를 나섰다. 복례가 있는 그 관사 앞에 이르자 찹쌀떡이라고 소리를 질렀다.

얼마 후 그때 그 여인이 나와 찹쌀떡 값과 봉투 하나를 건네주면서 ‘이 봉투는 아저씨 것이니 잘 챙기시오.’ 하고는 얼른 들어가는 것이었다.

시계무라가 집에 있는 모양이었다. 교회로 돌아오는 길에 방우의 것이라는 봉투가 궁금했다. 한적한 산길에 앉아 봉투 속의 것을 꺼내었다. 몇 겹으로 싼 예금 통장 두 개와 도장 두개가 들어 있었다. 하나는 천방우 앞으로 된 통장이고 또 하나는 방덕구 앞으로 된 통장이었다. 눈물이 왈칵 쏟아져 나왔다. 산길에서 엉엉 울었다.

복례의 참뜻이 무엇일까? 궁금했다. 나를 위해서도 아닐 것이요, 덕구를 위해서도 아닐 것 같다. 그렇다면 뜻 있는 곳에 쓰여지기를 바라는 의도가 아닐까? 생전에 백중기 어른에게 총애를 받아오던 복례였으니 한 밑천 뚝 떼어 준 돈인지도 모를 일이다. 일본 놈에게 시집을 가게 되면 돈이 필요 없다는 뜻일까? 아니면 일본의 정보를 빼내기 위해 시집가기를 결정한 것일까? 첩자와 한집에 살고 있다는 자체가 의문점으로 남았다. 교회가 보이는 언덕으로 오를 때 덕구가 언덕에서 기다리고 있었다.

"형, 늦었네. 형 만나 같이 들어가려고 여기서 기다렸어."

"그래, 좀 늦었지? 처리할 일이 있었어, 덕구야 형하고 얘기 좀 하고 올라가자."

방우가 가슴 속에서 꺼내는 것은 예금 통장이었다.

"덕구야, 통장 하나는 방덕구 앞으로 되어 있고, 또 하나는 천방우 이름으로 만든 통장이다. 이 돈을 어디에 쓰던지 각자의 생각에 맡긴다. 그러니 덕구는 누부의 뜻에 어긋나게 활용하지는 말아라. 복례의 바램은 덕구가 가정을 꾸려 행복하게 살기를 원하는 것이 아닐까?"

"형은 어떻게 할 작정인데?"

"덕구야, 이 형에게는 끝분이가 있다. 물론 잠자리를 같이 해보지는 않았지만 내 마음은 어무이를 모시고 끝분이와 함께 욕심 없이 살아갈 생각이다. 물론 나라를 위해 목숨을 바치는 것도 사나이가 해야 할 문제이지만 후방에서 지원금을 조달하는 것 또한 이 형이 해야 할 몫으로 생각이 드는구나. 덕구야, 끝분이가 백중기 어른의 알라를 배었어. 그러니 어무이를 봉양할 씨를 받은 셈이지. 끝분이가 착하다는 생각이 들어 한편으로 생각하면 백중기 어른이 괘씸하기도 하고."

"형, 형은 40년을 헛되게 보내지 않았어. 김장자 어르신을 어무이라 믿으니 형은 복 받을 거야. 주님이 복을 아주 많이 주실 거야."

"덕구야, 니하고 내가 형 아우로 영원히 지나면 그도 행복할 것 아이가 가족이란 피 한방울 섞이지 않아도 혈육의 정을 나눌 수 있는 거다."

"형, 우리 이 마음 죽는 날까지 변치 말자 알았지? 그라고 통장 얘기는 아무에게 하지 말자."

"덕구야, 형 생각은 다르다. 사람은 은혜를 갚을 줄 알아야 한다. 나라를 위해 고생하고 있는 동지들의 지원금으로 절반을 낼 생각을 하고 있다. 그라고 교회를 위해 감사 연보를 낼 생각을 하고 있다. 형 생각대로 따라주길 믿겠다."

바람이 고갯마루로 불어온다. 비를 몰고 올 눅눅한 바람이다.

교회 입구에서 김준봉 동지를 만났다.

"김 동지, 왜 나와 있어요?"

"각처에 있는 동지들이 좀…"

"왜? 무슨 일이 있는교?"

"지원금 조달이 되지 않아 끼니를 걱정하니 마음이 아파서요."

“김 동지 하나님이 저에게 좋은 기회를 마련해 주었습니더. 지원금을 낼 수 있는 기회를 준 것입니더. 교회로 가서 모든 것을 말씀드릴게요.”

방우와 덕구는 목사님 방으로 갔다. 목사님과 왕길지 선교사와 김준봉 동지가 같이 앉았다.

“김 동지, 그리고 목사님, 그동안 정말 감사합니다. 이제 덕구와 제가 떠날 때가 되었다고 생각을 합니더. 그라고 우리 수중에 돈이 있심더 그것의 절반은 지원금으로 보태고 싶고 교회에 감사 현금으로 내고 싶습니더, 그런데 그 돈을 저희들이 가서 찾아야 하겠지만 너무나 많은 액수라 목사님의 협조가 필요합니더. 바로 이 통장에 입금되어 있는 돈입니다.”

방우는 통장을 내어 놓았다. 김 동지도 목사님도 예금 액수를 보자 놀라 눈이 동그래진다.

“천 동지 이 많은 돈을 가지고 있었어요?”

“네, 어떻게 써야 할지 생각을 많이 했심더. 그래서 덕구와 결정한 일입니더. 목사님과 같이 언양 금융조합으로 갔으면 하고 의논을 하는 것입니더.”

“두 분의 생각에는 변함이 없을 테지요.”

김준봉 동지의 얼굴에 강한 바람이 일었다.

“물론 변함 없심더. 배고파하는 동지들이 있다는데 무엇을 주저할 것입니까?”

“그라면 지금 예배를 마치고 금융조합으로 가세요. 각 통장에서 절반씩을 찾도록 하세요. 그 돈이 조합에 있을지도 의문입니다. 작은 조합이라서. 하나님을 통하면 이루어질 것입니다."

목사님은 협조할 의사를 밝혔다.

"자, 형제들 기도 합시다. 우리 교회의 큰 두 일꾼이 이제 떠나셔야 한다니 섭섭하고 아쉬운 마음뿐입니다. 그러나 두 분께서 우리 교회를 통해 하나님의 자녀가 된 것을 하나님께 감사합니다. 하나님은 언제나 살아 계시면서 두 분에게 내리실 은혜를 준비하고 계심을 믿습니다. 그 은혜를 영광되게 받기 위해 두 분께서는 항상 하나님의 은혜로 성장하시기 바랍니다. 지금 우리나라에서는 젊은이들이 할 일이 너무나 많습니다. 나라의 국권을 되찾는 일은 젊은이들의 몫입니다. 그래서 우리 교회에서는 나라의 얼을 살리고 우리가 고유민족으로서 맥을 이어가기 위해 우리글을 모르는 사람들에게 우리글을 가르치는 사업도 펼치고 있습니다. 일본은 우리 민족의 정기를 꺽기 위하여 갖은 만행으로 우리 것을 말살하려 들고 있습니다. 하나님을 믿는 우리들에게 하나님 대신 그들의 천황을 경배하고 강요하는 일이 날로 심해지고 있습니다. 성경 말씀에 '너는 나 외에는 다른 신을 섬기지 말지어다. 너를 위하여 새긴 우상을 만들지 말고 또 위로 하늘에 있는 것이나 아래로 땅에 있는 것이나 땅 아래 물속에 있는 것이나 아무 형상이든지 만들지 말며 그것들에게 절하지 말며, 그것들을 섬기지 말라 나 여호와 너의 하나님은 질투하는 하나님인즉 나를 미워하는 자의 죄를 갚되 아비로부터 아들에게로 삼사대까지 이르게 하거니와 나를 사랑하고자 계명을 지키는 자에게는 천대까지 은혜를 베푸느니라.' 하나님 여기 당신이 아끼고 사랑하던 형제가 이제 떠나려 합니다. 어디를 가든지 아버지의 믿음 가운데 서게 하시고 나라의 기둥이 되게 도와주십시오, 이 모든 말씀 예수 그리스도 이름으로 비옵니다. 아멘…"

목사님의 기도는 가슴 깊은 곳에 들어와 감동이 되어 눈물이 나왔다. 이런 떠돌이 인생에게 살아갈 수 있는 길을 마련해 준 믿음이라는 큰 뜻을 가지게 해 준 것은 오직 하나님이 베푸신 은혜일 것이라 믿었다.

김준봉 동지가 가까이 다가왔다.

"두 분 동지, 마지막 의무가 남아 있습니다. 내일이 울산 소바우에 오일장이 서는 날입니다. 방우 동지와 덕구 동지가 각각 의무가 다릅니다. 오늘 밤 정확한 지시를 하달 할 것입니다. 지원 자금을 한곳으로는 보낼 수 없지 않습니까? 나누어 보내어야 합니다. 그래야만 동지들이 힘을 얻을 수 있습니다."

"김 동지, 조합에 갔다 와서 다시 얘기를 나눕시다."

방우와 덕구는 불안한 가운데 목사님과 함께 길을 나섰다. 혹여 가는 도중에 검문을 당하지 않을까 하는 마음에 두 사람에게 성직자 옷을 입혔다. 그리고 한 손에는 성경책을 쥐고 있게 했다. 김준봉은 세 사람의 성직자들의 뒷모습이 그럴 듯하게 보이는지 그들을 바라보며 미소를 지어 보였다.

7. 우시장 금달래

나무들이 숲을 이루고 있는 길을 지나 걸었다. 그동안 정들었던 교회를 뒤로하고 돌아보고 또 돌아보았다.

"목사님, 감사합니더. 사람답게 사는 방법을 가리켜 주었으니. 하나님은 이 천민을 버리지 않았심더. 좋은 일에 쓰도록 돈을 마련해 주었고, 감사 헌금도 내놓을 수도 있고 독립 자금도 지원할 수 있는 기회를 주었습니다. 얼마나 감사한 일인지 몰라요. 어디서 생긴 돈이냐고. 묻지는 마시소. 단 훔친 돈은 아닙니더. 거룩하고 참된 일에 쓰게 될것입니다."

"두 분 생각을 하나님은 감사하게 받을 것입니다. 정말 훌륭하신 생각입니다.

방우와 덕구는 목사님을 따라 금융조합으로 갔다. 수남교회의 자금관리 때문에 몇 번 만난 적이 있는 조합장를 찾아갔다. 따로 마련된 그의 방에서 예금통장을 내놓았다. 조합장은 통장 예금액을 확인하고는 놀라는 눈치였다.

"목사님 이 많은 돈을 지금 찾으시렵니까?"

"아닙니다. 절반 씩을 찾으려는데요."

"절반이라도, 이십 만 환이 아닙니까? 울산 조합으로 가시면 될 텐데요. 잠깐만 기다려 보십시오."

조합장이 밖으로 나간 후 십 분이 지났다.

"목사님, 울산까지 가게 된다면 좀 복잡해 질긴데요?"

"일단 기다려 봅시다. 조치를 취해 줄 것입니다."

조합장이 들어와 입맛을 쩝쩝 다신다.

"꼭 이 많은 돈이 다 필요합니까?"

"네, 교회 부지를 살려고 합니다. 편리를 봐 주십시오."

조합장이 통장과 도장을 쥐고 밖으로 나간 후 한참만에 들어왔다.

"자, 세어보십시오. 두 군데 조합을 털었습니다."

"감사합니다. 셀 필요가 없습니다."

"저 조합장님 여기 이 통장으로 다른 곳에서도 인출 할 수 있습니까."

덕구가 불쑥 조합장에게 질문을 했다.

"도장을 가지고가면 어디서나 가능합니다."

돈을 목사님의 전대(가방) 속에 넣어 몸 속에 감았다.

조합장의 친절한 인사를 뒤로하고 좁은 산길을 택해 걸었다.

덕구는 산길을 걷는 동안 사방을 두리번거렸다. 누가 따라올지 몰라 주위를 살피는 눈치였다.

"목사님, 우리가 만약에 목사님으로부터 글을 배우지 않았더라면 어떻게 됐을까요. 예금통장에 돈이 얼마 들었는지. 눈이 까만 천지인데 어떻게 알아볼 수가 있었겠능교."

"그렇습니다. 사람은 태어나서 살아 있을 때까지는 배워야 한다지요. 그래서 학문의 길은 망망대해(茫茫大海)라 하지요. 두 분이 고마운 은혜를 갚을 길은 학교를 지어 글 모르는 사람들에게 우리글을 가르쳐 주는 일입니다. 꼭 명심하십시오. 지금 일본은 최후 발악을 하고 있으니 몸조심하셔야 합니다. 만주에 있는 동지들이 당분간 연락을 멈추었다고 들었습니다만 그 이유는 김준봉 집사가 말씀을 주실 것입니다."

교회로 들어서자 김 동지가 기다리고 있었다.

"동지들 자료실로 가십시다. 자료실은 늘 안전한 곳이니까요."

목사님이 따라 들어왔다.

"집사님, 조합에 돈이 부족해 다른 조합에서 빌려 오는 눈치였습니다. 이제 마음 놓고 말씀 나누세요."

목사님의 이마 위에 땀방울이 맺혀 있다.

"두 동지 감사합니다. 지금 만주에 있는 독립군의 자금지원이 부족해 마비가 될 상태입니다. 그런데 두 동지들이 이십 만 환이라는 거금을 내어 놓았으니 이제 숨통이 트입니다. 그러니 두 번째 의무를 수행하셔야겠습니다. 먼저 방우 동지께 지시하겠으니 잘 들어두십시오. 내일이 울산 소바우에 5일 장이 서는 날입니다. 엿장수로 분장을 하고 우시장으로 들어가면 거기에 금달래라는 미친 여인이 장바닥으로 돌아다닐 것입니다. 장날이라 소를 사고팔고 하는 사람들이 금달래에게 국밥도 사주고 푼돈도 몇 전씩 쥐여주기도 한답니다. 방우 씨는 금달래에게 다가가서 오늘 뭐 먹었노? 국밥 사 줄까? 하면 여인이 안 먹었어. 하면 자금을 전달해도 된다는 뜻이니, 그때는 이 엿도 좀 줄까? 그렇게 말하고는 엿 담은 봉지를 전달하면 됩니다. 그 대신 먹었어, 라고 대답하면 위험하다는 뜻이니 그냥 돌아오시면 됩니다. 방우 동지가 전하려는 자금은 영남 유림단을 통해 독립군자금으로 전달이 될 자금입니다."

"김 동지 좀 겁이 나기는 합니다만 한 번 해 보겠심니더."

그리고 덕구 동지에게 임무를 주겠으니 잘 들어 실행해야 합니다."

"나도 울산으로 가야 합니까?"

"물론 울산이지요. 약간의 위험이 따르기도 합니다. 울산에는 태화강이라는 강이 있는데, 바닷물과 민물이 합류하는 강입니다. 지금쯤 바다에 살고 있던 연어라는 물고기들이 산란기를 맞아 어머니의 고향인 태화강으로 올라오고 있어요. 말하자면 알을 낳기 위해 태화강으로 오고 있다는 말입니다. 연어라는 어종은 일급수에만 알을 낳는 고기종이지요. 밤이 되면 강가로 사람들이 모여들지요. 고래 기름으로 만든 횃불을 들고 뜰채와 망을 들고 말입니다. 덕구 씨도 그들과 꼭 같이 연어를 잡기 위한 사람으로 분장을 해야 합니다. 여기 이것이 고래에서 나온 기름입니다."

"김 동지, 고래 기름을 어디서 구했능교?"

"물론 울산에서 구했지요. 울산 장생포라는 바닷가에서는 고래를 잡아 해체하는 조합들이 있어요. 집체만 한 고래도 단 네 시간이면 깔끔하게 처리가 됩니다. 거기에 가면 손쉽게 기름을 구할 수가 있어요. 그러니 덕구 씨는 횃불과 장화, 뜰채, 고기를 담을 망을 준비하고 강에 들어가서 뜰채로 고기를 떠서 올리기만 하면 됩니다. 그만큼 많은 연어들이 올라온다는 뜻입니다. 물속에 가만히 서만 있어도 다리 사이로 팔뚝만 한 연어들이 지나간다고 합니다. 그렇다고 고기 잡는 대만 신경을 쓰지 말고, 태화강에서 조금 위쪽을 쳐다보면 대나무 숲이 보일 것입니다. 십 리나 되는 대밭이랍니다. 대밭 가장 가까운 곳까지 올라가서 연어를 잡으세요. 하류에는 연어를 잡기 위한 사람들이 많으니 상류로 올라가라는 뜻입니다. 그 대신 횃불을 가끔씩 둥글게 원을 그리십시오, 그러면 다가오는 사람이 있을 것입니다. 그 사람이 가까이 다가와 많이 잡았어요? 라고 물으면 네, 한 마리 드릴까요? 라고 할것입니다. 술은 제가 사 왔으니 한잔할까요? 라고 하면 그때 그럽시다. 라고 대답하고는 그를 따라 대나무 숲으로 들어가 자금을 전달하면 됩니다. 그 대신 고기를 잡아와야 합니다. 여기로 오는 도중 검문소가 있으니, 장화를 신고 꺼진 횃불 막대와 고기가 담긴 망태를 들고 있어야 합니다. 만약 어디로 가느냐고 물으면 교회에 있습니다라고 하면 됩니다. 덕구 씨 잘할 수 있겠어요? 덕구 씨가 전달하는 자금은 신돌석 의단에게 전달되어 활동 자금으로 쓰일 것입니다. 목숨을 걸고 잘 의무 수행을 해야 합니다. 덕구 씨, 다시 한 번 설명해 드릴까요? 참 올라올 때는 트럭을 타고 오십시오. 장날이라 트럭이 많을 것입니다. 울산에서 언양까지는 걸어서 오기는 힘들 것입니다."

"아닙니더. 그런데 그런 장비를 어디서 구하면 됩니꺼. 신돌석 의단이라니 용기가 생김니더. 꼭 전달하고 올낌더."

"걱정하지 말아요. 이 지하에 다 준비가 되어 있어요."

"그럼 내일을 위해 잠을 자 두어야 겠심더."

방우는 마음이 무거워 왔다. 복례일이며, 끝분이 일이며, 점터 일이며, 모든 것이 궁금해 바윗돌이 가슴을 짓누르는 것 같아 숨쉬기조차 힘들었다. 울산에 가서 임무수행을 마치면 집으로 가 봐야겠다는 생각에 잠자리에 들어서도 잠은 오지 않고 정신은 더욱 맑게 긴장만이 꽉

차 있었다.

창문으로 기어드는 햇살이 눈부시어 밖으로 나갔다. 언제부터 기다리고 있었던지 김 동지가 방우를 기다리고 있었다.

"방우동지 오늘 정각 11시에 소를 싣고 울산 우시장으로 가는 트럭이 있어요. 그 트럭을 소와 함께 타십시오. 엿장수로 변장을 하고 말입니다. 부디 성공하십시오. 자그만한 엿 통 열 개를 만들었으니 그중 한 개의 바닥에 돈을 깔아 놓았습니다. 표시를 해 두십시오. 그래야 바뀌는 일이 없을 테니까요."

"김 동지, 언제 준비 했습니까?"

방우는 두근거리는 심장을 다독이듯 가슴팍을 두어 번 주먹으로 쳤다.

"잘해낼 수 있을까요?"

방우의 엉뚱한 물음에 김준봉은 당황한 듯 한마디 한다.

"불안감이 밀려들어 옵니까? 나가세요. 나가서 부딪치면 괜찮아질 것입니다."

엿판 위에 덩어리 엿을 깔아놓고 별도로 토막을 낸 엿 통 10개를 올려놓았다.

"그럼 갔다 올낍니더. 그동안 기도해 주이소."

방우가 마을길을 막 빠져나오는데 소를 싫은 트럭이 덜컹 거리며 도로로 올라섰다. 방우는 구세주라도 만난 듯 엿장수 가위를 찰칵찰칵 두어 번 소리 내고는 차를 세웠다.

"어디 가시지요?"

"울산 장에 갑니다만, 좀 태워 주십시오."

"올라타십시오, 큰길까지는 힘들 것입니다. 길이 험하거든요.

"괜찮습니다."

"오늘 하루에 엿을 다 팔 수 있겠어요?"

"모르지요, 오늘의 운세가 어떻게 될지 누가 알겠습니까? 엿판을 그대로 가지고 올지. 그래도 목구멍이 포도청이라 열심히 가위를 놀려 봐야지요."

길이 험해 덜컹 엉덩방아를 찧으면서 운전대를 잡고 노래를 부른다.

"지금 트럭에 실은 소는 몇 년을 기른 소 입니꺼?"

"사년 동안 한솥밥을 먹었지요. 동생 놈이 장가를 가는데 이 놈을 팔아 방 한 칸 마련해 줘야지요. 아버지가 없으니… 장남이 애비 노릇을 해야지요."

"형제간에 우애가 좋으니 복이 두 배로 들어 올깁니더."

"다 어무이 때문이지요."

산이 붉게 물들고 있다. 늠내 다리를 지나 굴화 쪽으로 접어들면서 방우는 강 쪽으로 시선을 돌렸다. 정말 대나무 숲이 보였다."

"저 강이 태화강이라지요? 연어들이 올라올 철입니까?"

"그럼요, 저도 자주는 오지 않아요. 태화강에 밤이 되면 장관을 이룬답니다. 연어떼들이 알을 낳기 위해 저 대숲을 지나 상류까지 올라와 알을 낳고 죽어가지요. 그냥 바구니에 고기를 주워담아 와서 조려도 먹고, 구워도 먹고, 지져도 먹는답니다. 연어는 매년 단풍이 곱게 물드는 10월에서 11월 사이 강을 거슬러 오르는 모천 희귀성 어류이지요. 자갈이 깔리고 물살이 약간 있는 여울에 산란 터를 만들어 앵두 빛 알을 낳아요. 한마리가 낳는 알의 숫자는 대략 2천 개에서 3천 개쯤 된답니다. 자갈틈에 끼어 수정된 연어가 부화되기까지는 약 2개월이라는 시간이 걸리지요. 산란을 끝낸 연어들은 자신의 죽음을 묵묵히 바라보며 새끼들을 위해 슬픔을 삭히는 어종이지요. 저들이 자라 강을 떠나 망망대해 바다에서 살다 어머니와 똑같이 어머니의 고향으로 돌아와 알을 낳고 죽어간답니다. 인간들도 마찬가지이지요. 나라가 있어야 임금이 있고, 임금이 있어야 백성이 있고, 백성이 있어야 나라가 부흥하고, 나라가 부흥해야만 힘이 있지요. 그 속에 자유와 꿈이 있고, 희망이 싹터 오르는 것이 아니겠어요. 지금은 손발이 다 잘려나간 몸뚱이만 남아 무엇을 할 수 있겠어요. 초야에 묻혀 소와 함께 시름을 달랠 수밖에요."

"아저씨 소 장사라고 하기에는 너무 아시는 것이 많심더."

"그렇게 보여요?"

"네."

"저도 한때는 국 녹을 먹고 살던 사람이었습니다만 이상한 사건에 말려들어 고문을 당해 다리를 절뚝입니다. 그래서 그저 무식한 촌로로 초야에 묻혀 살아간답니다. 소는 거짓말을 하지 않아요. 주인을 위해 목숨을 바쳐도 불평하지 않는 성실한 짐승이지요. 그들과 함께 욕심 없이 살아간답니다."

그의 눈에서는 섬광의 빛이 하늘로 향해 튕겨져나갔다. 강열한 빛이었다. 방우는 세상에는 정말 멋진 사나이도 있다는 생각을 했다. 비록 트럭 운전수로 살아가지만….

"엿장수양반 다 왔으니 내리시오."

"감사합니더 점심에 국밥이라도 같이 먹을까요?"

"아닙니다. 소가 팔리면 넘어가야 합니다. 어머니가 아파서."

"저와 같이 가면 안 될까요?"

그러시오, 언제 엿을 다 팔겠어요?"

"못 팔면 언양 장에서 팔면 됩니더. 썩는 물건이 아니니."

"그러시오."

방우는 시장 안을 한 바퀴 돌았다. 서투른 가위질을 철컥철컥 흔들며 돌았다. 시장 안은 정말 만물상이다. 놋그릇, 함지, 곡물, 약초, 소머리 국밥 순대국밥, 방우는 엿을 팔 생각보다 태어나서 처음 보는 광경에 눈이 휘둥거려 졌다. 방우는 금달래를 찾아 우시장으로 들어섰다. 소똥 냄새가 숨을 꽉 막았다. 소들을 사고 팔기 위한 흥정이 한참이다. 방우는 사방을 둘러보면서 가위질을 한다.

"엿이요 엿, 울릉도 호박엿이요. 이 엿을 먹으면 옥동자를 낳고, 이 엿을 먹으면 장수하고, 이 엿을 먹으면 미인이 됩니다. 자 엿이요 엿."

그때 방우 등을 툭 치는 이가 있어 뒤를 돌아보았다. 얼굴에는 검댕이 투성이에 옷에서는 냄새가 났고, 머리는 빗질해본 지 오래된 거지 같은 여인이 웃고 있다. 순간 방우의 머릿속으로 금달래가 맞다는 생각이 들었다.

"금달래구나? 밥은 머 묵었노?"

"밥 못 먹었다. 탱탱 굶었지, 히히히…"

"그라머 국밥 한 그릇 사줄까?"

"국밥 좋지, 히히히…"

'아나, 이 엿부터 먼저 먹어라"

금달래는 방우가 내민 엿 종지를 얼른 받아 챙겼다.

방우는 사방을 돌아보았다.

그 많은 사람들 중 누구도 눈여겨 보는 이가 없음을 알고 곧 우시장으로 향한다. 그를 태워다준 트럭 운전사를 찾아 바로 언양으로 출발했다.

서투른 가위질은 소리도 달랐다. 찰칵 찰칵이 아니라 철썩철썩 겁먹은 파도 소리를 내질렀다. 뒤를 돌아보니 금달래는 엉덩이를 실룩이며 국밥집을 돌아서 간다. 성공이었다. 방우는 엿을 팔면서 시장 구경을 했다. 덕구가 말한 검정고무신이 눈에 들어 왔다. 이참에 신을 바꾸어 볼 결심을 하고 검정 고무신을 신어보았다. 너무나 편했다. 발을 들어 하늘로 올려 보기도 했고 땅바닥에 문질러 보기도 했다. 신기하게도 맨발인 것 같았다. 덕구의 얼굴이 떠올랐다. 두 켤레를 사서 허리춤에 찾다. 덕구가 좋아할 것을 생각하니 신이 났다. 한편으로 오늘 밤에 덕구가 해야 할 의무가 걱정되었다. 하기야 그놈은 나보다 경험이 많으니 잘하겠지. 별걱정을 다 하고 있네. 혼자 구시렁거리고 우시장으로 온 방우는 그 트럭 아저씨를 찾아 사방을 둘러보았다. 그는 방우를 기다리는지 소고삐와 방울을 손에 쥐고 멍하니 서 있었다. 방우는 자기를 기다리고 있는 것이 고마웠다.

"아제 소 팔았소?"

"진작 팔았지요. 엿 장사를 기다리는 중이지요. 갑시다."

방우는 트럭을 타면서 엿 한 토막을 아제 입에 넣어주었다.

"아제 어무이하고 같이 살고 있다면서요. 노인들은 엿을 좋아하니 한 통 가지고 가소. 어차피 나머지는 내일 언양 장에서 팔아야 하니, 차비는 줄 수가 없고 엿이나 가지고 가소."

"엿 장수 이것도 인연인데 통성명이나 합시다."

"아참, 그렇지 나는 천방우라고 합니다만 아제는?"

"이섭이라고 하오. 오늘 정말 즐거웠소, 동행이 되어주어서 지루하지 않았소, 인연이 있으면 또 만나게 될 것이오. 단풍이 아주 곱게 물드는 것을 보니 시절이 좋아질 것 같습니다."

"아제는 이 고을 사람이 아닌듯 하네요."

"……"

그는 말이 없었다.

"잘 가시오."

그와 처음 만났던 장소에 이르자 그는 방우를 내려주며 빙그레 웃었다.

"아제, 잘 가이소 고마웠심더."

방우는 그에게 손을 높이 흔들었다.

교회가 보이는 언덕길로 접어들면서 소 장사가 했던 말이 떠올랐다.. '단풍이 곱게 물드는 것을 보니 시절이 좋아질 것 같소?' 그의 말이 예삿말은 아닌 것 같았다.

교회 앞에 이르자 기도하는 사람이 있었다. 누굴까? 다가갔다. 덕구였다.

"덕구야, 너 기도하나? 걱정말거라 내가 울산에서 태화강도 보고 십

리 대숲도 봤다. 경치도 좋고 인심도 좋더라. 걱정하지 말고 마음 푹 놓고 가거라. 사나이가 와 그렇게 겁이 많노?"

"형, 사람 놀리지 마라. 형은 성공했나?"

"그럼 내가 누구야, 니 형 아이가. 그라고 니가 좋아하는 검정 고무신 사왔다 카이. 좋지?"

방우는 허리춤에 찬 검정 고무신을 내려 덕구에게 신어보라고 했다.

"형, 정말이구나? 검정고무신 맞나 신어보자. 겨울이 되어도 걱정이 없겠다. 발이 눈에 젖을 리도 없고, 형 이제 사람같이 살아 갈 수 있겠다. 이산 저산을 다녀도 마음이 놓이고, 형 고마워, 나중에 해방이 되면 형에게 가죽구두를 선물할지 또 누가 알아 그동안 안 죽고 살기만 한다면 말이다. 꼭 약속할게. 형 김 동지 한테 보고하고 오너라, 나는 불안해 죽겠다."

"덕구 니놈이 내보다 간이 큰 것 맹키로 풍을 떨더니, 좁쌀이구나. 가보면 괜찮다 카이."

방우는 김 동지를 만나려 지하실로 들어갔다.

김 동지는 무릎을 꿇고 기도를 하고 있었다. 방우는 가만히 옆자리에 앉아 덕구를 위해 기도를 했다.

'하나님, 덕구에게 용기를 불어넣어 주십시오, 전능하신 하나님, 불가능이 없다고 하신 하나님, 덕구가 불안해하고 있어요, 이제 시간이 얼마 남지 않았심더. 도와주실 것을 믿습니더. 꼭 믿습니더 우리 주 크리스도를 통해 간절히 비옵니다. 아멘' 방우의 볼 위로 눈물이 흘러내렸다.

"천 동지, 간 일은?"

"물론 성공이지요. 금달래를 자세히 보았는데 미인이든데요."

"천 동지가 농담을 하는 것을 보니 마음의 여유가 생긴 모양입니다. 그리고 또 한 가지 정보는 언양 헌병 대장의 결혼식이 2일 후에 동래 온천장에서 있는 모양입니다. 그동안 조선 여인과 동거생활을 해 왔다고 했는데 헌병 대장이 믿지 못하고 의심을 하는 눈친 것 같아 정식으로 결혼식을 올린답니다. 그리되면 우리에게 힘이 실리지 않을까 싶어요. 대장의 부인이 조선 여자이거든요."

방우는 갑자기 심장 바닥에서 다다미 소리가 들려왔다. 복례가 아직도 결혼식을 올리지 않았단 말인가? 김 동지가 헌병 대장 부인이 덕구누부라는 사실을 알면 실망하고 우리를 믿지 못할 텐데. 진땀이 등줄기로 흘러내렸다.

"아, 찹쌀떡 팔고 온 그 집의 주인 말입니까?"

"참, 그렇게 되는 셈이지요."

"김 동지, 그 조선 여자를 믿어도 될까요?"

"피는 물보다 진하다고 하지 않아요. 그 여인의 몸속으로 백의민족의 피가 흐르고 있지 않을까요?"

김 동지의 뼈 있는 말을 방우는 곰곰이 생각을 했다.

"일본 놈의 앞잡이인 김기호도 백의민족의 피가 흐르고 있을까요?"

"물론이지요, 나중에 후회할 날이 반드시 올 것입니다."

"김 동지 그런데 그 소장수가 나와 헤어지면서 한말이 좀 걸립니더."

"뭐라고 했는데요?"

"단풍이 곱게 물드는 것을 보니 시절이 좋아질 것 같다고 했심더."

"그래요. 그 동지도 소를 팔아 금달래에게 주고 가는 동지입니다. 그렇게 나중에 해방을 맞으면 다함께 만날 수 있는 동지들입니다. 이제 천 동지도 사람의 깊이를 알아 볼 수 있는 안목이 생긴 것 같습니다."

방우는 정말 사람이 되어가는 과정이라 생각하니 보람과 기쁨이 어두웠던 가슴 바닥을 훤히 밝혀주는 듯했다.

8. 십 리 대밭의 접선

완전 어부처럼 차려입은 덕구는 솜뭉치가 둘둘 말린 횃불 막대와 긴 장화를 신고 뜰채와 망태를 어깨에 메고 나섰다. 눈빛과 초조함을 감추려는 행동에서 불안함이 역력히 배어 나왔다. 김 동지는 덕구 등을 손바닥으로 툭 쳤다. 방우도 빙그레 웃어주었다.

"잘 다녀와 연어도 잡아오고 니 덕분에 생선 조림을 먹어보게."

덕구는 화가 났는지 말없이 비탈길로 내려가고 있다. 뒷 모습이 안타깝게 보였다.

"덕구야, 장날이라 트럭이 많아 올 때도 마찬가지고 트럭을 타라."

"……"

대답 없이 내려가고 있다.

덕구는 가슴 안쪽에 있는 돈뭉치를 만져 본다. 동지들을 위한 막중한 의무 때문인지 약간 심적 갈등에 심호흡을 하고 큰길까지 내려왔다. 지나가는 트럭은 없었다. 한참 더 걸었을 때 차 소리가 들렸다. 덕구는 트럭을 향해 손을 높이 흔들었다. 트럭이 덕구 앞을 지나가려다 말고 멈추어 섰다.

"아저씨 어디로 가는교?"

"울산으로 쌀 실으러 가는대요. 아저씨도 보니 연어 잡으러 가는 가

봐.”

“야, 좀 태워 주소.”

“그랍시더, 그런데 연어는 와 잡을라 카는교?”

덕구는 갑작스런 질문에 준비된 말이 없어 망설이다가 고함 산에서 자식을 위해 목숨을 걸고 석이버섯을 따던 그 사나이 생각이 났다.

“그게 내 자식 놈이 폐렴에 영양실조까지 걸려 비실대는데. 옆집 아지매가 알을 밴 연어를 푹 고아 먹이면 회복이 된다고 카든데 가는 길이라요.”

“맞아요, 알 가진 연어는 영양이 많다 하지요. 그런데 그것만 먹이지 말고 태화강 뚝 밑에 보면 미나리 밭이 있어요. 거기서 미나리 한 움큼 뿌리째 뽑아 연어랑 같이 푹 고아 먹이면 영양 만점 인기라요, 연어란 어족은 일급수에만 알을 낳는 어종이라 태화강물이 일급수라는 뜻이지요, 거기에다 대밭이 일급수에 일조를 하는 것이지요. 대나무 뿌리가 물속에 있는 오염된 물질을 걸러내는 역할을 한다고 해서 몸에 더욱 좋다고 하데요.”

“태화강에 대해서 잘 아시네요.”

“저의 선친께서 태화강의 재첩을 잡아 연명을 했지요. 이곳 울산에서 40년을 살아 왔는데 모르겠어요? 태화강에서 멱을 감고 소쿠리에 모래를 떠서 물에 흔들어 봐요 재첩이 한사발식 잡힌답니다. 요즘은 일본 놈들이 잡아먹기 위해 조선 사람들은 못 잡도록 하지요. 다 속국의 서러움 아니겠는교. 강둑 밑에 내려 줄 것이니 알이 들어 있는 연어를 잡아요, 잘 가시고.”

그는 친절했다. 덕구는 뚝 밑으로 걸어갔다. 그가 말한 것처럼 강둑으로 오솔길이 나 있고 뚝 밑에는 미나리 밭이 길게 푸르게 하늘거렸다. 덕구는 미나리 한 움큼을 뽑아 망태에 담았다. 그리고 강둑을 넘었다. 모래사장이 길게 이어져 있고 잔잔하던 물살이 요동치듯 움직였다. 연어 떼들이 올라오고 있구나 생각이 들었다. 덕구는 대숲 가까이 백사장을 따라올라 갔다. 인적이 뜸한 곳이었다. 정말 연어를 잡을 수 있을까?

강가 밭둑을 따라 대숲 가까이 다가 갇지만 물이 깊어 들어갈 수가 없었다. 더 상류로 발을 옮겼다. 물은 허벅지에 찻다. 하나 둘 횃불이 밝혀졌다. 덕구도 성냥을 켜 고래 기름에 적신 솜방망이에 불을 밝혔다. 시커먼 연기가 어두운 밤하늘로 기어올랐다. 덕구는 가슴팍에 있는 돈뭉치를 확인했다. 연어떼들이 가랭이 사이로 무서울 정도의 속력으로 상류를 향해 올랐다. 허벅지를 주먹으로 얻어맞는 것처럼 연어들이 부딪치니 아팠다. 덕구는 횃불을 두어 번 원을 그렸다. 그리고 백사장으로 시선을 옮겼다. 가까이 다가서는 사람이 보이지 않았다. 잠시 후 뜰채로 연어 두어 마리를 떠올렸다. 정말 팔뚝만 한 것이 몸에서 뿜어 내는 빛도 무지개 빛을 띄우며 아름다웠다. '미안하다. 두 놈만 잡아갈게 어쩔 수 없어 미안해' 혼잣말로 중얼거리고는 횃불을 두 번 원을 만들었다. 그러자 대나무 숲에서 인기척이 났다.

"연어 몇 마리 잡았어요?"

덕구는 그 소리에 가슴이 벌렁거렸다. 기다리던 소리가 아닌가.

"예, 두어 마리 잡았어요."

"나오시오 한잔합시다."

덕구는 반가웠다.

"내가 그리로 가리다. 술은 있소?"

덕구는 뜰채에 고기를 담은 체 밖으로 나갔다. 연어는 살겠다고 발버둥을 쳤다. 놓아 줄까? 생각하다 '미안해 나를 위해 희생해 주어야겠어' 덕구는 모래 속에 횃불을 꽂아 불을 끄고 남자를 따라 대숲으로 들어갔다. 한참을 따라 들어갔다. 대나무 숲에서는 여우 울음소리 같은 이상한 소리가 들렸다. 약간의 두려움이 생겨났다. 얼마를 들어가자 두 사람이 더 있었다.

"동지들 고생했소. 저는 방덕구라고 합니다만, 동지들은?"

"저이들은 신돌석 의단 자금책을 맡고 있는 사람들입니다. 방 동지 고맙소. 기회가 되면 또 뵙겠소."

덕구는 가슴 속에서 돈 주머니를 꺼내 그들에게 넘겼다.

"동지들 요긴하게 쓰십시오. 저는 그만 가야겠습니다."

"덕구동지 주위를 잘 살피고 강둑을 따라 내려가면 큰 길이 나올 것입니다. 그리고 이정표를 드릴 테니 잘 간직 하십시오. 요긴하게 쓰일 때가 있을 것입니다. 오늘은 장날이라 트럭들이 많이 다닐테니 부디 조심하십시오."

덕구는 대나무 숲을 나와 언덕 위로 올랐다. 저만치 뚝 길이 보였다. 강가에는 아직도 연어를 잡는 횃불이 보였다. 망태에 든 연어는 모든 것을 포기 했는지 축 저져 있다. 그들이 준 증표에는 검정별이 그려진 쪽지였다. 방우는 그것을 밀대 모자 속에 꽂았다. 그리고 망태 속에 들어있는 연어와 미나리를 확인했다. 강둑을 지나 큰길로 들어서자 트럭 한

대가 다가왔다. 덕구는 손을 높이 들었다. 운전대를 잡은 사나이가 목을 길게 내민다.

"어디로 가는데?"

사내는 말투가 거칠었다.

"중남면까지 가는데요."

"뒤에 쌀가마를 실었으니 그 위로 올라타소."

"고맙심더."

덕구는 쌀가마니 위로 올라앉았다. 운전석에는 두 사내가 타고 있었다. 불안한 마음이 약간 가시는 듯했다. 덕구는 생각했다. 왜? 그들이 내게 별을 주었을까? 나중에 도움이 된다고? 특별히 감사하다는 뜻일까? 돈을 잘 입수했다는 암호일까? 궁금했다.

덕구는 쌀가마를 베고 누워 하늘을 보았다. 청명한 하늘에는 별들이 많았다. 옛날이 생각났다. 마루에 누워 배고프다고 칭얼대면 복례 누부는 그랬지. 하늘에 별을 세다 보면 잠이 온다고 그러면 배 고픈 것을 참고 잠이 들 수 있다고, 복례 누부가 2일 후에 동래 온천장에서 혼례식을 한다니 가 볼까? 가서 잡혀 가면 어쩌나? 그래도 하나뿐인 혈육인데, 김기호란 놈이 나를 잡으려고 눈에 불을 켜고 있을 텐데 머리가 복잡해진다. 갑자기 트럭이 덜컹 하더니 섰다. 덕구는 사방을 살폈다. 일본 놈 검문소는 아닌 듯했다. 사내 둘이 내려서 쌀가마가 실린 뒤쪽으로 걸어온다.

"겁내지 마시오, 쌀 한 가마니를 내리려고 하니."

한 사내가 트럭 위로 오르더니 쌀자루 하나를 내린다. 그들은 쌀자루를 숲에다 감추고는 부엉부엉 두어 번 울어대고는 트럭을 몰았다. 먹고 사는 방법이 여러 가지구나 생각이 들었다. 얼마를 가다 주위를 살펴보았다. 덕구가 내려온 언덕이 보였다.

"다 온 것 같은데 세워주시오."

"알았소. 그들이 손을 높이 흔들어 주었다. "

그들이 붕 먼지를 일으키며 비포장도로로 달려갔다. 덕구는 한참을 멍하니 그들을 쳐다보았다. 왜 저들이 숲을 향해 부엉이 울음을 울었을까? 민병대 동지들일까? 잡다한 생각에 교회로 올랐다. 수남교회 입구에서 방우 형을 만났다.

"덕구냐?"

"형 왜 나와 있노?"

"마음이 놓여야지 빨리 들어가자 김 동지가 불안한지 몇 번이나 나왔다 들어갔다."

"누가 바보야? 그것 하나 제대로 못 할까 봐 걱정은?"

"그래도, 김 동지는 책임감 때문이지."

"형, 이 고기가 연어인데 미나리와 함께 푹 고아 묵으면 힘이 불끈 생긴다니 형이 고아서 묵어라."

"그래? 그라면 푹 고아서 내일 어무이한테 갈 때 가지고가서 끝분이를 믹여야겠다. 고것이 알라를 잘 낳아야지 안 그렇나?"

"형 그러자 김장자 어르신도 좋아할 거야."

둘은 고기가 담긴 망을 그대로 들고 지하실로 내려갔다. 김 동지는 놀라는 듯 반긴다.

"덕구 동지 좀 늦은 것 같은데 무슨 일이 있었소?"

"예, 의무는 무사히 했심더. 그런데 그들이 내게 증표 하나를 주었심더 이거라요."

덕구는 모자 안에서 별이 그려진 쪽지를 내밀었다. 김준봉은 별을 보자 놀란다.

"덕구 동지, 그분은 만주독립 단 본부 대장이신 김선 동지입니다. 그 귀하신 분을 뵙기가 하늘에서 별을 따기보다 힘든 분이십니다. 덕구 동지 그 별 잘 간직하세요. 해방이 되면 긴히 쓰일 날이 올 것이오."

덕구는 기분이 날개를 달고 하늘로 날아갈 듯 기뻐 주먹을 쥐고 하늘을 향해 내밀었다.

"김 동지 그리고 트럭을 타고 오는 동안에 한 가지 의문점이 있었심더. 그들이 쌀 한가마를 숲 속에 버리면서 부엉부엉 하고 두 번 울었심더. 왜 그랬을까요?"

"그들은 지역에 숨어 활동하는 독립단원의 식량 책들의 일원들일 것입니다. 모두가 한마음이 되어야 할 시기입니다. 덕구 동지 수고했어요 큰일하고 왔어요. 쉬시오."

김 동지가 나간 뒤 한참을 생각하던 방우는 덕구의 등을 두드리며 쓸어내린다.

"덕구야 너는 여기 남아 있어야 되는 거 아이가? 꼭 같이 가야겠어? 정 오고 싶으면 나는 아침에 떠날 것이니 니는 저녁에 온나, 그것이 안전한 일인 것 같다. 그러니 내일 아침 일찍 나갈 테니 이 형 찾지 말고 니는 해거름에 다개 마을로 오느라 알겠제?"

"형 말이 무슨 뜻인지 알지 내 머리통도 회전 속도가 빠른 편이거든."

밖의 바람 소리가 낙엽을 쓸어가고 있었다.

아침저녁으로 제법 쌀쌀한 바람이 불어왔다. 방우는 밤새 고운 연어를 오막 단지에 담았다. 끝분이 한테 줄 선물이라 생각하니 기분이 좋았다. 덕구는 코를 골며 깊은 잠에 빠져 있었다. 덕구를 떼어놓고 가려니 마음이 허전했다. 해가 훤히 밝아질 때쯤 다개 마을로 들어섰다.

오랜 세월을 떠다니다 돌아오는 탕아가 생각났다. 그것도 유랑 길을 떠돌다가 돌아오는 느낌이었다. 당사 앞을 지나며 디딜 방앗간을 쳐다보았을 때는 아주 형언할 수 없는 생각들이 떠올랐다. 당사의 아름드리 느티나무가 수남교회 김목사님처럼 정정하게 서 있는 것 같았다. 목사님은 우리 가슴에 사랑과 각자 삶의 세포를 심어주었고 김준봉 선생은 세상을 새롭게 눈 뜨게 해준 스승이었다. 복례의 발작하던 그 순간들이 결국 점터에서의 상피놀음으로 이어질 때까지 복례라는 한 여인은 지극히 경계해야 할 인물이었건만 지금은 천사가 된 것같이 믿어보고 싶었다.

대문간을 들어서자 집안은 잠잠한 채 인기척이 전혀 없었다.

"어무이예! 저 왔습니더."

방문이 열리고 어무이가 얼굴을 내밀었다.

"가만있자. 이기 누고?"

헐무레한 모자를 벗어 쥐고 꾸벅 절을 하는 방우에게 김장자 여인이 버선발로 달려나와 껴안았다.

"뭐라꼬요. 오라버니가 왔다고요?"

끝분이가 방문을 열고 내다보았다. 감포 댁이 정지문을 밀치고 달려 나왔다. 집안이 온통 반가움으로 가득 차고 넘쳤다.

"끝분아!"

"오라버니!"

끝분이는 만삭의 몸이었다. 뒤뚱거리듯 마당으로 내려오려고 했다. 방우는 그런 끝분이의 모습이 안타까워 마음이 아팠다.

"덕구란 녀석은 안 왔나?"

"예 어무이 남의 이목도 있고 해서 해거름에 오라고 일렀심더 좀 섭섭했을 테지요."

"아침은 묵었나?"

"어무이 새벽에 나왔는데 아침을 어찌 묵는교? 그라고 이 단지에 있는 것은 연어라는 물고기인데 산모가 묵으면 힘이 생기고 뱃속의 알라가 튼튼해진다고 카대요. 그래서 어젯밤을 새워서 고아가지고 왔심더 끝분이만 주이소. 아니다, 어무이도 같이 잡수시든지 하이소."

"이놈아, 말은 바로 해라 끝분이를 생각해 밤새워 고았을 텐데, 와 내가 묵노. 과부 노인이 연어 묵고 힘낼 일 있나?"

김장자 여인과 방우가 끝분이의 방으로 들어가 앉았다.

"방우야 천상 내가 돈을 좀 마련해 가지고 김기호 집으로 가서 복례 결혼식에 대해 어찌할 것인가를 물어보아야겠다. 똥이 무서워서 피하나 더러워서 피하는 기지. 김기호가 방우와 덕구를 못 잡아서 안달이 나 있을 테니까 의논을 하는 척하면서 그동안 방우 니는 폐병에 약을 묵고 지만 해져서 결혼식에 참석할 것 같다는 말도 할 겸 갔다 오마. 그리 알고 아침이나 묵고 보자."

"감포 댁, 아침상 올려라 감포 댁 니도 올라 온나 식구도 없는데 따로 상차리기도 힘들 테니."

어무이의 생각이 많이 달라져 있었다. 외로움이 그를 그렇게 만든 듯했다.

"어무이 감포 댁도 우리 식구 아인교. 인자 종 부리듯 하지 마소. 같은 피가 흐르고 있는 백의민족이라요. 이제 머지않아 해방이 될 낀데 서로 사랑하고 아끼며 살아가는 거라요, 성경에도 쓰여 있어요. 서로 믿고 사랑하라고 했어요. 어무이 생각도 이제 달라져야 해요."

"이놈아, 하루아침에 어찌 성격이 달라지노? 시간이 흘러야지 나도 그리 할라고 생각하고 있다. 방우야, 그보다 기가 차는 일이 있다. 히라야마 때문이다. 그놈 때문에 피가 바싹바싹 마를 지경이다. 나까무라는 달내광산(達川)을 강제로 빼앗아 간 일인(日人)으로 점터에 있는 수철을 다시 제자리에 갖다 놓지 않으면 하루하루 손해배상을 해야 한다는 법원의 판결문을 가지고 거의 매일 찾아와 윽박지르고 한다. 어제도 아침녘에 다녀갔다."

어무이는 기가 겪인 듯 길게 한숨을 내리 쉬었다.

"방우야. 우리도 우리지만은 전읍의 이극경 어르신의 고통도 말이 아니란다. 그 히라야마란 놈이 청도의 윤상우 노인에게 10년형을 받게 하고는 대구 형무소에서 옥살이를 하게 했다는데, 이극경 어른에게도 옥살이를 시킨다고 닦달거리고 있단다. 죽일 놈…"

"어무이예, 조금만 기다리소. 분풀이를 할 때가 꼭 올깁니더 지금은 참을 수밖에 도리가 없다 아입니꺼. 끝분이도 배가 많이 부르는 것을 보니 해산달이 가까워지는 것 같으네요?"

"그래, 이달 그믐쯤이면 배를 틀 것 같은데 걱정이다."

"와요? 걱정을 말해 보이소."

"나는 오라버니만 집에 있으면 아무 탈 없이 애 낳을 것 같아."

끝분이는 방우가 다시는 집을 나가지 말았으면 하는 눈치였다.

"알았다. 분아. 니는 이런 복잡한 일에는 신경을 쓰지 말거라 오직 알라 만 생각해라"

"오라버니! 그동안 뭐하고 지냈노?"

"응! 그동안 글 배웠다. 이제 성경책도 읽을 수 있다. 어지간한 글은 인자 다 알아본다. 앞으로도 공부하면서 한글을 좀 배웠으면 생각하고 있다."

"오라버니가 소원이면 소원대로 해야지. 우리 동네에는 서당이 없는데…"

"분아! 인자는 서당공부보다 신식학교에서 신식 글을 배워야 된다."

"신식공부는 어데서 하는데? 나도 글을 배우고 싶다."

"응, 너는 내가 가리켜 주마. 그리고 신식공부 가르치는 학교가 따로 있다."

그날 밤 끝분이는 방우가 자기 옆에 자기를 바랬다.

"오라버니 요즘 들어서 자꾸만 무서운 꿈이 꾸어지고 총칼을 든 왜놈들이 나타나 처참하게 칼로 찌르려 덤벼드는 꿈 때문에 잠을 거의 설쳤어, 무서우니 같이 있어줘."

"끝분아! 몸을 풀고 나면 그런 무서움이 사라질 것이다. 우리는 지금 한가한 시간을 보낼 수 없는 처지다. 내일 새벽에 떠나야 할지 모르는데 그동안 잘 지나고 알라 잘 낳고 어무이 잘 모시고 있어. 저녁에 덕구가 올 것이니 그리 알고, 어무이 김기호 한테 갔다 오이소. 그놈이 무엇이라고 지껄이는지 들어보고 오소."

어무이는 김기호를 찾아가 만나고 와서는 분한 듯 주먹을 쥔 채 이를 갈았다.

"방우야, 분해서 못 살 것 같다. 김기호란 놈이 하늘을 찌를 듯 건들거리는 꼴을 못 봐 주겠더라. 방우야, 시게무라 대장과 복례의 결혼식은 내일 낮 12시에 동래 온천장의 온천여관에서 한다고 했다. 자기의 입장을 봐서 푸짐한 축하금을 내달라는 말도 하고 폐병쟁이 니는 오느냐고 물어보더라. 그래서 마차를 몰고 갈 사람이 없으니 올 거라고 했다. 그날은 자신은 따로 갈 테이니까 오실 분이 있으면 되도록 많이 마차에 태워 같이 오라고 하더라. 돈이 좋긴 좋은가 봐 그놈이 선심을 쓰듯 말하더라. 또 그날은 아무 일이 없을 테니까 덕구도 같이 오라고 하더라 누부가 시집을 가는데 참석 안 하면 되겠나? 선심을 쓰는 듯하면서, 그리고 방우와 덕구는 복례 덕분으로 화를 상당 부분 면하고 있다는 소리도 하더라. 그놈이 여우인기라. 그러니 그놈이 밉지만 어짜노 잘 달래어 써먹어야지. 돈 앞에는 다 굴복하게 되어 있는 기라"

어무이가 윗채로 가고 나서 방우는 다리를 뻗고 누웠다. 그동안의 긴장이 온몸을 뻐근하게 만들고 있었다. 방우는 그래도 다개 마을에 와서 누운 자리가 편했다. 어디로 쫓기는 듯한 생활 속에서 허구 많은 변화를 경험했던 수남교회 생활이었다. 그러나 방황하던 마음이 얼마나 진정되었던가, 방우는 수남교회에서 지냈던 일을 잊을 수 없었다.

문득 윤상우 노인이 생각났다. 그 카랑카랑한 목소리로 '여러분! 만세를 부릅시다!' 라고 외치던 모습이 눈에 선하게 떠오르는 것이었다. '형무소의 수감생활이 얼마나 고될까?' 방우는 윤상우 노인을 위해 하나님께 기도를 올렸다.

밖에는 어둠이 깔리고 인적이 뜸해지는데도 덕구는 오지 않았다.

밤이 깊었을 때 끝분이가 옆에 누운 방우에게 말을 걸어왔다.

"오라버니! 잠이 안 와?"

"왜? 다른 생각은 하지 말라고 했잖아."

"오라버니! 내가 왜 오라버니를 이 방에서 자도록 했는지 알아?"

"아니, 왜?"

"물어 볼게 있어서…"

"뭔데?"

"오라버니, 정말 내가 이 알라 낳아도 되는 거야?"

"그럼"

"나는 이 알라를 낳으면 오라버니가 날 싫어할 것 같아서."

"아니야 왜 그런 소리를 해, 절대로 아니다. 내 마음은 변함이 없어, 은혜는 갚아야 하는 법이거든 은혜를 모르면 개, 돼지나 다를 바가 없지 끝분아, 어무이 모시고 알라 잘 길러야 한다. 나는 어무이 아들이니까."

"오라버니 고마워 나를 믿어주니 고마워 이제 오라버니 마음을 알았어."

끝분이가 잠이 들자 방우는 밖으로 나가 덕구를 기다렸다. 늦은 밤 덕구가 나타났다.

"덕구야, 무슨 일이 있었어? 왜 이리 늦었어?"

"무슨 일은? 아무런 일 없었어, 그냥 돌아다니다가 왔어 형 잠자는 줄 알았는데."

"동생이 오지 않았는데 잠이 오나? 잠보도 아인데."

덕구는 우물가로 가서 두레박으로 우물물을 퍼 올리고 손과 발, 얼굴을 씻는다.

"형, 끝분 씨 방에 가서 잘거야?"

"그럴까 하는데, 니는?"

"그래 나도 혼자 자고 싶어 복례누부 생각도 나고 해서 내일 봐."

"자식 맥 빠지는 소리를 다 하고, 그럼 잘 자고 내일 보자."

날이 밝고 있었다. 방우는 끝분이를 바라보았다. 이상하게도 끝분이를 보면 측은한 생각이 들었다. 이런 생각들이 사랑이라는 것일까? 여러 갈래의 생각들이 방우머리를 복잡하게 엉켜 들었다. 덕구를 깨워야겠다는 생각에 문간방으로 들어섰다.

"덕구야!"

대답이 없었다.

"덕구야!"

역시 대답이 없었다. 방 안을 살펴보았지만 덕구는 방 안에 없었다. 이상한 일이다. 어젯밤 문간방에서 자겠다며 방으로 드는 것을 분명히 보았던 것인데. 덕구는 분명히 없었다.

"아니. 덕구가 어데 갔단 말인가?"

방우가 방으로 들어가 보니 봉투 하나가 떨어져 있었다. 봉투 안에는 종이쪽지가 들어있었다. 종이쪽지엔 덕구가 쓴 서툰 글씨가 쓰여 있었다.

천방우 형님 전상서.

첫째, 해와 달이 있는 한 천방우 형은 방덕구의 형님이다.

둘째, 죽지 않고 꼭 형을 찾아올 거다.

셋째, 형 나는 하나님을 믿는다. 반드시 내 편이라는 것을…

미안해 형, 덕구 올림.

방우의 손이 떨었다. 언젠가 글을 배우고 나서 자기의 편지를 처음 받아보는 사람은 이 세상에서 제일 좋아하는 사람이 될 거라고 말하던 덕구 이기에 방우는 그만 울음을 터트렸다.

방우는 대문간을 살피면서 나직히 덕구를 불렀다.

"덕구야!"

덕구의 대답은 들리지 않았다. 방우는 돌층계에 주저앉았다. 얼마나 앉아 있었는지 모른다. 날이 훤히 밝아 오고 있었다. 그런 방우를 본 김 여인이 달려와 넋 나간 사람처럼 앉아 있는 방우를 흔들었다.

"어무이예, 어젯밤에 온 덕구가 없어졌심더. 지 갈 데로 가버린 모양입더."

"누가 와서 잡아간 거 아이가?"

"어무이 아니라예! 지 갈 데로 가버린 것 같습니더."

"지 갈 데로 가도 돌아오겠지. 들어가자, 들어가"

"오라버니! 들어가자, 덕구 없는 것이 그만큼 슬프나?"

김장자 여인은 덕구가 어디로 가든 그것은 아랑곳하지 않았다.

김장자 여인은 방우가 그렇듯 눈물을 쏟으며 슬퍼하는 것을 처음 보았다. 백중기 영감이 세상을 떠났을 때도 눈물 한 방울을 보이지 않던 방우였는데 하늘이 꺼진 듯한 숨을 지우며 울던 방우의 행동이 미웠다.

"덕구가 그렇게 좋나?"

김 여인이 영문을 몰라 다시 다그치며 물었다. 그러나 방우는 그가 외롭고 괴로울 때마다 옆에서 '형! 형!' 하며 따르던 덕구가 큰 힘이 되어 주었음을 잊을 수가 없었다. 해와 달이 있는 한 방우는 자기의 형님이라고 한 덕구가 아닌가.

끝분이는 방우를 쓸어 안았다

"끝분아! 그놈은 내 동생이야, 죽는 날까지 같이하기로 약속했어. 어디 가서 이놈을 찾지? 밤 사이 잡혀가지는 않았을 테지?"

"그럼요, 반드시 다시 올낌니더 기다려 봅시더. 사람은 항상 뒷일을 생각해야만 합니더. 지금 홍수가 난 것은 아니죠. 참을 줄도 알아야 합니더. 오라버니, 사랑에도 여러 가지 종류가 있심더. 부모님의 우물 속 같이 변함없는 사랑과 할머니들의 고향 같은 사랑과 혼자 우는 짝사랑, 은은한 이슬 같은 첫사랑, 그리고 오라버니와 덕구 씨 같이 바다 같은 우정을 지키는 사랑이 있심더. 꼭 여자의 같은 뱃속을 빌려서 태어나야만 형제가 아입니더. 인연이란 하나님이 묶어준 성스러운 끈입니더."

끝분이 속이 깊은 줄을 몰랐던 방우는 감사하고 고마워 끝분이의 손을 덥썩 잡았다.

"분아, 고맙다. 하나님은 너와 내가 가는 길이 힘들고 고되다 할지라도 믿고 의지하며 걸어가리라 생각하고 짝으로 묶어준 기라."

가을바람이 서로의 눈물을 닦아준다. 밤이 가면 아침이 오게 되어 있으니

방우는 불끈 주먹을 쥐고 하늘을 향해 내밀었다.

9. 복례의 선택은?

어무이와 함께 이른 새벽에 집을 나섰다. 쌀 열 가마를 내다 판돈을 그대로 봉투에 넣고 동래 온천장을 향해 떠났다. 언양의 남천(南川)을 지나자 곧 수남교회가 보였다. 방우는 말고삐를 당기며 수남교회가 보이지 않을 때까지 천천히 마차를 몰았다.

처음 덕구와 함께 수남교회를 찾아갔을 때의 당황스러웠던 일들이 스쳐 지나갔다. 불도 없이 음침한 교회 안에서 눅눅하게 젖어드는 마음을 달래며 탁자 앞에 앉아 목사님을 기다리던 때가 선명하게 떠올랐다. '고맙고 감사하신 주님' 방우는 입속말로 중얼거려 보았다.

"방우야, 여자 팔자 뒤웅박 팔자라더니 그 말이 딱 맞는 말이제… 복례란 년이 처음 영감에게 총애를 받고 영감이 복례에게 미쳐 있을 때 이 어무이도 여자라서 질투가 많이 생겨 죽고 싶었지만 복례가 젊으니 오래 가겠나 했지. 그런데 생각지도 않게 복례란 년이 떠난다기에 또 고맙게 생각했지. 알고 보니 복례 어미가 병이 난기라, 고칠 수 없는 병이라 카드만 그 진단은 영감과 같이 부산에 있는 도립병원에 가서 진찰을 받았는데 영감도 복례도 일절 그런 사실을 입 밖에 내지 않은 거라. 말하자면 둘만 알았던 것이지, 지 어미의 병을 고치려고 부산으로 갔던 거라. 그 후 얼마 못가 어미가 죽자 복례는 광대 패거리에 들어가서 지난

기라, 그렇지만 그년이 마음은 악하지를 못해서 영감이 다시 점터로 불러들인 것이었어, 다 말 못할 우여곡절이 있는 기라."

어무이는 복례를 두고 질투, 연민, 동정 같은 편치 않은 마음이 일어나는지 한 마디 하고는 영감 생각이 나는 듯 하늘을 바라보며 한숨을 크게 쉬었다.

"어무이예, 복례와 덕구에게도 그런 사연이 있었네요. 덕구도 지 어미에 대해서는 한 번도 말하지 않았으니, 그 속이 속이였겠어요? 그래도 복례가 여자로 태어났기에 호강하며 살 수 있는 기회도 만들 수 있지 않는교. 가서 축하해주는 것이 인간의 도리가 아입니껴. 우리가 앞으로 좀 수월하게 살아갈라면 높은 놈들의 눈치도 살피는 것이 좋심더. 어무이는 속이 꼬이겠지만 어짜겠는교. 그것이 피할 수 없는 현실 속의 인생살이인데요. 나라 없는 서러움이 아이겠는교."

"불쌍한 인생들인데, 워낙이 그년이 화냥끼가 있어 까질러 다니다 보니 옳은 놈 하나 꿰어 찬 게지 안 그러나?"

"어무이예, 저는 그리 생각하지 않심더 독립 운동가의 자식들이 아인교? 복례는 다른 여자와는 달라요. 덕구가 저러고 다니니 일본 놈 중에서도 높은 놈을 택한 것이 아닐까요. 복례는 나라를 위하고 자기 동생을 위해 일본 놈을 택한 거라요. 그렇더라도 인자는 다 끝난 일 아인교. 알고 보니 점터에 있는 복례를 김기호란 놈이 일본대장 시게무라에게 소개를 해 주었다 카데요. 김기호가 중매를 섰다는 말입니더. 그놈이 무슨 속이 있는 게지요. 복례를 중매해주고 신임을 얻어 진급을 했다지? 그놈이 잇속이 없는 짓을 하겠는교? 마 잊어버리소. 아버지 살았을 때 귀

염 받던 여자가 아인교?"

방우는 은연 중 복례에 대한 인식이 바뀌었음을 내비치고 있었다.

복례가 무슨 죄가 있단 말인가. 당신의 남편이 죄를 저질렀는데… 방우는 그런 말을 하고 싶었다. 그럼 끝분이는 화냥 짓을 좋아해서 당신 영감의 애를 배었단 말인가? 방우는 가슴 바닥에서 끓어오르는 화를 참느라 이를 깨물었다. 백중기의 욕심 앞에 무너져버린 한 여인의 저주스러운 생을 생각하며 억울해 말고삐를 세차게 잡아당겼다. 가진 자의 더러운 욕망을 어찌 막을 수 있으랴, 찬바람이 귀 볼을 스쳐지나갔다.

온천장의 온천여관은 하객들로 붐비고 있었다. 군복을 입은 군인들이 나와 안내를 맞고 있었다. 부산에 있는 일본 헌병 대장을 비롯해서 경남 지방의 헌병파견대는 거의 온천장으로 옮겨 놓은 듯했다. 김장자 여인이 식장인 온천여관에 들어서자 어디선가 김기호가 달려와 대기실에 있는 신랑 시게무라 에게 다개 마을 갑부인 김장자 여사가 결혼식에 참석했음을 알리듯 인사를 시키는 것이었다.

"대장님! 다개리에 사는 김장자 어르신이 결혼을 축하하러 왔습니다. 제가 초청했습니다."

시게무라가 자리에서 일어섰다.

"아, 감사하무니이다."

"여기 이 청년은 천방우라고 합니다. 김장자 여사 집에 같이 사는 사람입니다."

"대장님! 결혼을 축하합니다. 천방우라고 합니다. 앞으로 잘 부탁드립니다."

"아! 다개 마을 천방우 기억하겠으무니이다."

방우는 눈살을 찌푸리지 않고 웃음을 머금은 채 깍듯이 인사를 했다.

복례가 보이지 않았다.

"김 주사님, 복례 씨는 어디에 있는교? 이 시간이 지나면 높은 분의 각시라 다시는 못 볼 것 같아 옛일을 생각해서 한번 보고 싶네요."

"그럼 저를 따라오시오."

그가 신이나 앞장을 선다.

"어무이 복례한테 가 봅시더 얼마나 예쁜지 보고 싶네요."

"그래, 복례가 미운 상은 아니지 귀여운 데가 있기는 하지."

방우와 어무이가 김기호를 따라 대기실로 들어가서 대기실 의자에 앉아 있는 복례를 보았을 때 복례는 완전히 천사처럼 예쁘게 꾸며져 있었다.

복례는 방우에게 당황한 눈길을 보내며 반가워했다.

"어무이, 오라버니 와주어서 고맙심더. 앞으로 많이 도와드릴게요. 염려 마이소."

방우는 할 말이 많았지만 김기호를 의식해 눈웃음으로 마음에 쌓인 많은 말을 전하고는 축하한다는 말도, 행복하게 잘 살라는 말도 하지 않고 그저 서먹한 미소를 보내기만 했다. 남자의 첫 정을 빼앗은 여자, 그러나 영원히 잊을 수 없는 여자, 여자의 향기를 심어주고 간 여자, 방우는 식순이 진행되는 동안 복례와의 감미로웠던 일만 생각했다.

식은 지루하리만치 긴 순서를 밟았다. 식순 끝에는 천왕 패하 만세로 이어졌다.

방우와 김장자 여인도 손을 높이 들어 만세를 불렀다. 김기호란 놈이 바싹 붙어 이들을 감시하듯 했기에 그럴 수밖에 없었다.

오후 두 시가 되자 하객들은 제각기 돌아가고 있었다.

"어르신 저는 집안에 일이 있어 먼저 가 보겠으니 나중에 오시소."

"그래, 내일이라도 자네 집에 들릴 테니 그때 다시 만나 보세."

김기호가 김장자 여인에게 먼저 떠나겠노라고 했을 때가 오후 두시 반이었다. 그러고서도 한 시간을 더 인사를 나누느라 식장에 잡혀서 머물다가 방우는 겨우 김장자 여인과 함께 언양을 향해 출발했다.

온천장을 빠져나와 양산을 지나고 통도사 앞길에 접어들었을 때였다. 전방 백 미터 지점에서 경찰들이 바리케이트를 치고는 부산하게 움직이고 있었다.

방우는 직감적으로 비상시 검문을 하고 있음을 알았다. 사람들이 웅성거리기에 가까이 다가갔더니 경찰관이 마차를 세우고 방우와 김 여인을 내리게 했다. 방우는 일단 마차에서 내려 웅성거리는 사람들 속을 파고들어 가 무슨 일이냐고 물어보았다. 나이 듬직한 촌로 한 사람이 귀띔을 하듯 방우에게 일러주는 것이었다.

"큰 사고가 있었소. 한 시간이 약간 더 된 시간에 청년 하나가 언양 헌병대 앞잡이와 격투를 벌였는데 앞잡이란 놈이 다리에 총을 맞고 양산 도립병원으로 갔으니 헌병들이 눈이 뒤어나와 설친답니다. 총을 빼앗아 달아난 모양입니다. 몸수색을 하는 것을 보니…"

"일본놈 앞잡이의 이름은 모르오?"

"글쎄요, 김 주사라고 하는 것 같았어요."

방우는 곧 덕구가 김기호를 처치하려 했구나 싶었다.

"모두 지금 어디서 무엇을 하고 오시는 길입니까? 솔직히 말하지 않으면 죽을지도 몰라요."

일본 헌병은 눈에 핏발을 새우고 겁을 주는 것이었다.

"마차를 타고 온 사람들 지금 어디서 오는 길이오."

방우와 김장자 여인을 향해 매서운 눈길을 보냈다.

"나리, 지금 시게무라 대장님의 결혼식에 참석하고 오는 길입니다. 왜 그러시는지요?"

"알 필요가 없습니다. 통과하십시오. 미꾸라지 한 마리가 온통 물을 흐려 놓으니 잡아서 요절을 내어야지요."

김기호를 처치해 버리겠노라고 이를 갈며 기다리던 덕구가 오늘 일을 저질렀을 것이라는 예감이 들었다.

"어무이예, 이일이 보통일이 아니라요. 덕구가 저지른 일 같은데 머지 안아 내게도 후환이 미칠 것 같으니 먼저 도립병원으로 다시 찾아가서 김기호를 위로하는 척하고 오는 일이 좋을 듯 싶네요."

"그래, 방우 니 말이 맞다. 도립병원으로 가자."

방우는 후환이 두려워 마차를 몰고 부산시내에 있는 양산 도립병원 응급실로 향했다. 방우의 발걸음이 휘청거렸다. 정의를 보인 자는 덕구인데, 긴장이 되다 보니 입이 얼어붙어 말을 제대로 할 수가 없었다.

"자식 꼭 오늘 같은 날 일을 저질러다니. 어찌 수습하라고."

"방우야, 네가 병원으로 가도 괜찮겠나? 아무래도 위험을 안고 가는 것 같구나."

"어무이 이렇게 들리는 게 도리어 혐의를 벗을 수 있는 기회가 될 수 있으니 말입니더. 기호란 놈도 사람인데 죄를 지은 놈이 자기를 찾아오리라고 생각이나 하겠는교? 이미 소문이 퍼졌을 것이라 생각하고 있을 텐데. 들여다보지 않으면 자연이 나를 걸고넘어질 일이 불을 보듯 뻔한데, 도망은 왜 가요 당당하게 들려 병원비에 보태라고 돈 몇 푼 쥐어주면 좋은 일이지요."

"듣고 보니 그 말도 맞구나 상대방의 심리를 이용하자 이 말이지? 그래 니 말이 맞다 도망 다닐 필요가 없지 지은 죄도 없는데."

병원에 들려 응급실로 향했다. 순사들이 삼엄한 경계를 펼쳐 김기호를 만나기가 여간 어렵지 않았다. 가족이라는 핑계를 대고서야 겨우 면회를 할 수 있었다. 김기호는 수술을 하기 위해 대기실에 있었다. 눈에서는 살기가 등등 했다.

"방우 니 놈이 어찌 여기를 왔노? 간도 크지 나를 이 지경으로 만들어 놓고 죽었는지 염탐 왔나? 어림없지 내가 왜 죽어."그는 살기를 띄우고 있었다.

"김 주사 어찌된 사실이고. 내가 죄 없는 사람인줄 알면서 왜 그래? 옛 정을 생각해서라도 어르신이 이렇게 김 주사를 보살펴 주고 있는데 그렇게 말하면 섭섭하지, 많이 다쳤나? 결혼식이 끝나고 집으로 가는데 사람들이 모여 김 주사가 총을 맞았다고 야단들이기에 와 본기라. 병원비라도 보태려고 왔는데 오해는 하지 말거라."

"방우 니 말은 듣기도 싫다. 어르신 알다시피 결혼식에서 제가 먼저 나왔지요, 집으로 가기위해 막 언덕을 넘어서려는데 난데없이 칼을 빼든 덕구가 쏜살 같이 오토바이 앞으로 달려들기에 나도 위급한 상황이라 권총을 빼들었는데, 글쎄 그놈이 힘이 장사 아닌교. 그 놈이 나를 때려눕히고 총을 빼앗아 들고 머리를 향해 쏘려기에 쓰러진 오토바이 옆에 엎드렸는데 방아쇠를 당겨, 불행 중 다행이 허벅지를 스쳐갔지 뭡니까? 총소리에 놀란 사람들이 모여드니 그놈이 도망을 쳤는데, 마을 놈들이 덕구를 잡을 생각을 하지 않고 구경만 하고 있더란 말입니다. 권총도 빼앗겼으니 문책이 이만저만이 아니겠지요, 아니면 대납을 해야하는데 큰일이지요. 치료가 끝나면 그냥두지 않을 것입니다. 이미 통감부에 보고가 되었으니 오늘 마을을 발칵 뒤집어 그놈을 찾을 낍니더."

김기호는 침상에 누워 허벅지를 움켜쥐고 엄살을 부렸다.

"오해는 마시오, 나는 덕구를 만난 적도 없고 덕구가 이렇게 큰일을 저질렀는데 마을로 올 리가 없지요, 저는 단순이 복례 씨 결혼식도 있고, 끝분이가 임신 중이라 걱정이 되어 왔을 뿐인데, 이유 없이 싸잡아 오해는 마십시오, 억울합니더."

"정말이가? 그렇다면 치료받고 내가 집으로 갈 동안 도망가지 말고 기다려라."

"김 주사, 난 아직 폐병을 치료 하는 중인데, 집에 있으면 되겠나? 억지 부리지 말고 좀 봐주라 대신 어무이가 도와줄 끼다."

"김 주사 말은 바로 해야지 일본 순사들이 방우를 잡아가면 김 주사가 폐병 환자를 책임질 수 있겠노? 세상에 누구를 믿을 수 있겠노. 나와, 끝분이는 방우가 없으면 안 되는 기라. 김 주사 내 크게 한번 치료비를 낼 터이니 방우만은 어매를 쉬우지 말거라 김 주사를 믿고 싶어. 서로 도우면서 살아가는 것이 김 주사도 좋고 나도 좋은 일이지 가정에 어려운 일이 생기면 언제든지 와서 의논해라, 사실 김 주사도 일본 정부의 일을 돌보고 먹고 살지만 그걸로 생활이 되겠어? 도와줄테니 무슨 말인지 알겠어? 누부 좋고 매부 좋은 일이 아닌가?"

"말이 나왔으니 말인데 백중기 노인의 생전부터 그 집은 사상이 불순한 사람들만 들락거리던 독립운동의 아지트였다는 것을 알고 있었지만 어르신이 내게 잘 해주기에 조용히 했던 것인데, 그 은혜의 대가가 결국 내 목숨을 빼앗는 일인 줄 몰랐어요. 백번을 죽는 한이 있어도 연루자들을 모조리 잡아내어 법대로 처리하겠어요."

"그래 치료를 끝내고 집에 들리게. 너무 흥분하지 말고 몸에 해로우니 알겠는가. 실은 자네도 알다시피 덕구와 나는 원수의 동생이지 복례란 년이 영감의 귀여움을 독차지하고 살아서 나는 외로워도 누구에게 하소연 한번 할 수가 없었다네, 그런 것 자네는 아는가? 그런 덕구를 내가 왜? 감싸겠나? 오해 말게."

방우와 김장자 여인은 김기호를 달래놓고 병원을 나왔다.

"방우야, 이 어무이 말 잘 들어라. 너는 내 자식이고 덕구는 남이다. 덕구를 그렇듯 가까이 붙어서 얻는 것이 뭐가 있노? 시국이 이러하니 마음을 한 겹 접어두는 것 또한 지혜이니라."

덕구에 대한 어무이의 감정이 격해지는지 목소리에 물기가 돌았다.

"네 어무이 제 생각이 짧았습니더. 앞으로는 처신을 분명히 하겠심더."

지금까지 어무이는 덕구에 대해 가까이도 멀리도 하지 않고 있는 이유가 단순이 영감이 베푼 의리 때문은 아닌 듯했다. 실은 복례와의 관계로 인한 덕구의 보살핌도 아닌 듯하지만 어르신의 생전에 덕구에게 신세를 진 일이 아니고서야? 죽은 어르신도 덕구 만은 자식처럼 믿어왔는데, 어무이가 싫어하는 이유는 또 무엇일까? 방우의 머릿속으로 물기 빠진 갈대소리가 와싹 와싹 들려 왔다.

"방우야"

"……"

"방우야"

"예?"

방우는 놀란 듯 대답을 했다.

"끝분이가 그러는데 니가 글을 배웠다 카데?"

"네, 어무이 그동안 수남교회에서 머무는 동안 한문과 한글을 배웠심더. 편지도 쓸 수 있고 읽을 수도 있어요. 천자문도 다 읽을 수 있어요."

"그래 잘 되었구나 내가 죽고 나면 재산 관리며 농사일 처리며 조합일도 다 할 수 있겠구나"

김장자 여인은 먼 하늘에 시선을 두고 심장에서 울어나는 긴 한숨을 쉬었다. 말 못할 사연들이 구름을 몰고 오는지? 늙어가는 사실 앞에 장사가 없듯이 재산 관리에 대한 일을 생각했다. 방우는 심장 깊숙한 곳에서 불덩이가 가슴으로 치밀어 올랐다. 가리키지 않고 꽁꽁 일만 시켜 온 놈, 하물며 찬밥 먹고 자란 놈의 일쯤이야 그저 넘어가고 말 일이건만 이제 마음의 귀퉁이를 내어놓을 모양으로 관심을 가진다. 낙엽이 바람을 타고 우수수 떨어지고 있다. 또 숨죽이며 살아온 김빠진 날들이 한 해의 뒤 골목으로 사라질 모양이다.

"방우야!"

"……"

"방우야!"

"예?"

"무슨 생각을 하기에? 그리 맥을 놓고 있노 방우야 끝분이가 아들 하나만 놓아준다면 눈을 감을 수가 있을 텐데, 아니지 저승에서 영감을 만나도 면목이 설 것인데. 영감의 씨를 내 손으로 거두어 주었다고 큰 소리를 쳐 볼 텐데"

한이 서린 눈빛으로 방우를 바라본다.

방우의 생각은 달랐다. 물론 아들이든 딸이든 상관이 없었다. 소중한 자리를 차지하고 있는 것은 아이가 아니라 머슴까지 두고 행세하던 백중기와의 40년이 밀려들었다. 고된 인생을 걸어온 내가 아닌가. 때로는 개처럼 때로는 돼지처럼 부려 먹고도 새경 한 푼 주지 않았던 인간들이 아닌가, 또한 착하고 순한 끝분이를 범해 아이까지 배게 해놓고 죽어버린 무책임한 영감탱이가 아닌가? 방우는 말없이 살아온 40년의 세월이 한꺼번에 쏟아지듯 온 몸이 부들부들 떨렸다, 지금에 와서 어무이의 하소연이 마치 타인의 말처럼 귓전을 떠돌았다가 어설프게 가라앉았다.

"덕구야!"

방우는 나직이 덕구이름을 불러 보았다. 그래도 외로울 때 서로의 마음을 달래어주던 미투리의 단짝이었는데, 지체 높은 어르신들의 똥 오강이며, 가래침통을 나누어 비우며 서로 위로해주던 동생이었는데, 외로움이 스며들었다.

수남교회가 보이고 있었다. 순간 거기에는 지금쯤 덕구가 간절한 기도를 하고 있을 것 같았다.

"덕구야!"

김장자 여인이 놀란 듯 두리번거렸다.

"무슨 일이고? 그 상놈 이름은 와 부르는데? 김 주사 입을 막으려면 얼마나 많은 돈이 들어가야 하는데. 그놈은 죽어도 너는 살아 있어야 되는 기라 무슨 말인지 알겠나.? 그놈을 찾지 마라! 그렇게 큰일을 저질렀는데 우째 수습을 할라 카노. 잘못하면 니도 죽는 기라."

"상놈이라니? 어무이 그런 말 하지 마이소, 나이들이 몇인데? 이제 자신이 가야 할 길을 걸어갈 수 있는 어른이 된 기라요. 장가도 못 가보고 늙은 어른 말임더. 어무이 상놈이라는 말 절대 하지 마이소, 당당한 독립운동의 동지라요. 그 집 가문도 독립운동가의 가문인기라요."

"뭐라꼬? 인자부터는 덕구는 집에 얼씬거리지도 못하게 해라! 알겠느냐?"

"…."

방우는 말이 없었다.

"오냐! 알았다. 니가 인자 내 보고도 막가는구나. 순종하지 않겠다는 말이지, 이놈아 이제 이 늙은이는 필요 없다는 행동 아이가?"

방우로서는 너무도 상상조차 할 수 없는 행동을 보인 것이었다.

"……"

방우는 침묵하는 것이 어무이를 위하는 길이라는 생각이 들었다.

골목길을 돌아 휜하게 텅 빈 집 앞 타작마당에 마차를 세우고 방우는 집으로 들어갔다.

"끝분아."

방우는 끝분이를 불렀다. 뜰아래채 방문이 열리며 끝분이가 고개를 내밀며 화사하게 웃어 주었다.

"오라버니, 복례 가시나 신부로 꾸미니 예쁘제? 드레스를 입었어? 아니면 쪽발이들이 입는 가오린지 하오린지 하는 예복을 입었어?"

"와? 부럽나? 복례 가시나 원래 잘생긴 편인데 꾸미니 천사 같더라."

"오라버니 들어와."

방우는 끝분이와 마주 앉았다. 이달 그믐께 배를 틀게 될 것이라던 어무이의 말대로라면 이제 해산일이 보름밖에 남지 않았다. 완전히 만삭인 것 같았다.

"끝분아! 나 이제 이 집을 나가야겠다."

"오라버니! 무슨 소리고?"

끝분이의 눈이 휘둥그레졌다.

"어무이는 와 안 오시나?"

"오실 거야, 김기호 집에 갔을 기다. 분아! 내 말 명심해라 나도 그동안 다니면서 사람답게 살아야하는 법을 배운 거라. 무식쟁이 밥벌레는 면한거라. 나라를 위하는 일이며, 부모를 섬기는 일이며, 은혜를 갚아야 하는 법을 익혔단 말이다. 내가 지금 살고 있는 것은 아무런 의미 없는 생활을 하고 있다. 분아! 너는 이 오라버니가 밥만 죽이고 니 옆에서 종처럼 살아가는 것이 좋나? 아니지. 돈을 벌기 위한 노력과 돈을 벌면 어디에 써야 한다는 생각은 하고 살아야 발전이 있다. 사나이라면 반드시 그런 생각 속에서 살아가야 하는 것이란다. 그래서 생각한 일인데 너는 내 각시가 될 사람이니 말해주고 싶다. 당분간 여기를 떠나려고 하니 그리 알고 준비를 해 두어라."

끝분이 배가 너무 불러 저고리 앞섶이 일어섰다. 분이는 미안한 듯 앞섶을 당기며 배를 가려 볼 양으로 당황해 하는 눈치다.

"오라버니 어무이하고 싸웠나?"

"싸운 게 아니라 인자는 미래에 대하여 생각을 하고 살아야 하는 기라. 분아! 너는 어떻게 생각하고 있는데?"

"뭐라카노! 당연히 오라버니가 가면 나도 가야지. 알라만 낳으면 오라버니 따라가 밥 해주면서 같이 살고 싶다."

"그래 이 집에서 살다가는 니도 독립군 각시라고 앞잡이들에게 끌려갈 것 같다. 몸을 풀 동안만 어디라도 숨어 있자 어무이 오시면 의논을 해보자. 김기호란 자가 자신이 병원에서 나올 동안 꼼짝 말고 여기 있으라고 했는데, 수상한 점이 있어 그러니 피하고 볼일이야. 그럼 나도 내 방에 가서 대강 짐을 챙길 테니 그리 알고 있어라."

방우는 문간방으로 갔다. 어릴 때 상상으로 그려놓은 어무이의 삐뚤어진 얼굴과, 친구 머슴들이 깎아준 사슴 인형이며, 시집간 감포 댁 딸이 수를 놓아 만들어준 팔 토시며, 복례가 만들어준 겨울용 얇은 천으로 만들어준 귀마개, 추억이 서린 기억들을 망태에 담았다. 느닷없이 고된 아픔들이 무릎을 저리게 했다. 방우는 우두커니 방 한가운데 서서 쓴웃음을 입가에 머금는다. 이렇듯 용기를 내면 될 것을 그동안 망설이고 견딘 세월들이 쏟아지듯 울컥 눈물이 되어 솟아올랐다. 대충 가방을 챙겼다, 예금통장이랑 도장을 꼭꼭 묶어 둔 지갑을 가슴에 품었다.

대문 소리가 나고 어무이의 기침 소리를 들었다.

"어무이 어디 갔다 왔어요?"

끝분이가 어무이를 맞이하고 있다.

"그래 김기호란 놈의 집 안을 한번 휘둘러 보았는데 그놈의 동생 놈이 김기호보다 더 악질인 것 같더라. 술을 처먹었는지 노발대발 고함을 지르며 덕구란 놈을 붙이는 집도, 밥을 먹이는 집도 모두 불을 질러 태울 것이라고 하더라. 그리고 나를 들으라는 듯 '방우란 놈이 틀림없이 덕구 있는 곳을 알 텐데 기회를 만들어 방우를 족쳐 보아야지 하면서 거품을 품어 내더라. 나를 보고 하는 소리 같아서 들어가서 위로를 하려고 하다가 오해를 불러올 것 같아 그냥 동정만 살피고 말없이 나왔다."

방우가 밖으로 나가자 김장자 여인은 긴장된 얼굴로 방우에게로 다가선다.

"아무래도 방우 너도 피신을 해야겠는데 무슨 묘안이 없겠나."

"어무이 이렇게 하면 어떻는교? 분이가 해산기가 있어 산파 집으로 보냈는데 방우가 따라갔다고 하면 안 될까요? 아니면 수남교회로 가서 목사님에게 의논을 해보면 될 것 같은데요. 교인들 중에 산파가 있을지 알아요? 어무이 그곳이 가장 안전하기도 합니더."

"그럼 그렇게 하도록 준비를 해야겠다. 아기 기저귀며, 옷이며 아기 용품을 모두 챙겨 줄게. 그라고 산파가 정해지면 연락을 꼭 해야 한다.

아들 하나 낳아서 오너라. 그라고 여기 돈은 얼마 마련하지 못했다. 복례 결혼식이며 김기호 놈 병원비며 지출이 생각보다 많았다. 또 마련해 볼 터이니 돈 걱정은 말고 몸 건강해야 한다."

"어무이 고맙심더. 길러주고, 도와주고 하니 어무이가 원하는 아들 하나 낳아서 웃으면서 오겠심더. 어무이와 함께 살기위해서 떠나는 김니더, 섭섭해 마이소. 가족들이 함께 모여 활짝 웃는 날이 반드시 올김더"

"방우야 살아 있어야 한다. 어떠한 수모를 당하더라도 살아 있어야 한다. 분이와 알라를 안고 함께 와야만 한다."

이별은 슬픈 것이라고 했다. 만남을 예약하는 길이라고도 했다. 바람은 살 속을 파고들었다. 눈이 내릴 것도 같은 하늘을 방우는 바라보았다. 세 살 어린 나이로 백중서 집으로 와서 새끼 종으로 미투리를 신고 자라다가 백중서 노인이 죽자 다시 백중기 노인의 집으로 옮겨 대를 이어 살아온 40년, 기나긴 세월이 흐를 동안 아무도 방우가 어떤 뿌리를 가진 씨이며 어떻게 살아야만 한다는 말조차 해주는 이가 없었다. 다만 김장자 어르신의 입에서 독립 운동가의 후손이며 누이가 한 사람 있으며, 뼈대가 있는 가문이라는 놀라운 사실 앞에 통곡했을 뿐이었는데, 그렇게 잔뼈를 키우며 살아온 집을 등지고 가는 길은 답답하기만 했다. 그것도 백중기의 아이를 뱃속에 담은 여인을 앞세우고 간다는 허무함에 목이 메어 왔다. 백중기를 섬기는 것도 모자라 그의 자식까지 키워야 하는 운명 앞에 마치 백씨 가문을 위해 천방우라는 인간이 존재해 있는 억 겁의 윤회, 전생에 낀 먼지 같은 생명 같기도 한 자신이 저주스럽기까지 했다. 눈발이 날리고 있다. 방우의 한 맺힌 눈물인지도 모른다.

10. 아, 학생들 머리 아프다

1941년 12월 군국주의 일본은 진주만을 기습한 이후 미국과 영국에 선전포고를 한 다음 초기 승리의 여세를 몰아 동남아로부터 태평양 전역으로 전쟁을 확대하였으며 대화민족(大和民族) 만이 세계를 정복할 수 있다는 망상에 빠지게 되었다. 그러나 무모한 전쟁의 확대는 미국의 반격 앞에 차츰 패색이 짙어갔다. 그들은 모자라는 병력을 메우기 위해 그 전에 이미 실시해 오던 징병제도를 학생들에게로 확대 하는가 하면 학생근로 보국대를 결성, 학생들을 군수산업공장이나 군사시설을 건설하는데까지 동원하게 되었다.

국가의 주권을 빼앗긴 우리 민족은 억압과 슬픔 속에서도 독립을 염원하는 마음은 식을 줄 모르고 날로 들끓고 있었다. 이런 가운데 항일학생 투쟁사의 한 페이지를 차지하는 항일 부산학생운동, 세칭 노다이 사건이 터지게 되었다. 노다이 사건은 포악한 일본 제국주의에 항거하여 분연히 일어난 숭고한 민족정신을 내보인 학생의거이며 국내에서 일으킨 대규모적인 학생운동 중에서 광주학생의거와 함께 빼 놓을수 없는 거사였다. 1940년 11월 23일 부산 공설운동장에서 개최된 경남 학도 전력증강 국방경기대회에서 일본인 심판관이 조선인 학생에 대해 고의적으로 자행한 부당한 처사와 판단에 대한 정의의 항거요. 식민지 차별교육에 대한 반항으로 독립정신을 천명한 노다이 사건의 경위는 바로 이러 했다. 대회 심판장인 경남지구 위수사령관이자 부산지구 병참 사령관인 노다이 대좌를 중심으로 일본인 심판관들은 일본인 학교를 우승시키기 위한 사전모의를 하게 되었다.

이 대회의 전년도 우승교인 조선인학교 동래중학이 또 우승할 것이라는 것이 일반적인 여론이었다. 그러나 심판관들은 동래중학이나 부산제2상(釜山商高)을 떨어뜨리고 일본인 학교를 우승하게 함으로써 군국주의 일본의 체면을 세우기로 하고 두 학교의 경기를 불리하게 유도 조작하기로 했다.

국방경기대회 직전에 실시한 야외 군사훈련에서 동래중학교와 부산제2상의 체력을 소모시키고 피로를 쌓이게 하여 다음날 대회 때 패배를 유도하기 위하여 노다이 대좌는 두 학교만을 험악한 산지에 배치시키고 우정 산길을 우회하도록 하며 휴식시간을 주지도 않고 필요 없는 구보를 시켰다.

야영에서도 일본인 학교에 비해 천막이나 연료의 배급을 적게 하였다. 또 대회가 끝난 다음의 강평에서도 조선인학교를 과소평가하는 부당한 판정을 내렸다. 이와 같은 일본인 심판관들의 얄팍한 꼼수는 실제 경기 때마다 종목별로 부당하게 내보이게 되었고, 결국 그로 인한 학생들의 분노는 그날 오후 5시 구덕산 기슭의 공설운동장에서 있었던 폐회식에서 폭발하고 말았다. 심판장이 얼토당토않게 또 성적이 뒤진 일본인 학교를 1등이라고 발표함과 동시에 항의 소동이 벌어진 것이다.

일본국가의 제창 속에 일본국기가 강하하자 동래중학교 학생들과 제

2상업고 학생들이 우리 애국가와 아리랑을 동시에 합창하게 되었고 순식간에 폐회식장은 소란의 장소로 돌변하게 되었다. 이들 학생들은 여기에 그치지 않고 부산 시내를 누비며 항거의 목청을 높였다. 학생들의 기세가 워낙 강하자 일본 경찰과 헌병들도 겁을 먹고 줄행랑을 하거나 숨어 버리게 되었다.

부정에 대한 항의였고 간접적으로는 독립에 대한 절규였다.

부산제2상(釜山商高)에 재학 중이던 윤진옥(尹瑨玉)은 고향인 울산으로 근로보국대에 동원된다는 사실을 알게 되면서 평소 품어오던 배일감정이 일시에 끓어 오르고 있었다.

윤진옥은 일제가 만들어 놓은 울산비행장 터를 확장하는 것과 비행장 진입로를 닦는 노역을 부산제2상과 울산농중(현蔚山工高), 마산상고(현馬山商高)와 김해농중(金海農中)의 근로 보국대가 맡게 된다는 것을 알았을 때부터 고향에서도 학생들의 항일운동에 불을 지피겠다고 결심하고 마산과 김해를 찾아가 해당 학생들 중 고학년의 리더격인 학생을 만나 사전모의를 해 두었다. 고향 울산에서는 평소 알고 사귀던 울산농중의 손장송(孫長松)을 만나 보다 세밀한 계획을 모의했다.

태평양 전쟁도 일본의 패색이 거의 짙어질 무렵인 1944년 9월 5일 11시 울산비행장의 근로보국대에 동원된 부산상고, 김해농중, 마산상고 학생들은 교사의 인솔 아래 같이 참여할 울산농중 운동장에 집결했다. 바로 인원점검을 하고는 2개월 동안 기숙할 창사로 향했으나 우천 관계로 3일 뒤인 9월8일부터 시작했다. 작업이 시작되고 나서 몇 시간이

지나 학생들의 불만이 터져 나오기 시작했다. 매일 아침 저녁으로 비행장에서 덕하 역전까지 16km의 거리를 도구를 메고 왕복하는 것도 힘든 일이었지만 작업시간은 물론 작업시간 이후에도 일체의 외출이 금지되는 등 마치 죄수들의 노역장처럼 경비병이 둘러싸고 감시를 하는 것이었다.

부산제2상의 윤진옥이 감독관을 찾아 항의를 했다. 우리가 학생들로 근로봉사를 왔으면 그렇게 대해주어야지 죄수들처럼 취급받는데 어떻게 봉사를 하겠느냐 하고 조목조목 따지게 되자 감독관은 알았다고 대답을 해놓고는 또 다른 수작을 내놓는 것이었다. 그 수작이란 하루의 작업량을 정해놓고 그것을 마치면 일찍 보내 주기로 하는 소위 도급제를 정하게 되었다.

그다음 날로부터 2개 반으로 나누어 작업을 실시한 결과 대게 오전 중으로 할당된 작업을 끝내게 되었으며 그 이후에는 휴식시간이 주어졌다. 1개월분의 작업량을 3주일 정도에 마치는 성과를 내게 되었으나 감독관이 욕심을 내게 되었다 감독관으로서는 근로보국대를 격려하기 위해 현장을 방문하게 돼 있었던 경상남도지사에게 칭찬을 들을 일에만 골몰하는 것이었다.

그는 지금까지 마친 작업량은 반 개월분으로 다시 일 개월분이 남아있다면서 작업에 더 많은 주문을 내놓았다. 부산 제2상의 윤진옥은 울산농중의 손장송, 김해중의 허영수, 마산상의 박종기와 미리 짜놓았던 대로 태업을 벌이기로 하고 4명의 대표가 일시에 모자를 거꾸로 쓰고는 왔다 갔다 하게 되었다. 그러자 모두 작업을 멈추게 되었다.

감독관과 경비병들의 호각소리가 울리기 시작했다. 감독관이 미친 듯 뛰어다니며 호각을 불어댔지만 학생들은 들은 척 만 척 어느 누구도 손을 놓았던 작업을 하려 드는 학생은 없었다. 태업은 곧 울산지구 헌병대장과 부산헌병대로 보고가 되었고 경상남도지사의 현장방문도 취소되었다. 감독관은 허리춤에 권총과 일본도를 뺐다 꼽았다 하며 이빨을 뽀득뽀득 갈면서 악에 받친 소리를 내고 있었다.

"각생다찌가 구사시, 각생다찌가 구사시(학생 놈들 괴롭혀서 괴롭다!)

울산비행장 근로보국대의 태업도 울산이란 소도시에서 일으킨 항일 학생운동의 큰 거사였다. 학생들이 일으킨 노다이 사건과 울산 비행장 공사의 태업사건은 정복의 야욕이 넘치던 일제의 망상을 꺾는데 크게 한 몫을 한 사건이었다.

11. 비밀단원들

김준봉과 왕길지 선교사가 작천정으로 갔을 때는 벌써 동지들이 거의 나와 있었다. 모두들 손을 잡으며 인사를 나누고는 세상 돌아가는 얘기들이 시작되었다. 먼저 김준봉이 천방우 동지를 소개하는 것으로 시작했다.

김준봉은 왕길지 선교사가 이 자리에 오게 된 것은 동지들을 보호하기 위해서라고 설명했다. 이어서 방덕구 동지가 벌인 거사도 설명을 곁들였다.

본부로부터 울산 지단으로 내려온 소식으로는 그동안 문치부 비밀단원으로 활약이 특출했던 홍성율(洪性律) 동지가 윤진일, 최두출 동지에 이어 함양군 생초면 보통학교에 발령을 받게 되었다는 소식과 울산의 차 모가 거금을 일본 당국에 바침으로써 단원 모두를 격분케 하고 있다는 것이었다. 울산 읍내의 차 모는 전투기 한 대를 만들 수 있는 성금을 바친 사실이 도하 신문에 다 게재된 소식이어서 영남 유림 단원들을 격분케 하고 있었다.

"아, 이거 보시오. 우리 단도 단이지만 박상진 선생의 체면이 말이 아니게 됐을 것이오. 그러니 그런 자에 대해서는 문채부다 무력부다 구분없이 닥치는 대로 처단해버려야 한다고! 안 그렇습니까?"

친일하는 꼴을 못 참는 최현규 동지가 한 마디 하자 모두들 옳소! 하고는 맞받으며 분을 참지 못하는 것이었다. 최현규 동지 그는 언양에서 기미년 독립만세 사건으로 투옥된 동지들을 출감할 때까지 하루도 빠짐없이 옥바라지를 도맡아 하며, 동지들을 위로 격려한 동지였다.

"동지들! 저길 보시오!"

웬 사람이 뛰어오고 있어 지금까지 가만히 경청하고 있던 한영수 동지가 이쪽으로 뛰어오고 있는 사람을 가리키며 좌중을 휘둘러 보았다. 모두가 말을 멈추고 살피는 눈치였다. 일본 관헌이 나타나면 예배 중임을 알리려는 왕길지 선교사의 사전 교육 때문이었다. 가만있자 군경이 아니고 학생이 아닌가? 다시 한영수 동지가 말했을 때 모두가 학생임을 알 수 있었다.

"아! 윤 동지" 김준봉은 뛰어오는 그 학생을 알고 있는 모양이었다.

"윤진옥 동지!" 김준봉이 감격해 그 학생을 아는 척하여 모두다 안도하는 것이었다. 김준봉이 그 학생을 껴안으며 반가워했다. 윤진옥은 동지들을 향해 큰절을 했다. 대체 어떤 학생이길래 김준봉 동지가 이렇게 반가이 맞는 거요. 언제나 좌장 노릇을 하는 최현범 동지가 물었다.

"여러 동지님들! 여기 이 학생은 울산에서 부산 제2 상업학교에 유학중인 윤진옥 군입니다. 여러 동지들도 잘 아시는 바와 같이 울산 비행장의 확장공사와 외곽도로의 확장공사를 위해 학생 근로 보국대에 동원이 되었을 때 부산 제2상업을 비롯하여 울산농중, 김해농중, 마산상업학생들을 규합하여 일본놈들의 간담을 사늘하게 만든 그 동지가 바로 여기 있는 윤 동지입니다. 우리 영남 유림단에서는 부산의 항일 학생운동인 노다이 사건을 방불케 하면서 통쾌하게 항일 운동을 선두에서 일으킨 이 윤진옥 군을 높이 받들어 장차 조국 광복의 날이 올 때는 모범 항일 운동가로 부르게 될 것입니다. 여러 동지들 격려의 박수를 보냅시다."

모두들 박수를 보냈다. 윤진옥 군은 당참이 넘치고 있었다. 그는 울산 비행장 확장 공사를 항일 투쟁으로 전환시키는데 대해 이제는 학생들이 나설 때가 되었고 최후의 발악으로 근로보국대를 중학생에게로 확대한 것은 일본 제국주의의 패망이 가까웠다는 것을 증명하는 것이라고 했다. 자신은 아직 어린 학생이지만 그것만은 확신한다고 말하면서 여러 어르신들의 애국투쟁을 본받겠다고 말했다.

윤진옥은 그 사건을 주도한 이후 고향에 왔더니 부산 제2상업학교의 선배이신 박언기 선배님과 김기현 정해영 선배님들이 특별히 칭찬해주셨고 격려금까지 주셨는데 그것이 삼만 오천 원이라는 거금이어서 오늘 수남교회로 김준봉 선생님을 찾아갔더니 이곳에 계신다기에 이쪽으로 달려왔다고 했다. 그런 다음 윤진옥은 책가방에서 봉투 하나를 꺼내 김준봉에게 내미는 것이었다. 김준봉은 윤진옥을 덥석 껴안으며 기뻐했다. 윤진옥이 다시 큰절을 하고 뛰어 가버리자 동지들은 저마다 칭찬을 늘어놓았다. 천방우 역시 느끼는 바가 있어 가슴이 뭉클해지는 것이었다. 김인갑 동지가 그런 분위기를 느끼고 좌중을 선도했다.

"저 어린 학생도 이렇게 좋은 일을 하는데 우리 어른들이 가만히 있어서 되겠습니까? 우리가 나서 차 모가 보인 친일 행위를 덮는 의미에서 또 박상진 선생의 체면을 세워주는 의미로 지갑을 털도록 합시다."

"맞아요! 맞습니다!"

한영수 동지가 오천 원을 먼저 내놓자 모두들 오천 원 또는 만 원을 내놓는 동지들도 있었다. 박상진 선생이 우체국 차량을 습격하여 빼앗은 돈이 칠천여 원인데 비하면 엄청난 돈이었다. 김준봉 역시 흐뭇한 표정이었다. 다음 달의 모임은 백련정에서 갖기로 하고 교회로 돌아온 김준봉은 오늘의 회합을 무사히 마치게 된 것이 무척 고마웠고 화기애애한 가운데 많은 군자금을 모은 것을 감사하는 기도를 올렸다. 예배실로 들어가 감사의 기도를 올린 다음 방우와 함께 지하자료실로 내려갔다.

"천 동지! 내가 오늘 작천정에서 유말수 동지 편으로 산모의 거처를 김장자 여사에게 살짝 전하도록 해두었습니다. 아마 오늘 저녁에 다개마을로 전달이 될 것입니다."

"그렇습니까? 집사님 그렇잖아도 나는 그 생각을 하고 있었는데 과연 집사님은 앞뒤 좌우를 잘도 챙기시니까 든든하고 믿음직스럽습니다. 고맙습니다."

"천 동지! 오늘에 이은 큰일이 아직 많이 남아있어요. 울산의 비밀 단원들을 또 만나야 합니다. 천 동지도 이제 본격적인 독립운동에 뛰어든 것입니다. 축하합니다. 그런데 이제는 우리 영남 유림단이 어떤 단체인가도 알아야할 게 아닙니까? 지루하겠지만, 들어보세요."

방우가 심란해하는 눈치를 알아차린 김준봉은 방우가 더욱 나라 사랑과, 유림단의 단체에 대한 인식이 달라져 협력해 주기를 바라는 마음에서 심각한 표정으로 설명을 했다.

"영남유림단은 조선의 독립된 국권을 되찾기 위하여 생명을 바치기로 함은 물론 일생을 두고 목적을 달성치 못할 때는 자자손손 그 뜻을 계승하여 일본을 조선 땅에서 완전히 쫓아내고 국권을 되찾을 날까지 절대 불변할 것임을 천지신명께 맹세한 단체입니다. 이 영남유림단은 울산, 밀양, 양산, 청도, 월성, 대구, 부산에 각 지부를 두고 계속 지부를 확장해 그 세력을 키우려고 하고 있고 또 영남 유림단은 무력부(武力部)와 문치부(文治部)로 나누고 무력부 부장은 부산인(釜山人) 김조경, 문치부부장은 밀양인(密陽人) 전홍표로 하고 있습니다. 무력부는 포악한 일본인과 조선인 반역분자를 없애 버릴 열사를 양성함이고, 그리고 문치부가 맡은 일은 각급 학교의 조선인 교사를 동조자로 확보하여 민족교육을 지도하고 독서지도로 훌륭한 동지를 양성하는 일입니다. 영남 유림단에 같이 입단한 동향 친구의 권유로 무력단을 택했지만 문치부에서 하는 일에 관심이 많은 편이지요. 지금 조선인이 할 일은 무력항쟁도 중요하지만 민족정신을 일깨워 하루빨리 자립하는 백성이 되어야 한다고 생각이 들었어요. 그래서 민족 반역 행위를 한 김기호를 테러한 방덕구 동지의 행동은 당연한 것이라고 생각하고 있고 비록 실패로 끝났기는 하지만은 김기호는 죽어 마땅한 놈이라고 생각해요. 또 군자금 모금에 대해 극히 부정적이고 협조심이 없는 자 들을 형편없는 인간으로 질타하는 것이지요. 이제부터는 천 동지도 새로운 각오로 임해야 할 것이오."

다음날 김장자 여인이 산파 집에 들려 끝분이를 만났다는 소식을 들은 방우는 안심이 되었다. 눈은 삼일 동안 진눈개비로 변해 땅이 질퍽거렸다.

방우는 덕구 생각에 잠을 이루지 못했다.

방우는 김준봉과 같이 교회의 자료실로 내려갔다.

“김선생님 동지라고 부르는 것 보다 선생님이라고 부르기로 마음먹었는데 괜찮으시지요? 처음으로 글을 가르쳐 준 잊을 수 없는 스승이니 그렇게 부르고 싶어요.”

“그럼요, 우리는 형제들이지요. 형님이라고 불러도 좋지만.”

“아님니더 형님은 가깝게 느껴지지만, 선생님이 존경하는 마음이 들어 좋심더. 선생님도 저에게 그냥 방우라고 불러요 나이도 십년이나 차이가 나는데, 존대 말을 하지 마이소.”

“방우 씨! 그러고 보니 그러는 것이 좋을 듯 싶지만 스승이라고 해서 존칭을 쓰지 말라는 법은 없지요. 내일이 울산 소바우 장날인데 우시장 금달래 한테 가 보지요. 소식통은 거기가 제일 빠르니까요. 구면이라 단번에 알아볼 것입니다.”

“선생님 갈게요.”

“그러면 엿장수로 변장을 하고 가세요. 엿을 팔다보면 금달래가 다가 올테니 그러면 니도 엿 먹고 싶나? 하고는 니 알라 이름이 덕구지? 하고 엿을 주며 소식을 알 때는 알라 있는 것 어찌 아노? 할 것이고, 모를 때는 나 알라 없다 바보야 라고 할 것입니다. 그러면 그냥 돌아오면 됩니다. 금달래도 모른다는 뜻이니.”

“선생님 덕구 소식을 들으면 좋을 텐데요. 그리고 오늘 산파 선생님을 한번 찾아뵙고 왔으면 어떨까요? 경계가 생각보다 삼엄하지 않심더.”

“그렇게 하지요. 저녁 시간이 좋을 듯 싶어요.”

방우는 분이의 상태가 걱정이 되었다.

하늘에는 구름이 걷히고 열사흘 달이 얼굴을 들어내고 이었다. 눈 온 뒤의 상쾌함이 이런 것이구나 생각을 하면서 김선생의 뒤를 따라 부지런히 산파 집으로 향해 걸었다.

"다 왔으니 잠깐 여기 있어요. 들어가 보고 올테니."

다시 본 집은 크지도 않고 아담한 초가지붕이 정겨웠다.

"방우 씨 들어와요. 이 방에서 둘이 얘기 하고 있어. 산파선생님을 만나보고 올게요."

김선생은 분이가 있는 방을 먼저 보고 와서 방우에게 들어가 보기를 권했다. 만약을 생각해서 심중을 기하는 눈치였다.

방우와 끝분이가 서로 반가워 손을 잡고 앉았다.

"오라버니 나는 겁이 나서 죽겠어. 알라를 낳는다는 자체 가 두렵고 무서워 산파 선생님은 염려 말라고 하지만 그렇게 쉽게 생각할 수는 없는 일인 것 같아."

"분아 그런 마음으로 어떻게 험한 세상을 살아가겠노? 다 네가 저지른 일이니 참고 견뎌봐. 누구를 원망하겠노. 그래도 내가 도우며 살아가겠다고 하는데 무엇이 두려워? 내 인생을 너를 위해 살아주겠다는데 두렵나?"

방우는 막상 큰 소리를 쳐보지만 자신이 없어진다. 남의 자식을 키우겠다고 마음을 먹었지만 백중기의 씨라는 생각을 할 때마다 울화가 치밀어 올랐다.

그동안 김준봉은 산파선생을 만나고 나왔다.

"방우 씨 걱정 안 해도 되겠어요. 태아가 아주 건강하고 예정일이 하루 이틀 앞당겨지지 않나 여기고 있어요. 어제 왔다간 김장자 여인에게도 그렇게 일렀다고 하네요. 방우 씨는 걱정 안 해도 될 것 같아요."

"선생님, 여기서 가까운 거리에 시게무라 대장의 관사가 있지 않아요? 혹시 그 집에서 일하는 처자가 아직 있을까요? 덕구에 관한 정보를 알고 있을까 하는 생각이 들었어요."

"그도 생각해 볼 일이지만 일차 내일 울산 장에 갈다 와서 소식을 모르면 이차로 시게무라 관사로 결정 해보도록 합시다."

다시 교회로 돌아와 둘은 마주 앉았다. 방우는 김장자 여인이 골머리를 앓고 있는 점터의 수철이 생각났다. 재판에 걸린일이니까 재판 결과를 보고서 대책을 세우기로 했다.

김준봉은 단 본부로부터 지령을 받을 때마다 모든 항일독립운동 단체들이 저마다 자금관계로 고난을 겪고 있음을 짐작할 수 있었다. 그것은 또 제국주의 일본이 그의 폐망의 막바지에 들고 있다는 것을 느끼게 했다. 또한 김준봉으로 하여금 더 부지런히 뛰어야 겠다는 결심을 갖게 하는 것이었다. 울산 서부 지방 비밀 단원들의 회합이 있은 다음날에는 이어서 울산의 비밀 단원들로부터 자금을 거두어 오는 것이 관례였기 때문에 울산에 다녀오기로 했다.

천방우 동지에게 울산의 자금책을 소개하는 것과 훈련도 시킬겸 동행하기로 하고 일찌감치 교회를 나섰다.

채권장사로의 변장을 한 김준봉은 방우를 앉히고 울산의 비밀자금책을 접선할 때의 사전 교육을 시키는 것이었다.

"천 동지! 울산지역은 워낙 범위가 넓어서 한바퀴를 돌려면 보통 사흘을 잡아야하오! "

"선생님! 사흘이면 어떻고 열흘이면 어떻습니까? 나라를 위해서 하는 일인데…… 나는 작천정에서 느낀 것이 많습니다."

"작천정에서 가진 서부 비밀단원들 말입니까?"

"예, 어르신들은 또 어르신들이라고 치고 그 부산에 나가 공부한다는 학생 말입니다. 그렇게 나이어린 학생도 그렇게 훌륭하게 용감하게 독립운동을 하는데 이 천방우는 대체 뭘 했느냐는 생각이 들더라구요."

"그랬습니까?

그러나 천 동지 역시 훌륭한 독립운동을 하셨고 앞으로 더하게 될 것입니다. 사실 독립운동은 먼저 가슴이 하는 것입니다.

가슴에서 고동치는 독립운동이 먼저 생겨나야 되는 것이에요! 보세요, 엊그제 초임발령을 받은 홍성률(洪性律) 동지가 그 먼곳에서 자축하는 의미로 군자금에 보태달라고 1만 원이라는 큰돈을 보내왔어요. 나도 감동했습니다.

"선생님! 우리의 가슴이 방방곡곡에서 그렇게 고동치고 있으니 독한 일본놈인들 어떻게 견뎌나겠습니까? 천 동지 고맙소! 조금만 고생해 봅시다! 곧 광명 천지가 올 것입니다……"

김준봉과 천방우가 넙내다리를 건넜을 때 쌀가마니를 실은 트럭이 오고 있었다. 김준봉이 운전사 옆 자석에 앉은 이를 잡고 몇 마디를 나누더니 방우더러 올라타라는 것이었다. 트럭은 울산읍내 농창까지 간다고 했다.

트럭은 울산 읍내에 도착하기까지 내내 자갈길을 헤치며 가야 했다.

일제가 부역으로 깔아놓은 자갈길에 놓인 돌도 거의 다 잔돌이 아닌 주먹만한 큰 돌뿐이었다. 그런 길 위를 트럭은 미끄러지기도 하고 멈추어 서기도 하는 것이었다.

방우는 처음 소장수 이섭의 트럭을 타고 울산의 우시장을 갔을때가 생각났다. 독립운동이 천방우에겐 고된 농사일보다 훨씬 수월하다는 생각이 들었다.

"선생님! 나는 독립운동이 생각보다 어렵지 않고 재미가 있는 것 같아요. 이렇게 트럭도 타보고 하니 말입니다."

"그러나 한치의 방심이나 실수가 허용되지 않는 것이 독립운동입니다. 아차하는 순간이면 목숨과 바꿔야하는 것이 또한 독립운동이니 늘 긴장하고 늘 조심해야 합니다."

"집사님! 알겠습니다. 그런데 방덕구 그놈도 용감하긴 한데 침착하지 않는 게 탈이란 말입니다."

"아, 천 동지! 방덕구 동지생각 많이 나지요? 괜찮을 겁니다. 이제 곧 맞이할 광복의 날에는 얼싸안고 춤출 때가 올 것입니다."

김준봉은 먼 산을 유심히 바라보고 있었다.

트럭은 십 리 대밭이 가까이 보이는 곳에서 멈추었다. 김준봉이 운전석의 남자에게 고맙다고 인사하고 있을 때 방우도 꾸벅 고개를 숙이며 감사의 인사를 했다.

"천 동지! 저 대숲이 바로 방덕구 동지가 별이 새겨진 증표를 받은 곳이지요. 지금은 새들만 보이지만 밤이 되면 독립군의 아지트가 되는 곳입니다."

"예, 선생님! 덕구도 그중에 한 사람이었으니까 참 자랑스럽습니다."

김준봉은 방우에게 울산읍내의 지명을 일러주기도 하면서 특별한 건물에 대해서는 일일이 설명을 해주었다.

"천 동지! 여기가 울산 초등학교 이고 이쪽의 큰 기와집이 면 사무소"라고 일러주었다. 거기서 동쪽으로 난 길로 들어 걸었다.

이따금 채권삽니다! 채권삽니다! 를 외치며……

얼마간을 걸어가던 김준봉이 어느 큼직한 대문집 앞에서 큰 소리로 채권 삽니다를 두 번 외쳤더니 어떤이가 대문간의 쪽문을 열고 얼굴을 내밀었다.

"김준봉 동지! 네 저 파실 채권이 있습니까?"

"있고 말고요 있습니다."

그는 급히 윗채의 안방으로 가서 조리개 하나를 들고 나와 내밀었다.

김준봉이 얼른 받아 방우에게 건네는 것은 제법 많은 돈이 들었음을 알 수 있었다. 김일환(金日煥)은 둘을 집안으로 불러 들이고는 김준봉과 애기를 나누는 것이었다. 김준봉은 김일환에게 방우를 소개하면서

"이 동지가 나를 대신할 천방우 동지입니다."

"그렇습니까? 김일환은 방우를 덥썩 껴안았다."

"천방우입니다. 앞으로 많이 지도해 주십시오."

"뭐, 지도랄 게 있습니까? 우리가 다 힘을 모아야 할 뿐이지요."

김일환은 읍내사람 차(車)모가 일본당국에 바쳤다는 전투기 한대 값보다 많은 폭격기나 군함 한대 값을 우리도 거두어야 한다고 여러 사람들이 말하면서 흥분하고 있다는 것이었다. 그는 그 일 때문에 어제도 병

영 청년회 간부들이 떼를 지어 와서는 한바탕 울분을 토하고 갔다고 했다. 또 읍내에 있는 최신출, 오덕상 등은 그런 운동이 일어난다면 재산의 반을 내놓겠다고 했으며 그 외에도 그런 뜻을 비친 사람이 여럿이나 된다고 했다.

김준봉은 김 동지의 말을 듣고 있다가 "김일환 동지! 빼앗긴 조국을 찾겠다는 민족의 열화같은 의분이 이렇게 샘솟듯 하고 있으니 조국광복의 날도 이제 멀지 않았습니다. 그리고 차모의 친일행위는 이미 동아일보를 통해 보도가 되어서 전 국민이 다 알게 되었습니다. 본인도 뉘우치며 생각하는 바가 있겠지요."

"저희는 이 길로 덕신의 이정걸(李庭杰)동지를 만나러 갈까합니다."

김일환이 점심을 하고 가라고 붙잡는 것을 뒤로하고 김준봉과 천방우는 일어서 나섰다. 김일환은 언제나 따뜻하면서 믿음을 주는 동지였다.

"천 동지! 김일환 동지가 나서면 전함이나 폭격기를 살 군자금을 거뜬히 거둘 것입니다. 그만큼 각처에 숨어 임무를 수행하는 비밀단원들모두가 신임을 하고 있기 때문입니다."

"선생님! 나도 그런 느낌을 가졌습니다. 그런데 지금은 돌아가셨지만 백중기 어르신이 살았을 때는 어쨌습니까?"

"천 동지! 백중기 어르신이야 말로 정말 통큰 후원자였지요."우리 역남 유림단이 있는 한 그 어른을 잊지 못할 것입니다. 훌륭하셨지요! 훌륭한 분이였습니다." 이정걸 동지를 만나려면 대게 울산에서 온양면의 덕신까지 걸어야만 했다.

"천 동지! 덕신까지는 아무래도 걸어야 할 것 같습니다."

"선생님! 나는 한달에 거의 미투리 두 켤레씩을 바꿔 신어야 했습니다. 고헌 산, 가지산을 집안 마당처럼 걸어보아서 걷는 데는 이골이 났으니까요."

방우는 쓴웃음을 지으며 김준봉을 돌아보았다. 김준봉도 웃어 보였다. 어느덧 해가 정수리에 머물러있는 것 같았다.

"천 동지! 시장하지요? 아까 김일환동지에게서 점심을 떼우고 올걸 그랬지요?"

"선생님! 나는 괜찮습니다. 대신 컬컬한 막걸리 한잔이 생각나네요.

"천 동지! 우린 하나님을 믿는 사람들입니다. 하나님에게서 늘 은혜를 받으며 살아가면서 하나님이 싫어하시는 술은 삼가야지요……" 방우는 또 멋쩍게 웃었다.

"선생님! 죄송합니다, 미안합니다." 김준봉은 수줍어하는 방우에게

"천 동지! 그럼 저기 우물이 있는 모양인데 시원한 찬물이나 먹고 갑시다." 김준봉이 가리키는 곳에는 머리를 땋아내린 처녀들이 둘러서서 물을 긷고 있었다. 둘이 다가가자 한 아가씨가 물 한바가지를 건네주었다. 방우는 단숨에 그물을 마셔버렸다.

"아, 그 물맛 참 좋다! 물맛이 우째이래 좋노! 할 때였다. 재법 말끔하게 차려입은 젊은이 하나가 이봐! 맛좋은 물을 얻어 마시려면 사전에 양해를 얻고 마셔야지 다먹고 나서 물맛이 좋다고 하면 체면없는 짓을 하는 것 아니가?

군인이나 순사들이 쓰는 모자를 쓴 청년이 눈을 흘기며 시비를 걸고 나섰다. "죄송합니다. 목이 너무 갈해서 그렇게 되었습니다. 미안합니다!"

김준봉이 나서며 공손함을 보였다. 방우는 그냥 넘기지 않을 양이였다.

"보소! 젊은 양반, 그 물 한 바가지 마셨기로 무슨 큰 죄를 지은 것도 아닌데 와, 시비를 걸고 그라능교! 참 인심 고약하네 참……"

"뭐? 당신들 뭐하는 사람들이야? 나좀 따라가겠소?"

따라가다니 우리가 뭐 큰 죄를 지었는데? 당신을 따라가요! 그라고 뭐하는 사람이면 어짠단 말고? 꼭 쪽바리 앞잽이같이 생겨가지고는 쪽바리 놈들같이 말하고 있노?

"뭣이! 쪽바리! 그래 그 앞잽이다! 자식아 나 따라가자 가서 몽둥이 밥이나 좀 먹여줄까? 그는 웃옷을 훌렁 벗어버렸다. 웃옷을 벗어버린 그는 조끼를 입고 있었고 배꼽쪽으로 육칠포인듯한 권총을 지르고 있었다. 우물가에 있던 아가씨들이 놀라 물동이를 이고는 급히 돌아가 버렸다. 김준봉은 순식간에 일어난 험악한 분위기에 당황했다.

"아, 젊은이, 젊은이를 보아하니 무슨 기관에 있는가 본데 그렇다면 이 사람과 다투면 안 되지요."

"이 사람은 울산 헌병대 언양대장인 시게무라대장과 절친한 친구이니까 그만 손잡고 웃어 넘겨 버리세요. 그뭐 별것 아닌 것 가지고 싸우면 좋은 게 뭐가 있습니까?" 시게무라와 절친한 친구라는 소리에 그는 한 발짝 물러서는 듯 했다. 그의 눈치를 살핀 방우가 그냥 있지 않았다.

"아닙니다, 선생님! 이런 놈은 버르장머리를 단단히 고쳐놔야 합니다. 뭐 몽둥이 밥을 먹인다고? 야, 이 자식아! 너는 일본헌병대로 가서 전기고문밥을 먹어야할 놈이다. 알았나? 당장가자!"

놈은 큰 황소앞에 있는 토끼 한 마리에 불과했다.

방우는 억센 팔로 목을 조이며 놈이 차고 있던 권총을 날렵하게 빼앗아 김준봉에게 건넸다. 김준봉이 확인해보니 탄알 한발이 들어있었다. 탄알을 얼른뺀 김준봉이 "이보세요, 무기를 빼앗기거나 잃게 되면 당신은 엄한 처벌을 받게 될 것이오. 자 권총을 돌려 줄 테니 앞으로는 조선사람 괴롭힐 생각을 마시오. 알겠소!"

"예, 나리님 고맙습니다, 고맙습니다." 놈은 우물가에 무릎을 꿇고 두 손을 싹싹 부비고 있었다. 김준봉이 방우에게 눈짓으로 놈을 보내주라고 했다. 방우의 말이 떨어지자 놈은 걸음아 날 살려라하는 듯이 뛰어갔다. 김준봉과 천방우는 근처의 산길로 들어 해가지도록 기다려야 했다. 혹시 놈의 수작에 의해 온양면 일대에 경계령이 내릴지 모를 일이었다. 해가지고 어둑할 무렵이 되어서 김준봉과 천방우는 이정걸 동지의 집 솟을 대문간에 이르게 되었다.

"채권삽니다. 채권삽니다." 두어 번 방우가 소리 질렀다. 곧 인기척이 나더니 이정걸 동지가 하얀 모시옷을 입은 채로 대문을 열어주었다. 이정걸 동지는 늦은 시간에 단원이 오는 일이 드문데 시급한 일이라도 있느냐고 김준봉에게 물었다. "자, 들어갑시다." 오늘은 이왕 늦었으니 우리집에서 하루를 유하고 가라면서 아래채에 들도록 했다. 이정걸 동지는 자신의 집에 오는 사람을 그냥 보내는 일이 없었다. 술상을 차려 대접하거나 밥한끼라도 먹어야 손님을 보내주는 것이었다. 김준봉은 밤이 깊도록 그간에 있었던 일과 세상 돌아가는 이야기들을 소상하게 아뢰었다. 이정걸 동지는 조리개 하나를 내놓으면서 다른 사람에게 자주 손을 벌리기가 그렇고 해서 이번에는 혼자서 부담을 하게 되었다고 했다.

조리개 속에는 고액권으로 채워져 있었다. 얼른 보아도 거금인 것 같았다. 김준봉은 매번 이렇게 많은 돈을 선뜻 내놓는 이정걸 동지가 고맙고 감사하기만 했다.

"의단의 규칙에 따라 동지라고 부르긴 합니다만 저는 언제나 이정걸 어르신 댁에만 오면 고향집에 온 것처럼 푸근한 정을 느낍니다."

이슥할 무렵에 이정걸 동지에게 약주 잔을 올리면서 김준봉이 말했다.

"웬, 별 말씀을…… 목숨을 바쳐놓고 잃어버린 나라를 찾으려고 애쓰는 김 동지와 천 동지인데 나는 늘 부끄러운 생각뿐이외다."

이정걸 동지와 조반을 나눈 다음 김준봉과 천방우는 울산 시내를 향해 걸었다. 방우는 김준봉과 하룻밤을 같이 지나고 나서부터는 김준봉이 자신을 믿음직스럽게 지켜주는 맏형 같은 생각이 들었다. 이정걸 동지의 따뜻한 인정도 친가족 같은 마음을 가지게 했다. 어제 오후 순사 앞잡이를 혼내준 우물가가 보였다. 어제도 김준봉은 자신에게 동지라는 말을 쓰지 않은 것은 잘 훈련된 독립운동가의 모습을 보여 주는 것이었다. 둘은 가끔 트럭이 지나가며 일으키는 먼지 속의 자갈길을 걸었다.

울산 우시장 근방에서 언양으로 가는 트럭을 만나 올라타고 언양에 도착했을 때는 정오가 가까운 시간이었다. 교회를 향해 걸어가고 있는데 길목에서 달려 나오는 사람이 있었다.

김준봉 동지! 하고 다가서며 손을 잡았다.

"오, 권종술 동지! 정재원 동지! 왠일입니까? 울산에 다녀오시는 길입니까?"

"예"

"그리고 정동지는 먼 길을 오셨군요." 그는 방우를 힐끗 쳐다보면서 경계하는 눈치였다. 김준봉이 눈치를 알아채고 "권 동지! 여기는 앞으로 나를 대신해줄 천방우 동지입니다."

"예 저는 권종술입니다."

"저는 정재원입니다."

권종술은 반곡 마을의 유지이자 열렬한 비밀단원의 일원이었고 정재원은 농소 천곡에 있는 열열한 단원이었다.

둘은 어제 작천정 회합에 부득이한 사정이 있어 참석하지 못했음을 먼저 말하고 최현범 동지를 만나 그 회합에서 주고받은 이야기를 다 들었다고 하면서 내 몫이라도 하려고 김 동지를 찾아왔다고 했다.

"아 그렇습니까? 두 동지는 늘 이렇게 고맙게 해주시니 뭐라고 드릴 말씀이 없습니다."

"아이고 무슨…." 하고는 권종술과 정재원은 급히 돌아갔다. 김준봉은 사라져간 두 동지가 보이지 않을 때까지 그들의 모습을 바라보고 있었다.

"방우 선생, 저렇게 나라를 찾기 위해 힘이 되어 주는 동지들이 있으니 이제 조국 광복이 곧 우리 품으로 안기게 되겠지요…."

맞습니다. 선생님 나는 이번 울산 걸음에서 느낀 바가 많습니다. 정말 속에서 불끈불끈 힘이 솟는 것 같습니다.

그랬습니까? 수남교회는 병을 앓는 환자를 안온하게 뉘어주는 병원의 침실처럼 그들을 맞아주었다.

12. 빌려온 아들

동짓달 열사흘, 방우에게는 잊을 수 없는 날이었다. 마치 도깨비 방망이에서 떨어지듯 아들 하나가 뚝 떨어진 날이기도 했다. 손목 한 번 제대로 잡아보지도 않은 여인에게서… 방우는 기뻐해야 할지 울어야 할지 분간 할 수 없는 비통함 같은 것이 가슴 속을 흔들고 있었다. 빌려온 아들, 데려온 아들, 남이 만든 아들 구차한 단어들이 쏟아져 나왔다.

"천 동지! 분이 씨에게 한번 가보는 것이 좋을 듯 싶어요. 물론 김장자 여인이 벌써 들려 산후 조리에 필요한 비용과 필수품 일체를 주고 갔다고 했지만 그래도 천 동지가 가보는 게 도리인 것 같아요. 그 대신 조심해야 됩니다. 어제도 열사 한분을 잡아다 가진 고문을 가해도 동지들 있는 곳을 말 하지 않자 총살형을 가했다는데 각별히 조심해야 됩니다. 만약 덕구 동지가 교회에 들리게 되면 극히 위험한 상태이니 교회가 아닌 다른 곳으로 이동을 해야 됩니다. 만약 저들이 교회를 지목하게 되면 목회자들도 그냥두지 않을 테니 되도록 위험을 피하는 것이 상책입니다."

김준봉은 약간의 두려움을 느끼는 눈치였다. 그도 그럴 것이 교회안의 비밀을 감추어야만 될 시기가 온 것도 같았다.

"김 선생님, 그럼 분이에게 굳이 갈 필요가 없을 듯 싶어요 위험을 피하는 일이 우선이 아니겠는교? 교회에 있는 모든 것을 이동시켜 후환을 없이하는 것 또한 시급하지 않아요?"

"천 동지! 사실 위험 부담을 안고서는 여러 사람이 상하게 될지 모릅니다. 그리고 분이 씨에게는 새벽이 어떨까 싶어요, 동이 트기 전 새벽에 움직이는 것이 비교적 안전하니 그렇게 하도록 합시다."

"그럼 선생님 내일 새벽에 움직이는 것으로 준비하겠심더."

방우는 답답함을 해소시키려고 밖으로 나가 언덕에 올라가 앉았다. 해는 산마루에 걸터 앉아 붉은 노을을 토해내고 있다. 무릎을 꿇고 앉아 하나님을 찾았다.

'하나님 내 마지막 삶도 저 태양처럼 화려한 노을을 품어 내게 도와주옵소서! 분이에게도 태어난 아이에게도 빌려온 느낌이 들지 않게 태양이 되어 품어주게 용기와 힘을 저에게 주옵소서! 주님! 마음의 안정을 찾아 베푸는 삶을 살아가게 도와주옵소서! 은혜를 갚아야 한다는 부담된 마음보다 사랑한다는 온유한 마음으로 그들을 받아드리게 하옵소서! 주님 이 모든 움직임에 항상 주님이 함께 해 주시기를 믿고 움직일 수 있는 힘을 주시옵소서!'

방우는 어둠이 시야를 흐리게 할 동안 앉아있었다.

잠자리에 들어 눈을 감았다. 어디선가 귀뚜라미도 아닌 아이의 울음소리도 아닌 이상한 벌레들의 울음소리가 고막을 울렸다. 이미 결정 된 삶의 행로에 변경이란 있을 수 없는 것임을 직감한 방우는 모든 걱정 근심을 하나님의 말씀에 담고 덤덤한 마음으로 교회로 나갔다. 새벽기도의 모임에 교우들이 몇 명 나와 있었다. 방우는 교회 안을 살폈지만 김 선생은 보이지 않았다. 밖으로 나와 교회 뒤에 있는 기도실로 향했다.

"선생님 방우입니다."

"네 지금 나갈 것이니 기다리세요."

선생의 표정이 굳어 있는 듯했다. 약간 불안함이 감돌았다. 언제부터인지 김선생의 표정과 감정을 살피며 살아왔는지 방우 자신도 알 수 없었다. 김준봉 그에게는 사람을 이끌어 나가는 힘이 있었다. 실패가 없는 계획과 믿음을 주는 강한 의지에 감탄한 방우는 선생님이 무조건 좋았다. 방우의 삶을 바꾸어준 위대한 스승이라는 강한 믿음 때문이 아닌가 싶어진다.

"천 동지! 마음의 준비가 되었소? 아이를 보면 마음의 갈등이 생길지도 모르니 마음을 단단히 다잡아 가지기 바라오. 그냥 아들 하나 얻었다는 가벼운 생각을 가져야하오. 백중기 어르신에게 깊이 감사하는 마음이 하나님의 뜻일 수도 있다고 생각하면 만사형통할 수 있겠지요."

둘은 마을길로 접어들 때 희뿌연 새벽이 드러났다. 산파 집 싸립문으로불빛이 보였다.

"선생님 불이 켜진 방이 산모 방이 아닐까요?"

"그런 것 같아 방우 씨는 산모 방으로 가 보세요. 나는 산파 선생을 만나 볼 것이니."

방우는 지금부터 어떻게 살아가야 하는지, 뭘 해야 하는지 선명해지지 않는 생각들을 간추리며 분이의 방문 앞까지 와 기침을 했다.

"분아 오라버니다 들어가도 되겠나?"

"오라버니 왔어? 들어와도 괜찮아."

방으로 들어선 방우는 비릿하면서도 퀴퀴한 냄새가 코끝으로 날아들었다.

"애썼다 분아."

분이의 조그만 얼굴이 수척해져 더 작아 보였다. 분이의 엉크러진 검은 머리를 쓸어 올려주었지만 누군가에 의해 사랑을 도적맞은 기분이 들어 손발이 떨려 왔다.

"그래 분아, 이제 얼마나 더 여기 있어야 된다고 하더노?"

"어무이가 산파 선생님하고 얘기했는데 한 보름쯤 여기서 푸욱 쉬다가 가면 된다고 그랬어."

방우가 아기를 내려다보았다. 신기하리만치 백중기를 닮아 보였다.

"씨는 속이지 못한다 하더니 꼭 지 아버지를 닮았다."

분이가 면구스러워 하는 눈치라 방우는 입을 다물었다.

"오라버니 미안해 섭섭하겠지만 우짜노. 이제부터 오라버니와 새로운 인생을 시작 할거야 오라버니 분이를 이해 할 수 있겠어? 순종하는 여자로 살아갈게."

"분아, 미안해하지 말거라. 지금 우리의 삶이 삶이라 할 수 있겠나? 도덕, 윤리 같은 것 다 버리고 오직 하나님의 뜻 그대로 살아가자 해방이 되는 날까지 서로 믿어야 살 수 있단다. 인생을 둘이 함께 묶어 하나가 되어 살아나가는 거야. 아이가 누구를 닮았던 그것이 무슨 소용이 있노? 우리 둘의 마음에 있는 것이지 열심히 길러 훌륭한 사람이 되게 도와주자."

"오라버니, 어무이가 와서 아기를 보고는 영감을 빼 닮았다고 기뻐하고는 아이를 위하는 일이라면 모든 것을 다 주겠다고 했어, 오라버니 너무 속상해 하지 말아요. 돈보다 중요한 것은 사람의 도리를 지키는 일이라는 거 잘 알고 있심더."

"그래 알았다. 몸조리 잘하고 있어라. 다시 여기에 오기는 좀 힘들 것 같다. 어무이와 의논해서 몸조리가 끝나면 집으로 옮기도록 해라. 여기 들리지 않는다고 섭섭해 하지 말거라. 남자들은 할 일이 많으니 알았지."

"응 오라버니 조심해 가이소."

방우는 분이 방에서 나와 김 선생을 기다리느라 뜰 앞에 앉아 있었다.

'그래 내가 아부지가 된 거야, 아기 이름도 지어야하고 삶의 계획도 새워야하는데 젠장, 이런 세상에서 어떻게 무슨 계획을 세울 수 있는가?'

김준봉은 산파 선생님과 한참동안 얘길 나누고 방문을 열고 나왔다.

"방우 씨, 산모가 워낙 건강한 체질이어서 순산을 했대요, 김장자 어르신이 와서 두둑한 사례를 하고 갔다니 안심하게. 우선 교회의 모든 것을 여기로 옮길 계획이니……."

"의논이 되었는교? 이곳이 안전 할 것 같심더."

"선생님 날이 밝기 전에 돌아갑시더, 예감이 좋지 않심더. 김기호란 놈이 퇴원 할 때가 된 것 같아 불안합니더. 물론 어무이가 입막음은 하겠지만 그놈에게는 기호 놈보다 더 악질인 사촌동생 김문호란 놈이 있심더. 그놈도 일본 문관인데 성질이 괴팍스러워 그놈에게 찍히는 날에는 아주 끝장을 본다고 하던데요."

"알고 있어 어서가. 교회를 정리하고 옮겨야겠어."

"저 선생님 금달래에게 가서 부탁하면 장소를 물색해 주지 않을까요?

그런 생각이 불쑥 들어와요."

앞장 서가던 김준봉 선생의 걸음이 빨라진다.

"천 동지, 전에 트럭을 빌려 타고 간 소 장사 볼 수 있겠어요?"

"그럼요, 이번 장날에 송아지를 사려고 온다고 했으니 가면 만날 수는 있심더 이섭이라는 사람인데 심지가 아주 깊어 보였어요."

"그럼 된 거요. 이번 장날에 금달래에게 가서 상의 하도록 해. 이섭이라는 사람 소장사를 한다니 천 동지와 함께 소를 기르면 어떻겠느냐고 운을 띄워보게."

며칠 후 김준봉과 방우는 각기 다른 곳으로 가기 위해 변장을 하고 수남교회를 나섰다. 채권장사로 변장한 김준봉은 그동안 모아둔 군자금 30만 환을 전하기 위해 박상진을 찾아갔고, 방우는 금달래를 만나려 우시장으로 향했다. 장은 생각보다 사람들이 붐비지 않았다.

"엿이요 엿 총각이 먹으면 처녀가 달라붙고, 과부가 먹으면 홀아비가 달라붙는 사랑의 엿이요, 자 엿 사시오."

방우는 사방을 두리번거려 보았지만 금달래는 보이지 않았다. 우시장 입구에는 강아지 두 마리를 바구니에 담아두고 꾸벅꾸벅 졸고 있는 노인과 그 바구니에서 자유를 찾아 탈출하려는 강아지들의 결사적인 시도를 바라보았다.

"할머니, 강아지 얼마요?"

잠에서 깬 할머니가 놀란 듯했다.

"왜? 사려고?"

"아니요, 할머니 잠 깨우느라 물어 봤어요."

"싱겁긴."

방우는 좀 더 큰 소리로 엿이라고 외친다.

"엿이요, 엿 장사가 왔어요. 찢어진 고무신이나 부러진 젓가락 모두 모두 좋아요."

방우는 소리를 입으로 지르고 있지만 눈은 사방을 살핀다. 우시장으로 다시 들어선 방우는 가위를 유난히 크게 흔들며 소리를 지른다.

"엿이요 엿!"

"어이 엿 장사!"

굵고 뜸직한 음성이다. 방우는 뒤를 돌아보았다. 이섭이 입가에 웃음을 머금고 서 있다. 손에든 고삐에는 어린 송아지 한 마리가 코뚜레도 없이 이섭이 묶은 노끈에 잡혀 있다.

"겨우 한 마리만 사가지고 가려는교?"

"아입니다 튼실한 놈이 없어 살피는 중입니다. 아직은 초장이니 기다려 봐야지요."

"저 이섭 씨, 소 기르는 데는 사람이 필요 없소?"

방우는 은근슬쩍 운을 띄어봤다.

"소 몇 마리 기르는데 사람은 필요 없소만 왜 그러시오."

"혹여 나와 동업해볼 의사는 없는교? 소 한 열 댓 마리 길러보면 수입이 좋을 텐데."

"그 참 생각해보지도 않던 횡재인데, 한 번 생각해 보겠어요."

둘은 마주 보며 서로 의미가 다른 웃음을 머금었다.

"야! 엿장사 엿 안 팔고 머하노? 소장사와 엿 장사라 어울린다. 친구해라 이바구 고만하고 볼일 봐 자식들."

언제 왔는지 금달래가 뒤에 와 문책하듯 나무란다.

"오! 아지매 이 양반하고 친구 할라 카는데, 어떻노?"

"엿 장사 치우고 소장사해라 카이 국밥이나 한 그릇 사도고."

방우는 엿 판돈 몇 푼과 엿 한 통을 집어 금달래 밥그릇에 넣어주었다.

금달래는 엉크러진 머리를 빡빡 손으로 긁으며 히죽 히죽 웃고는 걸어간다.

"방우 씨 송아지 한 마리 더 사가지고 갑시다. 언양으로 같이 넘어 가지요."

이섭이 같이 가기를 바라는 눈치다.

"이섭씨 고맙소. 같이 갑시더 시장 한 바퀴 돌고 시장 입구에서 기다리겠심더."

방우는 기분이 좋았다. 금달래가 흡족하게 웃는 모습에서 둘을 묶어도 괜찮다는 눈치였다. 방우는 이섭의 속을 모르고 이섭은 방우의 속을 모르니 답답하지만 금달래가 친구 하라니 믿어도 된다는 뜻으로 받아들였다.

송아지 두 마리를 산 이섭과 방우가 함께 트럭에 올랐다.

"오늘 장은 영 신통치 않았심더 사방의 눈치를 살피느라 힘들었심더. 어느 구름에 비가 들었는지? 알 수가 없었어? 엿판을 비우지 못했심더. 장사가 이렇게 신통찮아 식구들 먹여 살리 겠는교?"

"방우 씨 먹여 살려야할 사람이 많아요? 그렇게 보이지 않는데요? 방우 씨 살다보면 인생의 흐름을 재구성하고 재 정비 해야 할 시기가 있는 법이지요. 그러나 선불리 구성을 하다보면 첩보다는 본처가 좋을 때가 있는 법이지요. 무슨 뜻인지 알겠지요?"

"이섭 씨 첩도 첩 나름이지요. 이섭 씨가 말하는 뜻이 뭔지 모르겠지만 위험이 따르기는 마찬가지 아이겠는교? 우사 짓는 돈과 소사는 돈은 내가 만들어 볼 터니 한번 손잡아 봅시더. 나도 소를 길러 봤심더 생짜는 아입니더. 머슴살이 40년이며 산전수전 다 겪었심더. 첩년 밥도 묵어보고 본처 밥도 묵어 봤심더 실패는 없을 김니더. 믿어 볼란교?"

"……"

이섭은 묵묵 부답이다. 성에 낀 자동차 창문을 손바닥으로 뽁뽁 문지른다.

"방우 씨 나 어머니랑 같이 살아가는 것 아시지요? 한번 의논해 볼테니 다음 장날에 결정을 봅시다."

"그럽시다 저도 형과 의논을 해야 하니 말입니더. 그럼 다음 오일장에서 만납시더."

트럭도 기분이 좋은지 바퀴에 부딪치는 자갈들을 잘 걸러내며 달려나갔다. 이섭에게 자신의 처지를 솔직히 실토하고 의논을 해볼까? 생각이 들었지만 열길 물속은 알아도 한 길 사람 속을 모른다고 했으니… 트럭 뒤에서 움매 움매 송아지가 운다. 어미를 찾아서일까? 멀미가 난 것일까?

"이섭 씨 내려서 송아지를 한번 봐 줘야 되는 것 아인교?"

"괜찮을 것이요, 아마 울다가 그칠게요."

방우는 엿 한 토막을 이섭의 입에 넣어주었다.

“방우 씨 엿만큼 달짝지근한 세상이 와 준다면 얼마나 좋을까요?”

“글쎄 말입더 누구나 다 바라는 일이 아니겠는교.”

“방우 씨 다 왔는데요, 다음 장날 다시 만나요.”

“그럼 운전 잘하고 가이소.”

방우는 트럭에서 내려 손을 높이 흔들어 주었다. 잘 되어야 할 텐데, 이섭이 말처럼 달짝지근한 세상이 와 주어야 할 텐데….

일단 주위를 살펴보며 교회로 향해 걸었다. 교회가 일본 놈들이 조종한 총구의 표적 안으로 들어갔다는 위험 감 때문인지 뒤 따르는 사람이 없나를 살폈다. 방우는 이섭이 어쩐지 구린내가 조금 나는 사람으로 생각했다. 독립군이 아니면 밀정? 의문점이 생겼지만 금달래의 조언을 무시 할 수는 없을 것이라는 생각이 들었다. 김 선생이 말하듯이 사람이면 일단 의심을 하고 접근을 해야만 안전할 수 있다는 말과 금달래의 말이 뒤엉켰다.

13. 아픔이 있었기에

김준봉은 송정마을이 저만큼 보이는 곳에 이르러서야 "채권삽니다! 채권삽니다!" 외치기 시작했다. 박상진을 만나는 것은 벌써 이번이 세 번째다. 그를 만날 때부터 자신보다 훨씬 수하인 박상진의 그 다부진 얼굴과 빈틈없이 구사하는 말들에 김준봉은 완전히 압도되던 생각을 했다. 그러한 박상진의 면모가 조선의 모든 독립단체가 나이가 차지 않은 성장기의 그를 인정하는 것이리라 생각해 보았다.

박상진의 집 앞에서 대문을 두드렸다. 인기척이 없었다. 잠시 후 지난번에 만났던 사람이 대문 앞으로 오고 있었다.

"뉘시오!"

김준봉은 지난 번에 왔을 때 문을 열어 주고 안내하던 사람임을 알 수 있었다.

"뉘시오?"

확인을 하듯 물었다.

"영유무의 8번입니다."

김준봉이 그렇게 대답하자 그는 대문의 빗장을 풀어주었다.

"예. 어서 오십시오!"

머리를 숙여 인사를 한 그는 김준봉을 박상진이 있는 방으로 안내

했다.

김준봉이 방으로 들며 다시,

"영유무 8번입니다. 지난번에 두어 번 다녀갔지요."

"아! 영유무 8번. 오시는데 어려운 점은 없었습니까?"

"별로, 생각보다 쉽게 왔습니다."

박상진은 잠시 눈을 감는 듯 하다가,

"김준봉 동지 수고가 많으십니다."

박상진은 김준봉의 이름을 똑똑히 기억하고 있었다.

"내 그렇잖아도 김 동지를 만나 보려고 했습니다. 언양쪽에서의 활동이 아주 지대하시더군요."

김준봉은 박상진이 언양을 무대로 활약하는 것에 대하여도 잊지 않고 기억하고 있는 것에는 놀라지 않을 수 없었다.

"이렇게 기억해 주시니 고맙기만 합니다."

"원, 무슨 말씀을. 김 동지 같은 분이야말로 일당백을 막을 분이시지요. 변정기 선배를 만나면 김준봉 동지를 잘 말씀 드려야겠어요. 변정기 선배는 영남 유림단을 창단한 15인의 발기인 대표입니다. 김 동지도 아시지요?"

"네 알고 있습니다."

"김 동지 언양족에서 활동하던 동지 같았는데, 며칠 전 여기로 그 젊은 동지가 태백산 범을 찾아온 적이 있어요. 젊은 동지는 태백산 표적인 별표 증표를 가지고 있어서, 그에게서 김준봉 동지에 대한 활약상을 잘 들었습니다. 금달래 여사에 대해서도."

김준봉은 그가 방덕구일 것이라는 생각을 했다. 독립군을 상징하는 별표의 표적을 가지고 있었다는 말에 그가 덕구임을 단번에 알아보았다.

"예. 방덕구 동지인데, 신돌석 의병대장 휘하인데 대단한 동지올시다. 이번에 또 거사를 해 놓고 지금은 아마 도피 중일 것입니다. 예. 그 동지의 신변은 꼭 보호되어야 할 것입니다."

"김 동지 태백산 범이 아마 내일쯤 올 것 같기도 한데, 그 동지만은 꼭 보호하라고 단단히 일러놓을 참입니다."

박상진이 방덕구 동지를 그렇게 칭찬하는 저의를 김준봉은 알 수 없었다.

"방덕구 그 동지가 군자금 십만 원을 준비해놓고 있다기에 장한 뜻이 아닙니까? 거부 소리를 듣는 사람들도 선뜻 내놓을 수 없는 큰돈을 젊은 동지가 뜻을 밝히기에 놀랐어요. 사상도 딱 잡혔어요. 빈틈이 하나도 없이 이제 보니 김준봉 동지께서 잘 지도하신 결과군요. 감사합니다."

김준봉은 방덕구 동지가 군자금 십만 원을 준비해놓고 있다고 한 것은 금융조합 예금통장에 들어 있는 가운데 그 반은 이미 내놓았고 나머지 반을 내놓겠다고 했을 것이라는 생각을 쉽게 짐작할 수 있었다. 그렇다면 머지않아 천방우 동지를 찾아오거나 아니면 수남교회로 와서 자신을 찾을 것이란 생각을 하게 되었다.

김준봉은 그동안 모금한 군자금을 내놓았다.

"언양 식구들이 백방으로 노력한 뜻 깊은 자금입니다."

"아니! 이렇게 많은 자금을? 김 동지의 노력을 치하하고 싶어집니다."

"아닙니다. 주위에서 협조해주는 분의 공로가 큰 것입니다. 이다음 그들에게 별표 상을 주고 싶습니다. 저의 자금책으로는 우시장의 금달래입니다. 그러나 이번에 제가 직접 박동지를 찾아오게 된 동기는 제 수하에서 활약하는 숨은 동지가 있어 왔습니다. 천방우라는 동지와 그의 모친인 김장자 여인이 자발적으로 성금을 기탁해 왔습니다. 실은 김장자 여인은 백중기 동지의 안사람이기도 합니다.'

"아! 다개 마을 백중기 어르신 잘 알고 있지요. 점터를 내는 날 만세를 부른 탓으로 잡혀가 지금 형을 살고 있는 윤상우 동지가 있지요."

"아니 다개 마을 일들을 그렇게 손금을 보듯 하니 선생님의 위엄을 다시 한번 느낍니다. 그리고 천방우 동지는 40년을 머슴살이를 한 대가로 받은 십만 환과, 김장자 여사가 내놓은 십 만환과 소장사 이섭 동지가 금달래를 통해 전달된 자금과 방복례 여사가 기탁한 자금을 합친 것입니다. 특히 방복례 여사의 비밀정보 연락책들의 활약도 대단 합니다. 다음 뵈올 때는 천방우 동지와 함께 하겠습니다. 많이 치하해 주십시오."

"그렇게 하십시오, 특히 금달래와 방복례 여사는 몸과 마음을 다 조국의 광복을 위해 바치신 위대한 여사입니다. 금달래 여사를 제가 직접 시장으로 가서 뵌 적이 있습니다. 놀라웠습니다. 문어발 활약은 은밀한 지하조직 책들의 명줄인 셈이지요. 잘 부탁드리겠습니다. 가지고 온 군자금을 요긴하게 쓰일 것입니다. 이번에 암암리에 무기를 구입하려고 했는데 요긴하게 쓰일 것입니다. 바로 돌아가실 것입니까?"

"네, 내일 마무리 지어야 할 사항이 있어서."

"김 동지 점심을 드시고 출발하도록 하십시오."

김준봉은 시장기를 메우기 위해 지하 식당으로 내려갔다. 초라한 나무 식탁위에는 간장과, 고추장과, 냉수 한 사발 보리밥 한 그릇이 전부였다. 상 앞에 앉은 김준봉은 가슴 한가운데서 알 수 없는 서러움이 치밀어 올랐다. 조국을 위한 굶주림, 배에 기름이 차며 조국의 이념을 상실할 우려 때문일 것이라 생각하니 밥알이 입속에서 굴렀다. 모두 함께 가야하는 길은 가시밭길이라는, 열사님들의 말들이 뇌리를 스쳐지나갔다. 김준봉은 고추장도 아까워 물에만 밥을 간장으로 속을 채웠다. 조심해서 가라는 그 한 마디 그 속에는 나라 없는 서러움과 이름을 빼앗긴 아픔들이 용솟음쳐 올랐다. 독립운동을 하는 단체라면 어느 단체를 막론하고 절대적인 신임과 존경을 받고 있는 박상진을 만날 때마다 용렬함을 느끼며 더욱 힘을 모아 독립운동에 나서야겠다는 용기가 생겨남을 느낄 수 있었다.

신불산 너머로 해가 지고 어둠이 내릴 무렵이 되어서야 수남교회로 돌아온 김준봉은 방우가 뛰어나와 맞는 것이었다.

"선생님, 가신 일은 잘 되었는교? 걱정했심더."

"걱정은, 천 동지가 간 시장의 금달래 일은? 궁금해 견딜 수가 있어야지."

"잘 될것 같심더. 우선 선생님 숨을 돌리시고 의논을 합시더."

"그럴까요?"

김선생은 피곤한 기색이 역력했다. 먼지가 뿌옇게 묻은 바지 자락을 타월로 툭툭 털고는 방우를 향해 웃어 보였다.

김준봉은 언양 울산간의 50리 길에다 다시 송정까지의 길을 합하면

70리 길이 되는 먼 길을 달구지도 없이 걸어서 다녀온 그를 보는 순간 방우는 반갑기도 했지만 존경스러움을 감추지 못했다.

영남유림단의 무력부에서 단련한 훈련 덕분이라고 김준봉은 말했지만 방우로서는 놀라운 일이 아닐 수 없었다.

김준봉과 천방우는 저녁상을 물리고 나서 마주 앉았다. 박상진으로부터 덕구 소식을 전해 들었다며 반가운 표정을 지었다.

"천 동지! 방 덕구 동지는 이제 걱정하지 않아도 홀로 서기를 잘 해 나갈 것이니 그리 알고 계세요. 여기를 통하지 않고 직접 박상진 선생에게 군자금 십만 원을 내겠다고 했어요."

방우는 기뻐 어찌할 바를 몰랐다. 덕구가 십만 원을 군자금으로 내놓겠다고 했다는 말을 듣고 순간 덕구와 나누던 말이 스쳐 지나간다. 언젠가 덕구가 총 30정이 없어 전 대원이 무장을 못하고 죽창을 가지고 총을 지닌 왜병과 싸워야 했다던 말이….

방우는 덕구가 우선 장한 일을 했다는 것보다 소식을 듣게 된 것이 더없이 반가웠다. 방우는 하늘에 뜬 달을 바라보았다. 저렇게 달이 떠있으니 지금쯤 어디선가 이 못난 형을 생각하고 있겠지! 덕구 생각에 눈시울을 적셨다.

"선생님 오늘 우시장에서 이섭을 만났는데 은근슬쩍 운을 띄워 보았더니 어머니에게 의논해 보겠다고 했심더. 그리고 금달래는 둘이 친구하면 딱 좋겠다고 언질을 주었심더. 이번 장날에 가서 무엇이라고 해야 좋을지요?"

"글쎄 친구로는 좋을지 몰라도 본거지를 그 쪽으로 옮긴다는 것에는 좀더 생각을 해봐야겠어요. 사람의 속은 모르는 것이니 다음 장날에 가면 그렇게 말해요. 친구 의사를 분명히 듣고 처리 하겠다고 야무지게 해야 하네요. 그리고 내일쯤 다개 마을에 가서 김장자 여인의 지금 심정을 꿰뚫어 보아야하오. 그 어른의 심기를 괴롭혀서는 아니 됩니다. 잘 설득해 군자금을 지원 받아야 해요. 조국이 없이는 살아있는 생명이 아니라는 것을 우린 항상 명심해야 됩니다."

"선생님, 명심하겠심더. 사나이 가슴 속에 품고 있는 원대한 희망이 있다면 일선에서 싸우는 것도 좋지만 후방에서 군자금을 마련하는 것이 우선 한다고 생각합니더. 백중기의 재산이 많지 않습니까? 내가 어무이에게 베푸는 활약에 따라 어무이의 생각이 달라집니더. 열심히 노력 해보겠심더."

"천 동지! 생각이 거기까지 와 있으리라고는 생각하지 못했어요. 실은 백중기 어르신 살아생전에 저이들을 많이 도와주셨잖아요. 영남 유림단의 명맥을 이어가는 것도 그 어른의 도움 때문이지요. 그 어른이 덕구와 복례를 가까이 한 것도 다 뜻이 있었던 것이었어요."

"백중기 어른이 그 정도의 뜻을 가지고 있었다니 놀랍심더. 단순히 노랭이 영감으로 생각했었는데."

"울산의 물줄기 태화강을 보세요. 가을이면 연어떼들이 바다를 거처 좁은 태화강으로 찾아들어 씨알을 낳아두고 이듬해 봄이 되면 바다로 바다로 나가는 그들이 다시 어머니의 고향인 태화강으로 돌아와 또 알을 낳는다는 뜻 깊은 의미를 우리 모두는 험한 바다 생활을 마치고 어머니의 고향인 태화강으로 돌아와야 한다오. 나를 낳아주고 나를 머무르게 하는 울산으로 말이오. 지금은 가족도, 이름도, 나라마저 없이 떠돌아다니지만 연어들처럼 어머니의 고향으로 돌아와야 합니다. 천 동지, 유림단원이 되어 울산의군자금 조달의 일원으로 조국을 일으키는 맥이 되어주세요. 언젠가는 별이 달린 모자를 쓰고 우리도 당당하게 행진할 날이 올 것입니다."

"선생님 보잘 것 없는 이 인간을 깨우쳐 한글을 알게 해주고, 하나님을 알게 해주고, 또한 나라사랑을 알게 해주신 그 뜻을 받아들여 이 한 목숨 기꺼이 바치겠십더 무엇을 어떻게 해야 하는지 인간답게 살아 내 속에 흐르고 있는 물줄기를 지킬 수 있는지 가르쳐 주이소."

"이제야 천 동지 심사를 조금은 알 수 있을 것 같아요. 열심히 노력해 봅시다. 위기에 처해 있을 때는 단결만이 힘이 되는 것이라요."

방우는 쉬이 잠을 이룰 수 없었다. 분이가 산후 조리를 한 후 다개 마을로 보내어야 되는 것인지 아니면 따로 집을 마련해야 하는 일인지 뭔가 종잡을 수 없는 생각들이 떠올라 잠을 이루지 못하고 뒤척이다 아침을 맞았다. 몸도 마음도 개운치 않는 가운데 다개 마을로 출발을 했다.

산골짝 앙상한 가지들은 추위를 이기려 안간힘을 다해 바람을 피하려 하고 있다. 살 얼음이 낀 흰 바위 위에 걸터앉아 하늘을 올려다보았다. 앙상한 가지 사이로 간간이 뭉게구름이 흘러가고 있다. 갑자기 생각 속으로 기다렸다는 듯이 눈물이 솟구쳐 나왔다. 그래 방우 너는 또 어디로 흘러가야하나? 나와 네 속에 자라고 있는 또 다른 나와의 전쟁이 심기를 건드리며 가슴을 옥죄여 들었다. 방우는 이제 머슴살이를 하던 무식쟁이가 아니야. 사고력과 판단력 또한 누구에게 지지 않는 의지력을 가진 사람이야, 과감하게 미투리를 벗은 사나이란 말이야, 왜? 왜? 분이를 책임져야만 하나? 남이 먹다 남긴 밥알들을 주워 먹어야 하는지 방우는 소리쳤다.

“아부지! 어무이! 누부야! 답답해 죽을 것만 같아, 하나님 나에게 용기를 주시옵소서.”

방우는 휘청이는 마음을 가다듬으며 다개 마을로 들어섰다.

“어무이 저 왔심더. 아무도 없는교?”

대문을 활짝 밀치고 마당으로 들어섰지만 집안은 쥐 죽은 듯이 조용했다. 빈집 같았다.

“어무이 방우왔심더.”

“왔는교, 어르신 분이한테 갔어. 알라를 보겠다고 저리 야단이니 말이다.”

“감포 댁은 별일 없었어요? 그동안 일이 없었나 말임더.”

“말도 말어 달천 광산의 소유권을 넘겨받은 나까무라가 어르신을 상대로 손해배상 청구 소송을 걸어와서 어르신이 잠을 못 이루고 있는 모양이라 카이. 이런 처지에 끝분이를 집으로 대데리고 오겠다하니 말이 되겠나? 나도 심기가 심히 불편해 죽겠다카이, 방우 자네 생각은 어떠한가? 어르신 생각도 생각이지만 당사자인 자네 생각이 중요하지.”

“글쎄 나도 떠돌이 생활인데 분이를 데려다 어쩌겠소, 어무이 한테 두고 싶어요, 당분간 말입니더, 어무이 오시면 그리 말해 주이소. 여러 가지 복잡한 일들이 많다고 말임니더. 그럼 또 수일 내로 올김니더. 아참!

김기호란 작자가 병원에서 나올 것 같으니 어무이한테 잘 말해 주이소 그놈의 입을 막는 일이 알라를 생각하는 일이라는 것을 말입니더. 총을 맞아 악 밖에 남지 않는 그놈을 돈으로라도 막아야지요."

방우는 집을 나서면서 무거운 짐을 벗어 버리지 못한 채 도로 근심된 일 하나를 지고 나왔다. 나까무라와의 재판은 누가 보아도 지는 재판인데 걱정이 앞섰다. 어무이가 재산을 가지고 유지를 해나가야 할텐데, 산허리를 돌아들며 줄곧 그런 생각에 마음을 비우지 못하고 수남교회로 들어섰다.

김 선생은 언제나 활기차게 살고 있는 사람 같았다. 방우에게는 힘이 되고 믿음이 되기도 하는 분이었다. 마음의 문을 활짝 열어 보이고 싶은 사람이기도 했다. 김 선생님은 어떤 어려운 문제가 앞을 가려도 신통력을 발휘해 해결을 깔끔하게 내려줄 것 같은 위대한 분이라 여겨졌다.

어둠이 깔린 교회 기도실로 찾아들었을 때는 김 선생은 눈물을 보이며 하나님께 간구하고 있었다. 무엇인가 알 수 없는 위험을 감지했다. 방우는 선생의 옆에 얌전히 앉았다. 기도를 끝마친 그는 방우를 바라보며 눈물을 훔쳤다.

"천 동지! 길이라 해서 사람이 다 다닐 수 있는 길이 아니라요. 일본놈들이 정해놓으면 그것이 즉 법이고 길이라는 뜻이죠. 사람이 무사히 걸어가야 하는 길을 찾으려니 힘이 들지만 어쩌겠나? 다 약자의 서러움인 것을… 다개 마을은 평온하던가요?"

"아님니더. 달천 광산의 소유권을 넘겨받은 나까무라가 어무이를 상대로 손해 배상 청구 소송을 걸어와서 어무이가 잠을 못 이루고 근심 된 나날을 보내고 있답니다. 그러한 처지에 분이를 그 집으로 보내도 될까 싶어요?"

방우는 여전히 끝분이를 어무이에게로 보내는 것에 대한 결정을 내리지 못하고 있었다. 김준봉 역시 이 일에 대해서는 명확한 대답을 못하고 있었다.

"천 동지의 확고한 의지에 달렸다고 말해 주고 싶군요. 끝분이가 백중기의 아기를 낳았다는 관념을 갖고 있다면 끝분이를 가까이 둘 생각은 접어야 할 것이고 그런 생각은 다시 하지 않으면서 하늘을 두고 두 사람이 어떤 누구의 이의(異議)도 허용하지 않는 엄숙한 결합으로 양심의 계약을 할 수 있다면 끝분이를 반려자로 맞이해야 할 것입니다. 그 이상도 그 이하도 생각하지 말아야죠. 그보다 더 큰 일들이 우리를 위협하고 있으니, 내가 가야 할 길이 첩첩 산중이라는 말입니다. 아녀자의 일에 연연하면 아무 것도 할 수 없다지요. 안 그렇습니까?"

"선생님. 나는 끝분이가 너무 가엾어 보입니더."

"끝분이가 가엾다는 것만으로 그를 내 아내로 삼을 수는 없는 것이오. 두 사람이 진정 아름다운 사랑의 길을 열어 당당하게 나아갈 흐트러짐 없는 자신감을 가져야 할 것이오. 용기를 가지고 다시 생각해보기로 합시다."

김준봉의 말은 언제나 방우의 가슴을 씻어주는 시원한 샘물이었다.

방우는 끝분이의 산후조리가 완전히 끝나고 정상적인 활동을 할 수 있을 때 끝분이를 어무이에게 보내기로 마음먹었다.

"천 동지, 기간을 한 달 이상으로 잡고 그 이후 간략하게 혼인식을 갖도록 합시다."

방우의 마음은 한없이 설레었다. 막상 끝분이와 혼인식을 갖는다고 하니 온갖 상념이 떠올랐다. 그러나 김 선생님이 말한 위기의 순간들을 처리해야 했기에 분이의 생각은 달아나고 만다. 다음 장날에 이루어져야만 하는 이섭과의 의논, 본거지를 옮겨야 살아남는 위기의 순간들이 시시각각으로 다가서고 있었다.

김장자 여인은 심히 고뇌스런 속에서도 끝분이를 다개 마을로 데리고 왔다. 아기의 얼굴에서 영감을 만난 듯 웃음을 가득담은 나날들을 보내고 있었다.

"분아, 인자는 분이라고 부르기 민망하다. 알라 이름을 지어야하는데, 절에 가서 스님을 만나 이름을 지어달라고 해야겠다. 방우가 오면 의논을 할라 카는데 어찌 한번도 안 오노? 니는 소식 듣고 있나? 알라를 놓고나서 방우가 조금 변한 것도 같아서, 니도 그런 생각 안 해봤나? 물론 남자들 하는 일이 따로 있겠지만 그래도 그렇지 한 다리가 천리라는 그런 말도 안 있나, 지 자식이면 다르겠지? 나는 분이 니만 믿는다."

"어무이 오라버니를 의심하지 마이소, 그 오라버니는 심지가 깊어요, 어무이도 한번 생각해보소. 그 오라버니하고는 손 한번 따듯하게 잡아보지 못했심더. 그래도 영감님을 생각하고 백씨 가문을 생각해 말없이 순종하는 그런 사람이 아인교? 서운한 점이 있어도 어무이가 이해하고 오라버니를 도와주소. 인연이라는 무서운 운명 앞에 거부하지 않고 순종하는 남자가 어디 흔합니꺼? 어무이는 복이 많다고 생각하이소, 누가 나 같은 여자를 부인으로 받아 들이겠는교? 이 알라의 앞날을 생각한다면 어무이와 내가 오라버니를 위해 희생해야 하는 삶이 되어야 합니더. 어무이 오라버니를 나무라지 마이소 부탁입니더, 알라를 생각해서라도 말입니더."

"그래 분이 니 말도 의미 있는 말이다. 방우니까 너를 받아들이지 나도 잘해줄 테니 너도 잘해 주어라. 나는 또 김기호란 놈 병원에 가보아야 된다. 그 놈이 퇴원한다고 해서 돈을 조금 만들어두었다. 인자는 니도 가정이 어떻게 돌아가는지 좀 신경을 쓰도록 해라."

분이는 말없이 김장자 여인을 바라볼 뿐이다.

덕구로부터 피습을 당한 김기호는 상처가 거의 아물어 퇴원을 했다. 그러나 그는 덕구를 잡아야 분이 풀릴 텐데, 복수할 대상이 없으니 속이 용광로처럼 끓어올라 대신 덕구의 누나인 복례를 괴롭히려고 계책을 꾸민다.

결혼식을 올린 후 곧바로 일본으로 출장을 떠나고 없는 시게무라 대신 언양 분견 대장 대리로 발령을 받은 김기호는 자나 깨나 덕구에 대한 원한을 앙갚음하기 위해 혈안이 되어 설쳐대고 있었다. 덕구가 복례의 동생이므로 사건 이후 분명 내통이 있을 것이라 여기고 있었다.

김기호는 복수의 칼을 내심 밑바닥에 깔고 있으면서 밖으로는 여자 혼자 있는 복례를 보호한다는 구실을 달아 사병 하나를 대장관사 경비를 전담하도록 해두고 있었다. 김기호의 계산으로는 쫓기고 있을 덕구가 복례를 한번은 만나려고 나타날 것이라는 생각을 하면서 거의 매시마다 철저한 경비를 독려하고 있었던 것이다.

지나친 경비병의 근무 때문에 복례가 마침내 낯을 찌푸리며 싸우게 되는 일이 벌어지게 되었다.

복례가 산책을 하기 위해 뒤뜰로 돌아가기만 해도 경비병이 놀란 듯 뛰어나와 카메라를 들이대는 경솔한 행동에 심히 꾸짖었던 것이다.

"아니 지금 무슨 짓을 하는 것인지 알고 있는가? 경비를 서라고 한 것이지 감시 하려고 온 것인가?"

"네, 분견대장님이 분명히 명령을 했습니다. 사모님의 일거일동을 카메라에 담아 증거를 확보해야만 한다고 했습니다. 죄송합니다. 명령이라 어쩔 수 없습니다. 사모님께서 화장실에 갔어도 사진을 찍을 게 있으면 찍어야 된다고 했습니다.

"뭐! 대장사모님의 옷 내린 모습도 찍으라고 하더냐!"

복례는 분함을 참지 못해 호통을 쳤다.

"예. 그럴만하면 그러라고 했습니다."

"그래 그렇다면 너는 남자가 아니야? 내가 어찌 너를 믿을 수 있겠나 화장실까지 따라 들어와 이 사모님에게 추행을 했다고 하면 너는 살아남을 것 같으냐? 명령도 명령 나름이지, 네 놈이 감시한다는 핑계로 나를 겁탈하려 했다고 보고해주랴?."

복례는 화가 나 참을 수가 없었다.

"이놈 화장실로 따라 들어와."

복례는 경비병의 멱살을 잡아끌었다.

"자 찍어 봐 나도 증거품이 있어야하니까."

복례는 치마폭을 휙 치켜들었다.

경비병의 얼굴이 푸르다 못해 자주 빛으로 변해갔다.

"사모님 용서해 주십시오, 저는 명령을 수행할 의무를 지니고 행동했을 뿐입니다. 용서해 주십시오, 차후에는 절대로 이런 실수를 범하지 않을 것입니다."

경비병은 무릎을 꿇었다.

"이번 한번이니 용서하겠다만 다시는 그러한 실수를 하지 말게 알겠는가?"

"네."

복례는 헌병대로 전화를 걸어 김기호를 당장 오게 했다. 잠시 후 김기호가 달려왔다.

"부르셨습니까. 사모님!"

김기호는 차렷 자세로 흐트러짐이 없이 복례 앞에 서 있었다.

"김기호씨!"

"예, 사모님!"

"당신은 임시로 채용된 문관이지요?"

"예! 그렇습니다."

"그럼 내가 누굽니까?"

복례는 화가 나 감정을 진정시킬 수 없었다.

"예! 시게무라 대장님의 사모님입니다."

"그럼, 그 사모님의 옷 벗은 장면과 화장실에 들려 팬티 내리는 장면을 찍어 어디다 쓰는 거지요?"

"무슨 말씀을 하시는 건지?"

"아, 말을 하고 명령을 한 사람이 알겠지요! 나쁜 자식!"

복례는 김기호를 째려보았다. 김기호는 어쩔 줄 몰라 하며 분을 삼키고 있었다. 경비병은 더 풀이 죽어 부들부들 떨고 있었다.

"당장 경비병을 철수시켜요!"

"예. 알겠습니다."

"돌아가세요. 내 이 일은 며칠 후면 오는 시게무라 대장과 파혼을 하는 한이 있더라도 그냥 넘어가지는 않을 거예요. 가 보세요!"

김기호와 경비병이 집을 나가자 집일을 돌보는 처자를 불렀다.

"한순이 씨 아무래도 다음 주 대장님이 오시니 울산에 가서 찬꺼리를 사와야 겠어요. 우리 차를 타고가서 장을 보세요. 그리고 우시장에 들려 선지국을 사가지고 오세요. 금달래를 만나면 국밥 사먹으라며 돈 몇 푼 주며 반드시 이 쪽지를 전하세요."

"네 그리하겠심더."

"주위를 살피려고 하지 마세요."

"네, 명심하겠습니다."

김기호는 김기호대로 복례에게 당한 수모를 참지 못하고 있었다. 아무래도 이번 일로 인해 시게무라 대장과는 사이가 뜨게 될 것 같았다. 덕구에 대한 범죄 사실은 이미 통감부에까지 보고돼 있었지만 아직도 그의 그림자조차 찾아내지 못하고 있어서 울산대장으로부터 심한 꾸지람을 듣고 있는 터였다.

시게무라 대장이 휴가를 마치고 부산항에 도착하는 시간에 맞추어 마중을 갈 때 복례와 동행했으면 한다는 김기호의 뜻을 경비병을 통해 전해 들었다. 복례는 마중을 가야겠다는 생각을 굳히고 있었지만 김기호와의 서먹해진 관계가 마음에 걸렸던 것이다. 김기호 역시 복례와 얼굴을 붉힌 이후로 마음이 편할 리 없었다. 그러나 복례와 각을 세울 수는 없는 일, 속으로 불편한 심기를 누르고 있을 수밖에 없었다.

14. 거꾸러진 봉새

방덕구는 영덕에 있는 신돌석 의병대장을 찾아갔다가 신돌석이 박상진에게로 오는 걸음을 따라 방우도 박상진에게로 오게 되었다.

그 무렵 양정의숙전문부를 졸업하고 미밀 결사단체인 신민회(新民會)에 가입하여 젊은 기백이 풍성한 청년기를 보내며 고향집에서 조선국권회복의 일념을 불태우고 있던 박상진은 그가 신임하는 신돌석의 천거를 받은 방덕구를 가까이 만나주었다.

박상진은 또 판사등용시험에 합격하여 평양지원으로 발령을 받았으나 왜(倭)의 판사가 되어 조선인을 벌 줄 수는 없다하고 부임을 단호히 거절하면서 대구 안일 암에서 설립한 조선국권 호복단에 가입해 있었다. 이런 박상진에게 신돌석 의병대장과 함께 일본헌병 분견대를 습격하여 김기호같은 일본 헌병대에 빌붙어 행패를 부리고 있는 자들을 처단하겠다는 계획을 방덕구가 보고하자 박상진도 고개를 끄덕이며 성공을 빈다는 격려까지 해주는 것이었다.

덕구는 이 거사를 위해서는 먼저 방우와 김준봉을 만나야겠다고 생각하고 있었다. 덕구가 언양으로 와서 밤늦은 시간에 수남교회에 도착해 김준봉이 거처하는 방 앞에서 뛰는 가슴을 추스르고 나서 나직이 불렀다.

"김 선생님! 천방우 형!"

방 안에서 인기척이 들렸다.

"방우 형! 나요 나! 방덕구"

"응. 누구?"

문이 열리며 방우가 고개를 내밀었다.

"형! 나야 나."

"그래 덕구야! 방우가 가두리안의 물고기처럼 펄쩍 뛰듯 덕구를 덥썩 안았다. 김준봉도 덕구를 얼싸 안으며 기뻐했다.

"덕구야. 이 자식아 나는 영 못 보는 줄 알았다."

방우의 눈언저리가 붉게 충혈되었다.

"형, 오늘 밤도 달이 떴는데?"

"그래도 세상이 얼마나 무서운 세상인데."

김준봉이 둘을 진정시키고 앉혔다.

"형, 그동안 잘 지내고 있었어? 여기 온 이유는 헌병 분견대를 습격할 계획으로 온 것이야."

"덕구야, 네 불타는 용기는 대단 하지만 기회를 보아야만 한다. 김기호 사건도 있었고 해서 위험의 손길이 여기 교회까지 미칠 것 같아 조심조심하는 중이야."

덕구가 방우에게 헌병분견대의 습격계획을 말하자 방우는 시기가 적당하지 않다는 것이었다.

헌병분견대를 습격하는 목적은 어디에 둘 것이며 어떤 방법으로 할 것이냐는 것도 전연 모르고 있는 방우에게 덕구가 설명했다.

"형, 이 계획은 우리 의병대장님과 상의됐고, 박상진 선생께도 보고가 된 거야. 야간에 헌병대로 침투해서 사살할 놈은 사살하고 무기고를 털면 되는 거야!"

"그래, 내 의견은 충분이 이해한다마는 그 엄청난 일을 우리가 한다는 거냐?"

계획없이 말하는 것 같아 방우는 당황해 물었다.

그때 김준봉이 한 마디 거들었다.

"물론 덕구 동지의 생각대로 라면 야간에 우리 세 사람이 경비병을 없애 버린다 하더라도 완전 제압하려면 병력의 숫자가 문젠데…."

"김 선생님 우리가 힘든 일이라면 우리는 김기호 그놈만 맡고 헌병대는 병력지원을 받지 뭐!"

"덕구 동생 모든 일은 계획 없이는 실패율이 큰 것일세, 막연히 용기만으로 안 되는 일이 많을 것일세, 그 일은 다시 생각해 보기로 하세."

"나는 나까무라 그놈을 어떻게 혼을 빼놓았으면 했는데.."

방우는 김장자 어른을 괴롭히는 나까무라를 혼낼 마음을 가지고 있었다.

"나까무라라니. 달내(達川)광산을 차지한 왜놈 말입니까?"

"예, 그놈이 재판을 걸어놓고 영 김장자 어른의 피를 말리는 놈 아닙니까."

방우가 달내광산에 대해들은 대로 말하자 덕구가 받았다.

"형! 김기호나 나까무라 그놈은 저 혼자 떨어져 살고 있으니까 제거하는 대는 쉽단 말이야. 그 두 놈은 나 혼자서 맡지 뭐… 박상진 선생도 일본에 붙어서 친일하는 놈. 그 힘을 믿고 조선인에게 못살게 굴고 하는 놈은 그냥 둬서는 안 된다고 하셨어."

방우와 김준봉이 결국 고개를 끄덕이는 것이었다.

"거사일은 언제로 해야지요?"

김준봉이 물었다. 덕구는 신돌석 대장과 상의해서 결론이 나면 자신이 미리 알리러 오겠다고 했다.

다음날 아침 전기수리공 한 사람이 수남교회를 나섰다. 덕구였다.

헌병 분견대 무기고 탈취 계획은 그로부터 닷새 후 울산의 송정에서 박상진이 지명한 의병대원들에 의해 차질 없이 감행되었다. 세 명의 대원에 의해 왜병 2명이 사살되었고 그 무기고에서 아홉 정의 소총과 다량의 탄약을 노획하는 성과를 올렸다. 이를 계기로 박상진은 전라도 보성에서 몇 차례의 거사를 감행하는가 하면 일본의 우편마차를 습격 캐하여 현금 팔천칠백 환을 탈취하여 군자금으로 쓰는 등 국권회복운동에 박차를 가하게 되었다.

박상진은 대구 달성공원에서 결정한 대한광복회의 총사령에 추대되므로서 사실상 독립운동 단체의 최고 지도자로 자리를 굳히게 되었다.

덕구는 박상진을 만나보는 횟수가 많을수록 존경심이 우러났고, 사람을 끌어당기는 자석 같은 힘에 압도됨을 느낄 수 있었다.

신돌석 의병대장 휘하에서 조국사랑과 담력을 키운 덕구에게 박상진의 국권회복 정신과 구국의 일념은 장작불에 마른 솔잎을 밀어 넣는 격으로 활활 불꽃을 일게 만들었던 것이다.

헌병 분견대의 무기를 노획하던 날 덕구는 일찌감치 김기호를 습격하기 위해 언양으로 와서 해가 서산으로 질 무렵에 다개 마을로 향했다. 당사 앞의 디딜방앗간으로 숨어든 덕구는 날이 어둡기를 기다리고 있었다. 자정이 가까워서 김기호의 집으로 가서 키 높이까지 내려와 있는 볏집의 추녀끝 구멍마다 기름에 적신 솜뭉치를 쑤셔 넣기 시작했다. 아래채였다. 봉창 안으로 인기척을 확인할 수 있었다. 정확히 자정이 되자 위채에도 같은 작업을 해두었다.

위채는 기와로 지붕을 하고 있어서 기와 한 장을 겨우 조심스럽게 들어내고는 가장 큰 솜뭉치를 쑤셔 넣어 두었다. 덕구의 허리춤에는 김기호에게서 노획한 육칠포가 탄알 여섯 발이 장전되어 발사시간을 기다리고 있었다. 모든 준비를 끝낸 덕구는 다시 디딜방아 간으로 와서 밤 2시가 되길 기다렸다.

불안한 가운데 성공인가, 실패인가 두근거리는 마음에 사로잡혀 있을 때, '꼭 성공 할 것이니 안심해라' 방우 형의 소리가 들려 왔다. 덕구는 불안을 쓸어 내렸다. 그러자 당당한 성공의 지표가 눈앞으로 다가 왔다. 회중시계가 2시를 가리켰다. 덕구는 재빨리 뛰어가 성냥불을 그어 초가에서부터 불을 붙였다. 순식간에 초가지붕을 태우게 되자 김기호의 식구들이 마당으로 나와 고함치고 있었다. 이웃 사람들이 몰려나와 '불이야!'를 외쳐댔다. 그때 이미 덕구의 권총은 김기호의 가슴팍을 겨냥하고 있었다. 김기호의 배가 불숙하니 나와 있었다.

"이 흡혈귀 같은 놈! 그 사이 뱃속에 기름이 찼구나!"

덕구의 총에서 '탕!' 소리가 났다. '땅! 땅!' 연달아 총소리가 나자 마당에 있던 사람들이 혼비백산으로 뿔뿔이 흩어지기 시작했다. 김기호는 비틀거리며 장독대 가까이에서 쓰러져 있었다. 총탄 세알이 모두 몸에 박혔다. 숨을 고르고 다시 네 번째 방아쇠를 당길 순간이었다.

"이놈아!"

뒤에서 덕구의 목덜미를 끌어안는 사람이 있었다.

"이놈 여기 있다!"

사람들의 시선이 모두 소리 지르는 쪽으로 쏠리고 있었다. 덕구가 돌아서며 권총 머리 판으로 뒤통수를 힘껏 내리치자 그는 비틀거리며 넘어졌다. 그는 김기호의 사촌동생 문호였다. 덕구는 뛰기 시작했다.

"저놈 잡아라!"

김문호는 쓰러지면서도 악을 섰다.

덕구는 뒤돌아보지도 않고 돌담길로 뛰며 달렸다. 무조건 고헌산 쪽으로 달려갔다. 산 위에서 마을을 내려다보았다. 그의 집은 잿더미로 변하고 있었다.

'타라! 타 버려라! 배신자의 종말은 그런 것이다. 정의는 이기고 만다. 네 놈의 몸속에 조선의 피가 흐른다면…. 이놈아! 네 아부지 어무이도 저승에서 통탄할 것이다.'

헌병 분견대의 무기 탈취사건과 거의 같은 날 같은 시간에 김기호의 피살사건은 울산 부산 대구까지 일본헌병대로 하여금 강도 높은 경계태세로 들어가게 만들었다. 그동안 약간이라도 일본정책에 미온적인 사람으로 리스트에 오른 조선인에 대한 검거령이 내려졌고, 현장에서의 발

포자로 신고 된 덕구는 곧바로 수배령이 내려졌다.

방덕구에게 수배령이 떨어지자 그들의 소재를 알아 신고하는 사람에게는 포상금을 준다는 전단지가 요소마다 나붙게 되었다. 헌병대원이나 경찰이 이들을 붙잡을 경우는 특진시킨다는 내부 방침까지 정해져 있었다.

수남교회에서 숨어서 은신하고 있는 방우는 김준봉이 듣고 오는 외부소식으로 덕구가 수배령이 내렸다는 사실을 알고 있었다. 거사가 있던 날 덕구의 안위를 위한 기도를 하루종일 하고있던 김준봉은 방우를 위로하며 앞으로 살아나갈 방도에 대해 방우와 속 깊은 얘기를 주고받았었다.

"천 동지! 상황이 위급하게 되었으니 우리의 본거지를 옮겨야겠어요, 그동안 물색을 해 보았지만 적당한 곳이 없었는데. 교회와 신도들을 위해서 산파 집으로 옮기기로 했소. 일단 산파 집은 교회와 떨어져 있는데다 외진 곳이니 거기로 옮기고 천 동지와 나의 거쳐는 달리생각을 해야 되겠어. 오늘 밤에 지하에 있는 모든 것을 옮겨야 하오. 그리고는 몸만 교회에 임시 머무르는 것으로 해야겠어요. 그리고는 2단계로 계획을 세우기로 하고…"

한편 다개 마을을 벗어나 고헌산 중턱에 오른 덕구는 점터로 들어가 잠시 정신을 가다듬고는 다시 산을 타기 시작했다. 문복산 줄기를 따라 일단 경주로 가서는 다시 송정으로 가기로 했다. 송정으로 가면 신돌석 대장을 만날 것 같아서였다. 덕구는 험한 산길을 걸었다.

송정에 도착하자 그 사이 신돌석 대장은 영덕으로 돌아가고 없었다. 덕구는 다시 언양으로 가야 했다.

덕구가 박상진 선생께 보고하자 두 작전이 모두 성공한데 대한 치하를 해 주었다. 덕구는 수남교회로 돌아와서야 다리를 벗고 휴식을 취할 수 있었다.

헌병대는 헌병대대로 희생된 두 명의 경비병에 대한 영결식을 가졌고, 다개 마을 김기호의 집에선 장례가 치러졌다.

김장자 여인이 문상을 하기 위해 김기호의 집에 들어서자 초상집은 한산했다. 첩자의 죽음, 민족을 배신한 배신자의 종말을 애닮아 하는 사람이 있을까? 모인 사람들이 저마다 수군대기 시작했다.

“이제 이 집도 끝장이니 이사를 가야 되겠지? 쫓아내기 전에 가야지 안 그렀나? 일본으로 이사를 가든지.”

“택도 없지. 그놈들이 어떠한 놈들인데 제법 뒤 돌아보고 이 가족을 보호해 줄 놈들이가? 죽은 놈만 서러운 기라. 조선 놈을 돌 보아줄 일본 놈들이 아니지 어리석은 일이지 우리들은 오직 뭉쳐야 살아간다고.”

“박씨 말도 맞아요, 우리 몸속으로 백의민족의 피가 용솟음치고 흐르고 있는 한 뭉쳐야지요.”

“아니지요, 조용하던 마을이 백중기의 점터로부터 시끄럽게 되었고, 그 점터에 상놈들을 많이 일꾼으로 썼기 때문에 헌병대에 감시 대상이 된 것이 아니가?”

김장자 여인은 눈을 내리깔고 잠자코 있었다. 김 여인이 집으로 가려고 대문을 나서는데, 누가 길을 막고 인사를 하는 것이었다.

"안녕하세요!"

김 여인은 그가 복례임을 곧 알아 볼 수 있었다. 그의 뒤로는 군복을 입은 헌병들과 시게무라가 버티고 서 있었다. 시게무라도 김 여인을 알아보는 듯했다. 그가 일본말로 무슨 소린가를 하고 있었다. 그의 말이 끝날 때마다 복례가 통역을 했다.

"어르신께서 먼 부산까지 와서 결혼식에 참석해 주셔서 고맙다고 하십니다."

"무슨 말씀인교. 마땅히 가야지요. 부인 앞으로 잘 부탁드립니다. 모든 일을 협조 하겠으니 조용히 살아가게 도와주십시오."

김 여인은 뒤를 돌아보지 않고 초상집을 나섰다.

시게무라와 복례가 김기호의 영전 앞으로 다가서자 여기저기에서 수근대는 소리가 들렸다.

"저 계집이 그 백중기의 첩 아닌가."

"맞지, 그래. 잘 주무른다는 그 계집이네"

복례는 그들이 지껄이는 험한 소리를 엿듣고 있었다. 복례의 얼굴이 갑자기 고드름이 붙은 것처럼 차가워지는 것이었다. 빈소를 나온 복례가 시게무라와 함께 문상객들 앞으로 걸어 나오는 것이었다.

"여러 아저씨들이 생각하는 것처럼 나는 죽은 백중기 노인의 첩 질을 한 적도 없고, 지금 이 분이 언양 헌병대의 시게무라 대장님이십니다. 그리고 이 시게무라상은 내 남편입니다. 바로 한 달 전에 정식 결혼식을 올린 저의 신랑이니까 앞으로는 쓸데없는 소리들은 하지 말도록 하세요. 그리고 앞으로는 다개 마을을 평화롭게 해 드리겠어요. 물론 저도 협조하겠으니 여러 어르신들도 점터 때문에 김장자 어르신을 괴롭히지 마십시오. 점터는 당분간 문을 닫았으니까요. 마을을 조용히 지키려면 김장자 어르신을 욕하지 마시오."

복례는 날카롭게 말하고는 시게무라와 나란히 나가버렸다.

"이 사람들아 그 아무 이득 없는 소리 이제 그만해라. 이러다가 동네 큰일 나겠다."

"동네 큰일! 큰일! 하는데 이보다 더 큰일이 언제 있었나 말이다."

"어쨌거나 지 동생이 첩자를 죽였으니 말이다."

"맞다! 저 여인 동생이지, 불 지르고 사람 죽인 청년이!"

다개 마을 사람들은 덕구의 범행사실을 거의 다 정당하다고 시인하고 있는 것 같았다.

방우는 다개 마을이 무척 그리웠다. 기껏해야 그곳 사람들은 백중기네의 머슴쯤으로 밖에 몰라 줄 곳이었지만 방우에게는 그의 피와 땀이 서려 있는 다개 마을이었다. 방우의 그런 마음은 단순히 그런 이유 때문만은 아니었다. 어무이를 만나 끝분이와의 결혼계획을 털어놓고 나면 그에게서 어떤 말이 나올까가 궁금한 일일 수밖에 없었다.

방우는 이런 생각 저런 생각이 밀려들어 잠이 오지 않아 마을길로 내려가다 말고 바위위에 앉았다. 방랑 생활이 두려움과, 공포, 서러움으로 밀려들었다. 어디선가 사람의 기침소리 같은 것이 들렸다. 방우는 습관적으로 납작 엎드렸다. 누굴까 늦은 시간에 교인은 아닐 터고, 숨을 죽이고 상대방을 바라보았다. 순간 목이 빼근해지고 다리가 후들거렸다.

김문호였다. 그는 교회 쪽으로 향했다. 방우는 그가 내려오기만을 기다렸지만 그는 새벽에야 내려오고 있었다. 방우는 그가 마을 큰길까지 내려가는 것을 확인한 다음 교회로 향했다. 방우는 김준봉에게 의논을 해야겠다는 생각이 들어 기도실로 향했다.

"김 선생님 주무십니까?"

"어디 갔다 이제 와요."

"선생님 큰일 났습니더, 문호 놈이 냄새를 맡은 것 같십더. 자정이 지나 잠이 오지 않아 언덕에 나가 있었는데 그놈이 올라와 교회 쪽으로 갔다가 희뿌연 새벽에 마을로 갔십더. 아주 위험한 노출인 거라요."

"천 동지는 다개 마을로 들어가요. 피하긴 어디로 피하겠어. 그들의 코앞으로 들어가 부딪쳐 봐. 언제든지 연락을 하려면 수남교회나 백련사 범조스님을 찾아오세요. 자금전달은 우시장 금달래를 통해 전달하시고 그리고 나도 지금 백련사 범조스님을 만나려 가려든 참이었어요. 그러니 당분간은 피신해 있자고요."

"알겠어요, 김 선생님도 몸 건강하십시오. 하나님께 서로 안전을 기도 합시다."

방우는 다개 마을을 향해 길을 나섰다. 특별히 분장을 해야 할 이유가 없었다. 마을에 들어서는 길로 곧장 집으로 향했다. 방우는 서먹한 마음으로 대문을 밀고 마당으로 들어갔다. 마침 마당에 있던 분이가 반가워 어찌할 바를 모른다.

"오라버니!"

끝분이가 달려와 방우를 덥썩 안으며 반겼다.

끝분이의 좋아하는 모습을 본 김장자 여인이 빙그레 웃는다.

“방우야, 너를 보니 저렇게 좋아 어쩔줄 모르는 아이가 하루에 말 몇 마디하고는 방에서 통 나오지 않는다. 그동안 고생이 많았지? 이제 김기호란 놈도 없으니 집에 와서 함께 살자 네가 원하는 일이면 무엇이든 다 지원해 주마 우리 알라 이름도 지어주고 방우야! 니는 내 아들 아이가.”

어무이는 눈물을 흘린다. 그동안 사람이 그리웠던 모양이다.

“어무이 감포 댁은 어디 갔어요?”

“아니 어딜 가겠노. 집안 일을 돌봐야지.”

“어무이 알라 이름은 중우라고 지었심더. 중자는 어르신의 가운데 함자이고 우자는 소인 놈의 끝자입니더 어무이 마음에 들런지요?”

“중우라 정말 좋구나 중우라 우리 중우, 그래 역시 공부를 했다더니 이제 애비 노릇을 하게 되는구나 중우 애비야! 부르기도 좋고 듣기도 좋고 만족하다. 잘 지었다.”

어무이는 신명이 났는지 얼굴에 화색이 돌았다.

“어무이 알라 출생 신고는 제 앞으로 올려야 하는데 괜찮을까요?”

“그래 백씨면 어떻고 천씨면 어떻노 건강하게 자라면 되는 거지.”

“어무이 섭섭하다고 생각마이소, 어차피 일본이름이 될낀데, 해방이 되면 다시 생각해봅시더. 어무이 제가 여기 와 살게 되면 한번은 헌병대로 불려가야 할낌더. 덕구가 김기호를 죽였기 때문이지요. 저는 전혀 모르는 사실이라 당황해짐니더. 그동안 폐병을 고치느라 약 먹고 있었다고 할낌더. 그러니 어무이가 언양 한의원과 의논하여 그동안 약 먹고 휴양한 걸로 꾸며주소. 그리고 인자는 다 나았다고 해 주소. 무슨 말인지 알겠지요? 그래야 끝분이도 살고 중우도 살고, 어무이도 사는 방법임더. 절대로 우리 세 사람이 죽는 날까지 지켜야 할 일입니더. 끝분아 알겠제."

"오라버니 명심하겠심더. 그런데 초상집에서 흘러나온 말인데 그 김기호 동생 놈이 이번 일은 덕구와 중우 아범이 같이 작당한 짓이라며 복수를 하겠다고 했다합니더. 소문이 좋지 않아 무섭심더."

"중우 어미야! 너는 신경쓰지 말고 중우나 잘 길러라 열심히 많이 먹고 해라 알겠제."

"예, 어무이 감포 댁이 잘 챙겨줍니더."

"그래야지, 잘 먹어야 젖이 많이 나온다. 중우 애비야 일본 놈 첩자 한 놈 죽였다고 큰 효과가 있겠나마는 그놈의 동생 놈이 더 악질이라고 하드라, 중우 애비는 매사에 조심 또 조심해야 한다. 언어 행동 하나하나 옛날처럼 무식한 척 아무 것도 모르는 척 목숨을 부지해야 한다."

"예 어무이, 첩자들이 아무리 많아도 나를 쉽게 체포해 갈 수는 없심더 증거가 없잖아요. 분아 너도 명심해라. 나는 전혀 모르는 일이다. 김기호가 살해된 일에 대해서 말이다."

"오라버니 알았어요."

"어무이 올라가 쉬세요."

"그래 너도 모처럼 방우를 만났는데 쉬어라."

어무이는 중우 머리를 쓰다듬으며 영감을 생각하듯 눈시울을 적신다.

"어무이 할 말이 있심더. 이제 애기도 낳아 자유로운 몸이 되었으니 오라버니와 간단하게 집에서라도 혼례식을 올리는 것이…"

분이는 말 끝을 흐렸다.

"알았다 방우와 식을 올리고 살아보겠다는 뜻 아이가."

"어무이 시국이 이런 판에 식을 올리긴 간단하게 집에서 족두리 사모관대를 쓰고 어르신 모시고 올릴 수밖에 없지요."

"그래, 그러면 방우는 점심먹고 기다려라 가버리지 말고."

"어무이 어디 가시게요?"

"백련사 범조스님을 만나보고 댁 일을 잡아 오마. 그래도 인륜지 대사인대 아무 날이나 할 수는 없는 일이지. 선걸음에 올끼다."

"알겠심더 어무이 조심해 다녀오이소."

"아참 방우야, 그래 덕구 소식은 있더나?"

김 여인이 슬쩍 덕구를 찝었다. 방우는 곧 얼굴을 가로 저었다.

"원채 큰일을 저질러 놨으니…."

방우는 덕구가 저질러놓은 일이라 이러지도 저러지도 변명할 꺼리가 없어 면구스러움을 감출 길 없었다.

"아까 초상집에서 복례하고 저거 신랑을 내가 만났다. 그래도 염치가 있어서 결혼식에 온거 고맙다고 인사하더라."

어무이는 방우를 한번 훑어 보았다. 덕구 때문인 것 같았다.

"하기사 그렇다 해도 궁합은 어떤지 내 알아볼 게 많다. 다녀오마."

해가 다 기울어갈 때 어무이가 돌아와 방우와 끝분이를 불러 앉혔다.

"마침 절에 갔더니 택일을 하는 어느 한 분이 절에 와 있더라. 그 분과 범조스님이 다 혼례식은 하되 가족끼리만 간단히 하고 식을 올리고 열이틀째 되는 날에 살림을 나도록 하면 좋겠다고 하더라. 아기는 끝분이가 키우게 되면 액도 막아주고 좋다고 하더라. 아이는 방우 호적에 올리는 것이 당연하다고 하니 그리해라. 혼사일은 앞으로 25일이 남아 있다. 마음의 준비를 하도록 해라."

약 한 달이 채 못 되는 기간 동안 준비를 마쳐야 하게 되었다. 살림을 날 집을 먼저 구해야 했다.

방우는 범조스님과 같이 있었던 사람은 김준봉 선생일 것이라고 짐작을 했다.

그로부터 사흘째 되는 날이었다. 덕구를 찾기는 커녕 방우가 그토록 애타게 기다리던 덕구의 나쁜 소식이 전해져 왔다.

청천병력과도 같은 끔찍한 소식이었다. 수남교회의 교우 가운데 일본 헌병대소속의 사병들의 하숙을 치고 있는 사람이 김준봉에게 살짝 일러준 말이었다. 덕구가 울산헌병대에 체포되었다는 것이었다. 수배되고 보니 현상금까지 붙게 된 덕구가 헌병대에 붙잡히는 것까지는 그렇다 치더라도 바로 나흘 후에 언양시내와 가까운 곳에 있는 화장산에서 총살형을 당하게 돼 있다는 것이었다. 방우는 복례를 만나볼 수밖에 없었다. 방우는 산파 집으로 가서 찹쌀떡 장수로 변장하고 나섰다.

김선생은 방우를 잡고 몇 번이나 같은 말을 반복해 주었다.

침착하게 행동해야 된다고 했다. 방우는 이제부터는 자신의 앞일을 가늠할 수 없음을 각오할 수밖에 없었다.

방우는 헌병 대장 관사 앞에 이르자 마음을 다잡듯이 큰 기침을 하고 침착하게 외쳤다.

"찹쌀 모찌요! 맛있는 찹쌀 모찌요, 크게 외치고 사방을 살폈다. 한참 후 복례가 나왔다. 복례는 방우임을 알고 있는 듯했다. 아저씨 모찌 열 개만 주세요, 돈 여기 있어요, 조심해 가이소."

확실히 복례는 비상한 여자였다.

돈과 쪽지를 받아든 방우는 휘청이는 발걸음을 간신히 옮기며 산파집 모퉁이를 돌아섰을 때 김 선생이 벌써 와 있었다. 둘은 숨을 죽이고 분이가 아기를 낳아 몸조리 하던 방으로 들어갔다. 떨리는 마음을 진정하고 쪽지를 펼쳐 들었다.

"아저씨, 덕구가 그 김기호 놈의 사촌을 권총으로 머리통을 내리치고 도망쳤는데 그놈이 덕구를 그동안 주야로 미행을 하다가 울산 헌병에게 위치를 알려 붙잡혔어요. 그래서 1월 20일 오전 10시 화장산 기슭에서 총살형을 당하게 돼 있어요. 그동안 고문이 이만저만이 이니였던 모양입니다 방우 아저씨는 같은 일당으로 돼 있으니 조심하셔야 돼요. 호송되는 차량을 습격해 구출할 수 없겠어요? 저도 최대한 힘을 써보겠으니 부탁입니다.

"선생님 그럼 어떻게 해야 되겠는교?"

"무슨 방법이 있겠어요. 그날 일찍 울산에서 언양으로 호송돼 오니까 비장한 각오를 할 수밖에 없지요".

비장한 각오란 목숨을 잃는 한이 있더라도 싸워보는 수밖에 없다는 뜻이었다. 무력단원 너댓 명만 되어도 까부시고 구출해 낼 수 있을 텐데 김

선생은 안타까워 했다. 방우로서는 혼인 날짜는 이미 잡아두었어도 덕구가 없다고 생각하니 이루 말할 수 없는 슬픔이 몰려왔다. 다 같은 사람으로 태어나서 어디에 가도 사람대접 변변히 받아보지 못하고 살아 온 불쌍한 인생. 결국은 허무한 개죽음을 당하게 될 덕구가 되고 말다니…

방우는 남천(南川)의 둑에 나가 땅을 치고 통곡했다. 갈비뼈가 가슴살을 뚫고 튕겨져 나오는 듯했다. 김준봉은 교우가운데 사냥을 전문으로 하는 포수가 있어 엽총 두 자루는 구할 수 있으니 그걸 가지고 서라도 당일 날 일찍 호송차가 오는 길목에 잠복해 있다가 습격을 하고 그러는 사이 덕구로 하여금 도망치도록 하면 목숨을 구할 수 있다는 것이었다.

그러나 곰곰이 생각해보면 그건 무리한 일이 될 수밖에 없는 것 같았다. 방우는 자칫 셋이 다 희생당할지도 모르는 무모한 짓이 될 수 있다는 생각이 들었다. 김준봉이 마음의 갈피를 잡지 못하듯이 방우는 더 괴로운 시간을 초조하게 보내야만 했다. 그러나 복례는 그런 속에서도 묘안을 만들어 내고 있었다.

복례는 울산으로 나가 울산 헌병 대장을 만나 물고 늘어질 수밖에 없다고 생각했다. 남편인 시게무라의 직속상관인 울산지구대장은 어느 정도 재량권을 갖고 있었다. 복례는 당장 총살형에 처하는 것 보다는 정식으로 재판에 기소하고 재판결과의 형량에 따라 형무소에 수감이 된다면 목숨의 연장을 기할 수 있을 뿐만 아니라 변호인을 부쳐 무슨 방법을 구해보자는 것이었다. 복례는 지체할 수 없었다.

울산으로 가서 헌병 대장의 관사로 갔다. 울산대장의 부인인 가네다는 일본여인이었다. 그는 불시에 집을 찾아온 복례의 간절한 애원을 듣고는 그의 남편에게 전화를 하며 딱한 처지를 한번 들어보라고 했다. 복례는 헌병대로 가서 대장실을 들어섰다.

"반갑습니다. 신혼생활은 재미가 좋으시지요."

"대장님! 신혼의 재미를 볼 겨를이 없습니다."

복례는 눈물을 보였다. 헌병 대장은 놀라는 눈치였다.

"대장님! 언양에서 문관 김기호를 가해한 방덕구란 자는 마땅히 죽을 죄를 저질렀습니다. 그러나 그는 불쌍하게 자란 나의 동생입니다. 그가 못된 놈들의 꾐에 바져 만세운동을 하고 있는 줄은 제가 깜쪽같이 몰랐습니다. 죄가 있다면 동생 하나 바르게 지도하지 못한 저에게 죄가 있을 것입니다. 대장님! 제발 즉결 총살령 대신에 형무소로 보내어 장차 일본 천황폐하를 위해 목숨을 바칠 수 있는 영광스러운 일본인이 될 수 있도록 해 주십시오. 이렇게 간절히 간절히 빕니다."

복례는 무릎을 꿇고 앉아 유창한 일본말로 빈틈없는 마음을 틀어놓았다.

헌병 대장은 지긋이 눈을 감고 있었다. 복례의 울음소리가 더욱 커지자 헌병 대장은 당번병을 불렀다.

통감부 보좌관님에게 전화를 연결하라는 것이었다.

당번병이 전화를 연결하고 있는 동안 헌병 대장은 복례를 동정어린 눈으로 쳐다보았다.

"나, 자랑스런 일본 헌병장교의 아내가 된 사람에게 간청 하나를 안 들어 줄 수 없지요. 방덕구는 기소해서 형무소로 보내겠소. 그대신 벌은

작지 않을 겁니다. 어서 돌아가셔서 신혼생활 재미있게 하도록 하세요."

"대장님! 대장님! 이 은혜 잊지 않겠습니다. 감사합니다. 감사합니다"

복례는 두 손을 싹싹 부비며 절을 하고 있었다.

복례는 덕구가 자신을 형편없는 누나로 매도하기도 하고 심지어 아주 추한 여자로 알고 있지만. 그런 덕구를 이렇게까지 나서 구하려 하는 것은 덕구가 하나뿐인 혈육이라는 고리에 얽힌 피 때문인 것을 어찌하랴. 불쌍한 생각이 들었다.

어머니의 마지막 유언 때문일지도 모른다. '복례 니 목숨이 붙어 있는 한 수단 방법을 가리지 않고 동생을 책임져야 한다.' 어무이의 유언이 뼈 속으로 파고 들었다. 복례는 울고 싶었다. 땅속이라도 들어가 통곡을 하고 싶었다. 독립운동? 이렇게 처참하게 찢기고, 밟히고 으깨어지는 일을 아부지 어무이는 왜 했을까? 아부지 어무이가 받은 별표 훈장이 아무리 많으면 무엇하나 한 끼니 밥 보다 못한 것을 나라가 있어 알아주랴. 복례는 죽고 싶었다. 동생을 업고 기르던 때가 그리웁다. 감옥에서 고초를 당하고 있을 동생이 안타까워 심장이 갈기갈기 찢어지듯 아파왔다. 살려야 한다. 살려 내어야 한다. 그래 용기를 내자, 피도 섞이지 않는 방우도 덕구를 위해 목숨을 바칠 수도 있다고 나서는데 하물며 누나가, 독립을 위해 목숨을 바친 아버지의 아들인데, 이까짓 구걸쯤이야 당연한 일이라 생각이 들자 마음이 다시 평온을 찾았다.

15. 약이 된 개똥

김준봉의 경우는 또 다른 고민이 겹치고 있었다. 그것은 그가 지금까지 비교적 안전하게 피신할 수 있었던 수남교회가 안전에 위협을 받고 있었다. 그 무렵 일본이 서서히 강요하기 시작했던 신사참배를 완강히 반대하는 교회가 늘어났고, 이를 위해 지역회의를 가진 이후부터 끝까지 거부하는 울산지역의 교회를 골라 또 다른 압력과 위협을 가해온 것이다. 헌병대의 지시를 받은 경찰이 교역자들에게 과도한 부역을 강요하는가 하면 교회에 기식하는 사람들의 신상을 일일이 확인하려 했다. 부역의 경우도 목사 등 교역자들에게 꼭 주일인 일요일에만 불러내려고 하니 자연히 교회가 흔들리기 시작했던 것이다.

김준봉 자신은 물론 자칫 방우의 정체가 드러날까 봐 조바심을 잠시도 풀지 못하고 있어야 했다.

교회에서 젊은이들을 위해 갖는 우리말, 우리글에 대한 목사님의 강의 시간이 됐음을 확인한 김준봉과 방우는 교회로 오는 도중에도 주위를 살피게 됨은 김문호의 염탐을 눈치 챈 방우는 조심할 수밖에 없었다.

시간은 멈추어 주지 않았다.

방우는 화장산에 숨어 덕구의 사형장을 보자고 했으나 김준봉은 교회에 있으면서 하나님께 기도를 하자고 했다. 방우는 김준봉의 의견을 따르기로 했다. 덕구의 최후를 현장에서 직접 지켜본들 속수무책일 수밖에 없고 그 광경은 두고두고 가슴에 아픔만 더 할 뿐인데 차라리 전능하신 하나님께 운명을 맡겨보자는 것이 김준봉의 생각이었다.

총살형이 있을 것이라고 한 날, 오후가 되어서야 덕구의 소식을 듣게 되었다.

김준봉에게 처음 덕구의 총살형을 알려준 교우가 김준봉을 찾아와 덕구의 소식을 전해주고 간 것이었다. 덕구의 총살형이 없게 된 이유는 덕구의 가족 중에 누가 울산헌병 대장을 찾아가 총살형 대신 재판에 회부하여 형무소로 보내줄 것을 간청한 결과 울산헌병 대장이 그것을 들어줬다는 것이었다.

김준봉과 방우는 덕구의 가족이라면 복례일 것이라고 짐작하게 되었다. 형무소의 생활이 무척 고생스럽다 하더라도 당장 총살형을 당하는 허무한 죽음보다는 백번 잘한 일이라 또 한 번 복례에게 고마움을 느꼈다.

방우는 그나마 한숨 쉬게 된 일이 너무나 다행스러웠다. 덕구를 위한 기도를 하나님이 받아 주셨다고 김준봉은 기뻐했다. 방우는 그날의 새벽기도에서 목사님의 설교 말씀이 생생히 기억에 남아 있었다.

"옛날, 여리고 성은 난공불락의 성(城)이었습니다. 그러한 여리고 성이 여호수아와 이스라엘 백성들의 믿음의 순종으로 한순간에 그만 무너져 내렸습니다. 그런데 어리고 성이 무너진 시간이 새벽이었습니다. 새벽에 하나님을 향해 드리는 간절한 기도를 하나님은 잘 받아 주셨고, 실제로 성경의 많은 기적들이 새벽에 일어났습니다. 요단강을 건넌 것도 새벽이었고, 이스라엘 백성이 홍해를 건너가 그 뒤를 추격하던 애굽의 군대가 홍해에 수장된 사건이 일어난 것도 새벽이었습니다. 또한 모세가 시내산에서 십계명을 받은 것도 새벽이었습니다. 다니엘이 사자 굴에서 살아난 것도 새벽이었습니다. 새벽은 구원의 시간이요, 막힌 문이 활짝 열리는 시간입니다. 예수님의 부활도 새벽에 일어났습니다. 우리는 오늘부터 방덕구 성도가 우리 곁으로 돌아올 때까지 이 구원의 시간이 새벽에 모두 모여 하나님께 간절히 기도합시다."

수남교회의 성도 일동은 이렇듯 덕구를 위해 특별히 새벽기도 주간을 정했던 것이다.

김준봉은 하나님이 덕구를 살려주셨다고 기뻐하며 주여! 주여! 하고 있다. 방우는 당장에라도 달려가 복례를 만나고 싶었으나 김준봉이 말리는 것이었다. 김준봉은 시기적으로 극히 민감한 시기라 자칫 꼬리라도 잡힐 수 있다면서 이럴 때 바깥출입을 줄이고 사람들과의 접촉을 않는 게 좋다고 타이르듯 방우에게 말했다. 그러나 방우에게 밀려드는 갖가지 일들은 잠시도 방우의 마음을 편안하게 해주지 않았다.

덕구의 앞날이 운명적으로 어떻게 전개될 것인가? 또 끝분이와의 앞날은 그냥 결혼식을 올리는 것만으로는 매듭지어지질 것인가? 그러자면 평생의 인생설계는 어디서 무엇을 하며 살아갈 것인가? 하나님의 자비와 사랑이 세상 사람에게 골고루 미친다면 왜 자신은 늘 이토록 뼈저린 고통 속에서 살아야 하는지? 어떻게 사는 게 올바로 사는 건지? 그러한 회의가 부쩍 많이 생겨나는 것이었다. 그럴 때면 덕구를 떠올리며 자신을 돌아보았다. 언젠가 덕구는 말했었다.

"형! 기뻐도 한세상 슬퍼도 한세상이지. 사람의 생명이 백 년을 산다 해도 지나고 보면 한순간에 불과한 지극히 짧은 거야. 나는 이 짧은 일생을 살면서 목숨만은 영원한 곳에 맡길 거야."

"거기가 어딘데?"

"조국이지, 조국은 영원한 거야. 형."

그런 덕구였다. 덕구를 생각하니 갑자기 눈시울이 뜨거워졌다.

김준봉이 가까이 다가왔다.

"천 동지! 무얼 그렇게 생각하고 있어요? 모든 것을 하나님께 맡겨버리세요."

"글쎄요, 이것저것 생각하니 가슴만 답답합니더. 옛날에는 되는 대로 살았는데 지금은 생각도 많아지고 아픔도 늘어난 것 같아 삶이 불안하기만 합니다."

"결혼 날짜도 가까워 오니 자연적으로 삶에 대한 깊이를 느끼는 것이지, 그러면 신부도 한 번 만나보고, 준비가 어떻게 되는지도 알아보고 와야지. 아무리 간략한 혼례라도 일이 많을 거니 다개 마을에 한번 다녀와야지 않겠어요."

"예. 안정을 찾으려면 그래야 되겠심더."

방우도 내심 바라던 일이었다.

"천 동지, 신혼살림 차릴 집이 있긴 있는데…"

"예? 어딘데요?"

"살림집을 겸해서 목재소를 하던 곳인데, 그 집주인이 목재업을 그만두겠다고 하는 모양이요. 산판도 확보하고 사업을 잘 하던 사람인데, 가정 사정이 생겨 당분간 쉬려는가 봅니다."

김준봉은 목재소를 겸한 집인데 그 집을 구입해서 이왕이면 그 목재업도 경험 삼아 해보는 것도 괜찮을 것이라고 했다.

"헌병 대장 관사에서 가까운 목재소이니 한번 가서 둘러보는 것도 괜찮을 것 같아요."

"가정집도 집인데 목재공장까지라면 꽤 많은 돈이 있어야겠지요? 성생님 그라면 어무이한테 가서 의논이 되어야 합니다. 주머니 찬 사람에게 물어 봐야지요."

김 선생과 방우는 목재소를 둘러보니 식구들이 살아가기에는 적당하다는 생각이 들었다.

"선생님 그라면 김선생님이 한번 어무이를 만난 주이소, 아니면 집에 가서 어무이와 잘 타협을 지어보고 오겠심더."

"그럼 그렇게 해요. 혹여 문호 놈을 만나면 피해요. 목재소는 내가 열어 놓을 테니 걱정 말고 다녀오세요."

"예, 조심 하겠심더."

방우는 곧 다개 마을로 향했다. 다개 마을은 언제나 방우에게는 잊고 있던 기억들이 되살아나는 그리운 곳이었다. 당사 앞에 이르렀을 때였다. 마을 노인들이 대여섯 앉아 있다가 방우를 보자 저마다 한 마디씩 하는 것이었다.

"아따, 이 사람 곧 새신랑 될 사람 아인가. 장가 밑천 피로는 안되지. 그냥 말로 받아야지"

한 노인이 그렇게 말하자 옆의 노인이 또 거들었다.

"맞고말고, 머슴살이 장장 40년이라카이."

"앗다, 40년이라. 그라면 그걸 새경을 받을 게 아이라 유산을 받아야지."

"어른신들 고맙습니다."

방우가 넓적 절을 하고 다시 걸어가는데 바로 앞에서 누가 길을 막고 서는 것이었다. 방우는 그가 김기호의 사촌 동생 김문호라는 것을 알 수 있었다. 그는 금방이라도 주먹을 날릴 듯 험한 얼굴로 방우를 노려보았다.

"야! 날 도둑놈 같은 놈들. 너 방덕구하고 다 한 패거리지? 또 사람 죽이려고 염탐하러 오는 거제?"

방우는 대꾸를 하지 않으려 했다.

"네놈들, 쇠부리 점터 만들어 놓고 거기서 독립운동 하려고 한 거 내가 다 알아냈다. 어디 누가 이기나 한 번 붙어보자."

그는 방우의 심기를 크게 건드려 올가미를 씌울 양으로 덤벼들었다.

"이 사람들아. 어른들 앞에서 무슨 시비고? 그러다가 싸우겠다."

노인이 버럭 소리를 쳤다.

"문호 씨, 쓸데없는 소리 그만하고 길이나 비켜!"

방우는 그를 피하고 보아야 된다는 생각에 그를 피해 걸었다.

"뭐라꼬? 쓸데없는 소리라! 내 말이 틀렸나!"

그는 팔을 내저으며 방우의 어깨를 잡았다.

"쓸데없는 소리 그만하고 어서 길 비켜라!"

"못 비키겠다 덕구하고 짜서 우리 형을 죽인 놈인데 그냥 보낼 것 같아 이 죽일 놈아!"

"허! 그 사람들 그거 어른이 말리면 그만 거둬들이야제~ 일본 순사들 옷만 입으면 그리 세도가 생기나? 그래도 조선 사람의 핏줄 아이가 서로 용서해주고 해라."

노인이 와서 방우를 잡고, 싸움을 말렸다.

"참아라! 새신랑 될 사람이 참아야제."

"예. 어르신 제가 참지요."

"이 상놈의 새끼야 니가 잘못했으니 참는 거제…"

그가 방우의 정강이를 힘주어 찼다.

"이 자식아 가죽구두 맛좀 봐라. 니가 우리 형 죽이는데 협력한 것 다 알고 있다. 덕구 놈하고 작당한 것도 다 안다. 파출소로 가자 너 같은 것 하나는 내 힘으로 죽일 수도 있고 살릴 수도 있다."

그는 수갑을 꺼내 들었다. 방우는 간담이 서늘했다. 무조건 피해야 한다는 생각밖에 들지 않아 그대로 집으로 향해 걸었다.

"이놈 그기 서! 안 서면 쏜다!"

탕! 권총 소리와 동시에 방우가 쿡 앞으로 고꾸라졌다. 모여 있던 노인들은 혼비백산으로 달아나고 쓰러진 방우는 문호에게 꼬리를 잡히고 말았다. 문호는 호시탐탐 방우를 노려 오던 중 오늘에야 기회를 포착해 그에게 의도적으로 접근을 했던 것이었는데, 방우는 그것을 짐작하지를 못한 것이 실수 중의 큰 실수였다.

방우는 벌써 나흘째 잠을 자지도 목구멍으로 물 한 모금, 넘기지 못했다. 어쩌다 살풋 눈을 감으면 달구어진 전기 꼬쟁이로 살갗을 지진다. 벼락을 맞은 듯 온몸이 타들어가는 고통을 참으며 어금니를 우두둑 깨물었다. 천장과 바닥이 뒤죽박죽 엉켜든다. 살갗 타는 냄새가 진동을 한다. 또는 긴 꼬챙이를 달구어 동지들의 눈알을 빼 내기도하고, 날름한 칼날로 동지들의 귀를 자르기도 했다. 동지들의 외마디 소리, 피비린내가 숨통을 막았다. 꿈도 아닌 지옥도 아닌, 분명한 것은 같은 피부, 같은 얼굴, 같은 민족, 같은 말소리가 고막을 울렸다.

“개새끼들 지독한 놈들 한 마디만 불면 목숨을 건질낀데, 나라가 니들 목숨보다 중요하냐? 죽고 나면 끝이란 말이다. 어리석은 새끼들 특히 방우 너 죽어서 여기를 나가지 살아서는 못 나가 이 개새끼야 덕구하고 작당해서 형을 죽인 거지? 불기만 하면 살려주겠다. 만약 불지 않으면 다리가 잘라진다. 절대 거짓말 아이다 불어라.”

“문관님 저는 모르는 일이라요, 살려주이소! 살려주이소.”

방우는 두려움과 공포에 중심이 흐트러지는 느낌을 받으며 귀를 틀어막았다. 실은 자신의 일도 어찌 될지 모르지만 교회나 산파의 아지트가 알려질까 두려움에 귀를 털어 막았다.

“이 새끼 말 않겠어? 마지막으로 묻는다. 말해라.”

“……”

“이 새끼 아직 멀었어, 전기 바늘 가지고 와.”

방우는 눈을 감아버렸다. 순간 바늘 끝이 손톱 밑으로 쑥 들어왔다. 온몸에 전류가 흐르기 시작했다. 살점이 튕겨나고, 혈관이 끊어지는 아픔을 참다못해 의식이 날개를 펴고 하늘 높이 날아갔다. 전기에 그슬린

개처럼 목에다 노끈을 묶고 취재실 안쪽으로 질질 끌고 갔다. 방우는 숨을 쉬지 않는 것도 같았고 송장이 된 느낌도 들었다. 마지막 결판을 내겠다는 결심을 세운 듯했다.

"이 새끼 죽은 척 뻗어 있는데 정신 차리게 찬물 한 바깨스 부어 다시 문초를 해야지. 날 원망 마라, 다리를 분질러 놓을 테니."

드디어 두 바깨스에 담아온 얼음물이 온몸으로 스며들었다. 숨이 트이고 말문이 터졌다.

"김 주사 나는 정말 모르오. 40년간 머슴살이한 죄밖에 없소, 나 살려 주시면 은혜는 꼭 갚을 것이니 한번 봐 주시오. 정말 덕구와 같이 하지 않았소. 폐병에 걸려 겨우 살아났는데 나 한번 봐 주이소."

"이 개자식 아직도 주둥아리가 살아 있으니 변명을 하는구나. 주둥이를 불로 지져 줄까? 아니면 원하는 대로 발목을 으깨어줄까? 다른 건 몰라도 덕구 놈과 작당한 짓인지 내가 알고 있단 말이다. 영감 살았을 때 그 집에 드나들던 놈들 전부가 불온한 사상을 가진 자 들이었어. 그런 구덩이에서 니 놈이 무엇을 배웠겠어? 아니야? 너무 잘 알고 있으니 양심이 찔리지 않아? 니놈이 무슨 변병을 해도 안 통한다는 사실을 알아야지."

"김 주사님 살려주시오. 천지개벽이 일어나도 모르는 것은 모르는 것이오."

그는 눈알을 확 뒤집었다.

"갠찌로 무쇠 철판과 함마를 대령해 이놈을 족치면 무엇인가가 나오게 되어 있어. 빨리 준비해."

일본 헌병들은 사냥개 마냥 시키는 데로 움직였다. 발목 하나가 철판 위 쇠사슬에 묶였다. 방우는 의식이 몽롱해졌다. 발목을 정말 으깨어 버릴 모양이다.

하나님, 마음속으로 외쳤다. 쇠사슬에 묶여 나무 십자가를 매고 자신이 죽어야 할 곳으로 향해 오르던 예수님을 생각했다. 예수님도 나처럼 살고 싶었을 것이다. 그러나 모든 죄지은 자들을 구원하기 위해 십자가에 못 박힌 예수님의 형상이 스쳐 지나갔다. 방우는 순간 생각했다. 나 하나 희생된다 해도 어무이와, 남은 동지들을 살려야 한다는 의무감이 가슴을 짓눌렀다.

"마지막으로 묻겠다. 다리 한 짝과 독립군 한 놈과 바꿀 수 있겠어? 한 놈만 불면 여기를 살아나갈 수 있어 결정은 내가 하는 것이 아니고 네놈이 하는 것이니 누굴 원망하지 말어."

방우는 단순히 죽고 싶을 뿐이었다. 죽음은 모든 것을 백지화할 수 있고 평온을 가져다주리라는 믿음에서 고개를 저었다. 주님 주님을 따라가게 도와주시고 저에게 힘을 주시옵소서.

순간 쾅하는 소리와 함께 지진이 일어나고 칼 불이 뼛 속으로 들어 왔다. 내 의식의 저편 검은 장막에서 꾸물거리는 사람들, 토막토막 잘리어나간 목소리들, 아는 사람인 것도 같고 전혀 모르는 사람들도 같은 그들, 전생에 무슨 관계였기에 이렇게 황당한 저주를 받아야만 할까? 임자 없는 허름한 무덤에서 몸을 일으키고 되살아나려고 하는 앙상한 뼈들이 불쑥 일어섰다. 분해된 뼈 조각들이 파편처럼 날아와 몸 전체에 박힌다. 쓰리고 아프다.

"개자식 얼음물로 싸워 시켜 독방으로 끌고가 쳐 넣어 정신 차리면 또 끌고 나올테니."

"하이, 하이"

그가 지껄이는 소리가 장막 저 뒤편에서 아스라히 들려왔다. 방우의 발목 하나가 그림을 지우듯 지워져 버렸다. 뭉떵하게 잘린 위로 개들이 뜯어 먹다 남긴 살점처럼 너덜너덜해진 껍질이 으깨어진 뼈에 박혀 있다. 인간의 어느 부위가 다르게 되었기에 저리도 악랄할 수 있을까? 같은 백의민족의 혈통을 더럽히는 인종의 종말을 보고 싶다는 간절함이 솟구쳐 올랐다.

꿈도 아닌 것이 현실도 아닌 몽롱함이 밀려왔다. 핏빛 오물을 뒤집어쓴 자신의 형상이 히히거리며 눈앞으로 다가왔다간 사라지고 다시 다가오기를 거듭했다. 방우는 옷깃에 묻은 물기를 빨아 먹었다. 그리고 윗옷을 벗어 잘려나간 발목을 감았다. 선지처럼 엉킨 핏 덩이를 손으로 문질러 바닥에 뿌렸다. 순간 폭우가 섞인 알 수 없는 바람 소리들이 침침한 안개비가 되어 콩크리트 벽을 타고 흘러내려왔다. 누군가가 울부짖는 날카로운 소리가 철창 사이로 희미하게 들려왔다. 방우는 몸을 뒤척여 살아있음을 확인해보려 안간힘을 써보았지만 몸이 자석에 달라붙은 쇠붙이 같이 움직이기 어려웠다. 살아야 한다. 살아서 나가야 한다. 백지화된 생각 속으로 오직 살아야 된다는 집념이 솟구쳐 올랐다. 물에 젖은 창호지가 눈가에 달라붙는다. 손가락으로 눈 껍질을 치켜올렸다. 눈을 감으면 죽는다. 눈을 떠야 한다. 잠이 들면 죽는다. 내 이름은 천방우 어무이 이름은 이희이 아부지 이름은 천석구 아내 이름은 오끝분 동생 이름은 방덕구 방우는 바닥에 깔린 가마니에서 올 하나를 뽑아 씹기 시작했다. 소가 여물을 먹듯 먹어야 산다. 먹어야 살아난다. 구수한 보리냄새가 목구멍으로 넘어갔다. 또 한 올을 뽑아 씹었다.

"야, 이 새끼야, 이거나 쳐 먹고 정신을 차려 개새끼에게는 개똥밖에 줄 것이 없어 이것도 아까우니 배 고프면 처먹든지, 그래야 한쪽 다리를 마저 분지르지, 잘 생각해 죽어서 나가기 전에."

그놈이 무엇인가를 디밀고 소리를 지르고 간다. 먹을 게 있다는 생각에 기어갔다. 깡통에 담긴 김이 오르는 것을 발견했다. 손으로 덥썩 쥐어 입으로 가져갔다. 구수한 냄새가 풍겼다. 꾹꾹 씹어 삼켰다. 또 한 주먹 또 한 주먹 그릇의 바닥이 드러났다. 개똥? 개똥이 이렇게 구수할 수가 있다니? 그래 옛날에 산에 올라 나무를 해 지게를 지고 내려오다 다리를 삐었는데 개똥이 약이니 개똥을 구워 먹어야 한다며 맛나게 구워주던 감포 댁의 말이 귓전을 울렸다. 다리가 잘리어 나갔으니 당연히 개똥이 약이지 방우는 도리어 고마운 마음이 들었다.

천방우 너는 반드시 살아서 나갈 것이다 방우 너의 믿음이 너를 살려줄 것이다. 어디선가 분명한 소리를 들었다. 방우는 크게 소리를 질렀다. 하나님 감사합니다. 하나님 뜻대로 하옵소서. 방우는 힘을 얻어 다시 가마니 한 올을 뽑아 잘근잘근 씹었다. 입안의 냄새가 어느 정도 닦여 나갔다.

방우는 엉엉 울었다. 아픔과 억울함과, 비통함이 범벅이 되어 흘러 내렸다. '문호 개자식 나의 원대한 꿈을 단칼에 탁 꺼버린 저 비정한 개자식을 그냥 두진 않을 거야. 그 아버지 아버지의 아버지를 욕되게 하는 저 반역자, 해방이 될 때까지만 살아 숨 쉬고 있어다오. 반드시 이 원한의 복수는 갚을 것이니 내 놈의 다리 두 쪽을 이 손으로 분질러놓고 말 것이니 그때까지 살아 있어다오.' 방우의 마음 가득 나뒹구는 복수의 생각들을 차곡차곡 순서대로 세웠다. 이물질이 낀 것 같은 눈꺼풀을 깜았다. 얼마가 지났을까, 아득히 먼 곳에서 다가서는 얼굴.

"천방우 일어나 나와."

방우는 움직일 수 없어 송장처럼 누워 있었다.

"야, 천방우 그동안 폐병으로 고생하며 치료한 사실이 확인되어 무혐의 석방이다. 빨리 기어 나와 시게무라 대장님의 배려이니 감사하게 생각해."

방우는 의식을 놓아버렸다.

눈을 떠 사방을 둘러보았다. 백열등 하나가 바람을 타듯 일렁거렸다. 다리가 아파 왔다. 여기가 어딜까? 소독 냄새가 코끝으로 날아들었다. 며칠이 지났는지 여기가 어디인지 알 수가 없었다. 다만 백색의 천사들이 춤을 추며 눈앞을 오갔다. 습기 찬 동굴 속에서 매서운 바람이 불어왔다. 껍질을 벗겨야 한다는 쪽과, 그냥 난도질을 해서 먹자는 쪽과 서로 음성을 높혀 싸우고 있다. 동굴 속은 그들의 말소리로 가득 찼다. 빌어먹을 것들 하필이면 내 다리를 잘라 먹을까?

"거기 모인 사람들 천방우를 잡아먹으시오. 살점이 많을 것이오, 족발은 살점이 별로 없단 말이오."

방우는 소리를 질렀다. 그러자 천사들이 나타나 팔과 다리를 철 침대에 묶었다.

"살려주이소, 살려만 준다면 대신 크게 보답을 하겠소. 천사님 하나님을 만나게 해 주시오 꼭 해야 할 말이 있십더. 방덕구와 작당을 한 일이 아니오 정말 모르오. 정말 모르는 일이오. 사람이 사람의 말을 못 믿으면 누굴 믿어요. 살려주이소. 우리 어무이한테 말하면 당신에게 반드시 후한 상금을 줄 것이오."

방우의 헛소리는 밤낮으로 이어졌다. 진정제를 맞고 잠이 든 그의 초라해진 몰골을 바라보고 있는 김장자 여인은 안타까움으로 가슴이 갈기갈기 찢어졌다.

"방우야! 정신을 차려야 산다. 벌써 5일이 지났다. 여기는 부산 도립병원이다. 어무이도 몰라보니 어떻게 하나 방우야, 미안하다. 앞일은 걱정을 마라 벌써 제재소를 사가지고 정리가 끝나고 살림집도 정리를 했다. 너만 돌아오면 그런데로 살림을 꾸밀 수 있단다. 방우야, 사람도 구해 놓았다. 목재소를 운영한 경험이 있다는 사람도 구해 놓고 있다. 네가 말해주지 않아도 교회 집사라는 사람이 찾아와 네 의견을 전달하기에 목재소를 돌아보았다. 대지 3백 평에 한쪽에 제제소가 있고 그 반대편으로 방 세 칸이 든 살림집이 있었다. 인근 상북 쪽으로 확보해 둔 임야에는 앞으로 목재의 수요가 얼마든지 있을 것 같았다. 네가 좋아하는 복례의 관사도 목재소를 사이에 둔 곳에 있단다. 이루지 못한 사랑을 바라만 보는 것 또한 즐거움이고, 활력소가 될 수 있을 거다. 방우야 네 심정을 다 안다. 40년을 같이한 가족인데 왜 모르겠나? 복례를 사랑했다는 사실을 알았지만 어떻게 할 수 없었다. 사실 복례도 너를 좋아한 것

내 다 알고 있다. 방우야 이제 우리 남부럽지 않은 가족으로 남은 여생을 행복하게 보내자 가자 힘을 내어라."

"면회시간이 끝났습니다. 내일 오전 10시에 또 면회를 할 수 있습니다. 돌아가십시오."

김장자 여인은 병원을 나와 걸었다. 사람의 목숨이 얼마나 질긴 것인지 방우를 보고 알 수 있었다. 조선의 독립을 위한 투쟁이 이토록 많은 사람들에게 아픔을 주는 것일까? 마음 놓고 독립만세를 부를 수 있는 날이 내 생전에 과연 돌아올까? 그렇게 조선 독립을 기다리던 영감도 소원을 이루지 못한 채 가버렸는데, 내 자식 중우는 해방이 된 자유의 나라에서 자유롭게 살아갈 수 있을까? 나는 우리 중우만은 훌륭한 재목으로 키워 귀하게 쓰임 받는 사람이 되게 하리라. 중우를 위해 방우와 끝분이에게 아낌없이 주리라 아낌없이. 김장자 여인은 바닷가로 갔다. 부두에서 뱃고동 소리도 들었다. 산속에서만 살던 새가 장엄한 바다의 파도 소리와, 기러기를 보았고 건장한 어부들의 희망 찬 얼굴을 바라보았다. 상상 속에 있던 바다와 어부들 어판장에는 파닥이는 생선들이 널부러져 있다. 신기함과 놀라움이 겹쳐졌다. 태어나 처음 보는 세상은 정말 멋진 광경이었다. 방우덕분에 이런 세상도 구경할 수 있었구나, 감회가 깊었다. 파도는 바위에 부딪혀 말없이 돌아가기를 거듭하고 있다. 우물 안 개구리의 삶이 비릿한 바다 냄새에 섞여 갈매기 등을 타고 날아가는 감미로운 날이기도 했다. 방우에게 무엇을 먹이면 원기를 회복할 수 있을까? 어판장 안을 돌아다녔다.

"아지매, 뭐 찾는교? 말만 하이소 뭐든지 다 있심더."

"그라면 원기 회복에 좋은 영양식이 뭔교?"

"아지매 그것도 몰라요? 돈이 쪼깨 비싸지만 장어가 있심더 장어를 푹 고아서 먹이면 회복이 빠르지만, 그보다 좋은 것은 개 고기인 기라요, 어디가 아픈데요?"

"아지매는 몰라도 됩니더 장어 한 관 주이소."

"한 관 씩이나요? 돈이 많을 텐데요, 괜찮겠는교?"

"돈이 뭐 중요한교? 사람 생명이 더 중요한 거라요, 얼만교?"

"아지매 아침에 잡은 거라 싱싱합니더, 관에 이십 환인데, 사겠는교?"

"언양까지 가야 하니 포장을 잘해 주이소."

김장자 여인은 장어를 사 들고 언양으로 가기 위해 버스 정류장으로 향해 걸었다. 40년 동안 방우에게 진정한 마음을 주어 보지 못한 죄스러움에 눈시울을 적셨다. 이리저리 굴러다니는 돌처럼 그저 존재의 소중함 같은 것을 가져보지 않았는데, 앓아누운 방우를 보면서 생명의 소중함을 느끼게 된 이유가 무엇일까? 앞으로 자식을 위로하듯 해야겠구나, 그래야만 죽어서도 밥 한 그릇 제대로 얻어먹을 수 있겠구나 중우가 살아 있는 한은 방우가 나를 잊지는 않을 테지, 인간은 계산적인 야비함을 지닌, 동물적인 비굴함을 가지고 있다고 했듯이 동정이랄까 잡다한 생각들을 하며 다개 마을로 들어섰다. 언제부터 나와 있었는지 몰라도 중우 어미가 나와 있었다.

"어무이 고생 했심더. 오라버니는 많이 다쳤어요?"

"중우 어미야! 이 장어나 푹 고아 주가 내일 또 가 봐야겠다. 방우가 아직은 제 정신을 차리지 못하고 있다. 좀 더 몸이 좋아질 때 너와 함께 가마, 그때까지 참고 견뎌야 한다. 마음에 닿는 기도나 열심히 해 주어라 불쌍한 것! 얼마나 놀랐으면 지금도 사람만 보면 살려달라고 벌벌 떨며 거품을 입에 물더라. 회복이 빨리 되어야 할 텐데 걱정이구나. 사람이 독하다 해도 독사보다 더 지독한 놈이 김문호인 기라. 사람을 어찌 그 지경으로 만들 수 있나 말이다. 온몸을 불로 지져 진물이 배어나고 발목 하나는 잘려 없어지고 말았더라. 그래도 워낙 큰 병원이라 수술을 잘 받았다 카더라. 조금만 늦었어도 큰일을 치를 뻔했다고 하더라. 회복될라면 좀 오래 걸린다니 혼례식도 못하게 되지 않나 싶다. 죽지는 않을 끼지만 정신이 올바로 돌아와야 할 텐데 걱정이다. 그 순진한 것이 얼마나 놀랐으면 그 지경이 되었겠어. 많이 울고 왔다. 너는 아직 방우를 못 만난다. 왜냐고 묻지는 마라 이다음에 만나보기로 하자 목재소도 저리 두면 안 될 텐데…"

"어무이, 정말 큰일이네요. 빨리 정신을 차려야 할 텐데요. 불상해 어찌할고?"

분이는 치마폭으로 눈물을 닦는다.

"일차 병원비를 누가 지불했는지 정산이 되어 있더라. 아마 복례가 지불한 것이 아닌가 싶다. 덕구 때문에 일어난 일들이라 책임감 때문일 것 같기도 하고. 아니면 평소에 방우를 좋아하고 있었지 않았나 싶기도 하고. 한번 잡혀가면 죽어서 나온다는 감찰부에서 살아 나왔는 것도 복례의 도움인 것 같기도 하고, 아니면 누가 그 엄청난 일을 해냈겠어. 이다음 만날 수 있는 기회가 된다면 극진한 대접을 해 주어야겠다. 내가 못한 일을 대신 해준 것에 대한 고마움을 두고두고 갚아야지."

"어무이, 복례가 오라버니를 좋아했는교?"

분이의 말 꼬리가 길게 늘어지는 것을 보아 질투 같은 것이 배어 나왔다.

"아니 좋아했다기 보다. 형제처럼 지났으니 그럴 수도 있다는 게지. 질투하나?"

김장자 여인은 무슨 말을 더 이어 하려다 말고 입을 꾹 다물고 만다.

"중우 어미야! 감포 댁을 불러 오느라."

중우 어미는 다리가 휘청거려 걸음을 뗄 수가 없었다. 고생하고 있는 방우를 생각하니 걱정이 마음을 흔들어 놓았다. 정말 저러다가 혼례식도 올려보지 못하고 가는 것은 아닐까? 방정맞은 생각들이 머릿속을 휘저어 놓았다. 정지 문 쪽으로 다가가 쪽문을 밀었다. 감포 댁과 순이가 김치를 담고 있었다.

"중우 어미야! 마님 간 일은 어떻타 하더노? 방우 말이다?"

"상세한 말은 없었지만 예감이 좋지는 않아요. 매를 많이 맞아 정신이 돌아오지 않은 모양입니더. 나를 병원으로 못 가게 하는 것을 보니 오라버니의 추한 몰골을 보이고 싶지 않은가 봐요. 어무이가 감포 댁을 찾심더 올라가 보이소."

감포 댁이 김치 양념을 주무르다 말고 일어나 손을 문질러 씻고는 앞치마에 쓱쓱 문지른다.

"마님 저를 찾았는교?"

"그래 올라와 봐라."

"방우가 많이 좋지 않는교? 중우 어미가 죽을 상이 되었어요."

"그래 방우가 많이 안 좋다, 나도 알아보지 못하고 횡설수설 하니 정신을 놓아버린 듯하다. 빨리 회복이 되어야 할 텐데… 우선 이 장어를 푹 고아 내일 병원으로 가지고 갈 거다."

"마님, 장어도 원기 회복에 좋지만 개고기가 더 좋아요. 매 맞은 데나 어혈을 풀어주는데도 제일이라고 합니더."

"그래? 그라면 내일 울산 장날이니 가서 개고기를 사 오느라 감포 댁이 가도록해라."

웬일일까? 천하디천한 머슴 놈 아프다는데 신경을 다 쓰니 오래 살고 볼 일이지, 저 노인 마음이 변했나? 사람이 변하면 죽는다고 하던데? 포항 댁이 혼잣말로 구시렁거리자 중우 어미가 보고는 한 마디 한다.

"아지매 무슨 일인교? 어무이가 좋지 않은 말이라도 했는교?"

"아이다. 방우를 생각하는 마님이 마땅치 않아서 그래. 평소처럼 살아야지 나더러 울산 장날에 나가 개고기를 사 오라고 하더라. 이상하지 않아? 방우를 먹일려고 개고기를 사라니?"

"아지매 이상할 것 없어요. 당연한 것 아닌교? 중우 자식 잘 지키려면 방우를 잘 돌봐야지요. 당연한 것을 의심을 하는교? 장날에 나가 개고기나 좋은 것으로 사 오소."

병원 안은 삼엄한 경계 속에 면회를 신청했다. 10시 정각에 면회실 안쪽에서 간호원이 나왔다.

"천방우 보호자님 들어오십시요. 면회 시간은 10분입니다. 시간을 지키시기 바랍니다. 특히 천방우 환자는 면회를 할 수 없는 환자이지만 윗

사람의 지시에 의해 면회가 허용됩니다. 들어가십시오."

김장자 여인은 병 하나를 손에 들고 병실로 들어갔다. 침대 위에 손발이 붕대에 묶인 채 누워 있다. 천장을 바라보는 방우의 눈동자는 초점을 잃은 암울한 느낌을 주고 있었다.

"방우야! 어무이 왔다. 날 알아보겠느냐? 방우야 나야."

김장자 여인은 얼굴을 바싹 방우에게 붙였다. 방우는 똑바로 쳐다보며 웃었다. 알아보는 것일까? 아니면 그냥 웃는 것일까? 종잡을 수 없는 생각 뿐이었다.

"방우야! 이 어무이를 알아보겠나? 말하기 싫으면 고개만 끄떡여 알아들었나?"

방우는 아무런 반응이 없었다. 그저 무표정한 눈빛에 감정도 의미도 담아내지 못하고 있었다.

"간호원, 이 환자 먹을 것을 주어도 되나요?"

간호원이 가까이 다가왔다.

"무엇인데요."

"곰국물인데요."

김장자 여인은 밤새 끓여온 장어탕을 한 공기 퍼서 방우의 입으로 가져 갔다.

"먹일 수 있으면 먹여 보세요. 그 환자 통 먹지를 않는답니다."

"이 손을 풀어 줄 수 있겠어요?"

"그래요 풀어드릴 게요."

간호원이 가까히 다가와 방우의 손을 묶은 붕대를 풀어 주었다.

"방우야 일어나 볼래?"

"네, 하나님 미안해요."

김장자 여인은 방우의 머리를 쓰다듬어 주었다.

"방우야, 이것 좀 먹어봐. 복례가 만든 음식이다. 너를 좋아하는 복례가 만들었다. 먹고 기운차리라고."

방우는 복례라는 이름에 정신이 드는지 주위를 살폈다.

"복례가 만들었어요? 정말인교? 조심하라고 하이소. 놈들이 아주 무서워요. 하나님은 알고 계시죠?"

"방우야, 이 곰국을 니가 다 묵어야 복례가 니를 좋아 할 끼다."

"그라면 주이소 먼교?"

컵에다 장어 국물을 담아주자 벌컥벌컥 마셨다.

"하나님! 복례한테 가서 잘 먹었다고 전하이소. 더 없는교? 복례 마음처럼 구수합니더."

"있다. 더 먹고 정신을 차려야 한다."

"하나님! 우리 어무이한테 가서 이 말은 꼭 전해 주이소. 우리 중우 내가 잘 키워 훌륭한 사람을 만들어 낼 거라고 꼭 전해 주이소. 우리 어무이가 불쌍해요. 알라를 하나도 못 낳았어요. 그라고 복례한테도 고맙다는 말 전해 주이소. 하나님은 못 하는 일이 없으니 믿습니다."

김장자 여인의 가슴에 사무친 한을 방우는 정신을 놓은 상태에서도 말을 해주니 북받치는 설움을 참기가 힘들었다. 방우의 깊은 속을 들여다보는 것 같아 흐뭇했다.

"방우야! 한 그릇 더 마셔라."

"그리 하겠심더. 더 주이소 이거 개똥은 아니지요? 똥 많이 묵었심더."

"방우야, 어무이다. 어무이를 몰라보겠나? 정신을 놓으면 안 된다 하나님께 매달려라 열심히 기도를 많이 해라. 나도 너를 위한 기도를 해주마 면회시간이 끝나 간다. 중우도 잘 지나고 끝분이도 잘 있다. 그라면 며칠 있다 또 오마 잘 지내야 한다."

"잘 가이소, 조심해 가이소. 하나님."

김장자 여인은 병에 남아 있는 곰국을 간호원에게 맡기고 끼니 때가 되면 먹여 달라는 부탁을 했다. 병원 문을 나와 걸었다. 하늘은 아이들 속살처럼 고왔다. 내 주위를 돌고 있는 이 우환들이 언제 끝이 날까? '영감! 방우를 도와주이소, 중환자실에서 병실로 나오게 도와주이소' 바람이 불어왔다. 김장자 여인은 생각을 했다. 복례가 방우를 면회 할 수 있다면 기억이 살아날 것이라는 생각이 일어났다. 어떻게 해서라도 복례를 만날 수 없을까? 한번 용기를 내어 관사로 찾아가 볼까? 만나만 준다면 사실을 털어 낼 수도 있을 텐데, 생각들이 엉키어 머리가 아파왔다. 복례가 끓인 곰국이라 하니 두 컵을 마셨다는 사실 앞에 무슨 말을 더하랴. 그렇다면 복례와 함께 면회를 가야 한다. 생각이 거기까지 미치자 마음이 급해졌다.

집 안은 조용한 것 같았다. 중우 어미가 나와 있지 않았다. 김장자 여인은 집으로 들어가지 않고 복례집 관사로 향해 걸었다. 무엇을 사 들고 갈까? 쇠고기? 아니면 배? 그래 겨울철에는 배가 좋을 것 같아 배 한 상자를 관사로 배달시키고 천천히 걸어 관사 앞에 이르렀다. 김장자 여인은 마음을 다잡아 쥐고 초인종을 눌렀다. 인생이란 이런 것이야, 내가 복례를 찾아와 부탁을 하다니? 마음의 갈피 속으로 영감의 영상이 떠올랐다. 현관 쪽에서 인기척 소리가 나드니 사람이 대문 앞까지 온 모양이다.

"누구세요?"

"다개 마을에 사는 김장자라고 전해 주십시오."

"네 알겠습니다. 기다리십시오."

잠시 후 복례가 나와 문을 열어주며 반갑게 맞아 주었다.

"어르신 웬 걸음입니까? 어서 오십시오."

"화려하게 꾸며진 거실 안으로 걸어 들어갔다

"어르신 이렇게 찾아와 주시니 송구스럽습니다. 방우 아저씨 때문에 오셨지요? 앉으십시오."

복례는 무릎을 조아리고 쇼파에 앉기를 권했다.

"어르신 그렇지 않아도 한번 찾아 뵈올려고 했어요. 전번 병원에 들러 병원비를 치르고 방우 아저씨를 면회했어요. 너무 마음이 아팠습니다. 방우 아저씨는 저를 알아보지 못했습니다. 벌써 보름이 지났으니 다소 정신을 간추린 것으로 알고 있습니다. 매일 병원으로 전화를 하고 있습니다. 호전되고 있다고 했어요. 아마 다음 달에는 병실로 옮겨질 것 같다고 전해 들었습니다. 걱정이 되시겠지만, 약한 자들의 서러움이라 여기시고 견디어 보십시다. 제 동생 덕구도 모진 고문 끝에 종신형을 받았습니다. 병신이 되다시피 되어 있어요. 어르신 분이가 아들을 낳았다는 소식도 듣고 있어요. 어르신 제가 음으로 양으로 도와 드릴 테니 염려 마십시오. 어르신과 함께 면회를 가보지 않아도 며칠 후 제가 아저씨 병실에 들려 위로해 주려고 합니다. 아직은 저를 알아보지 못합니다."

"그런 줄도 모르고 같이 병원으로 들렸으면 해서 부탁하려 왔어요, 사실 오늘 장어를 달여갔는데 먹지 않을 것 같아 복례 씨가 끓여 주어서 가지고 왔다 하니 글쎄 정신이 드는지 두 컵을 먹고는 복례 씨에게 고맙다는 인사를 꼭 전해 달라고 했어요. 그래서 부탁도 할 겸 왔어요."

"어르신 잘 오셨어요."

"그리고 복례 씨 길 건너 목재소를 방우가 해 보고 싶어 하기에 사놓고는 그런 사고를 당하고 말았어요. 이러한 불행이 일어나지 않았으면 분이와 혼례식도 치루고 제재소를 운영하려고 했지요, 방우가 나오면 잘 부탁드릴 게요, 도와주세요."

"요 앞 목재소 말입니까? 잘 되었습니다. 내가 살아 있는 한 걱정 마십시오. 내일 내가 방우 아저씨 면회하고 나서 경과를 연락드릴 테니, 고생하시지 말고 집에 가 계세요. 차가 없이는 부산까지 다니시기 힘들 것입니다."

"복례 씨 고마워요."

"어르신 차 한 잔 하시고 과일도 잡수기고 천천히 가시지요,"

"대장님은 언제 오시나요."

"오늘은 늦어질 것입니다."

김장자 여인은 차를 마실 때도, 과일 한 점 먹을 때도 복례와 같이 있다는 마음에 영감 생각에 잠겨 눈시울이 달아올랐다.

"저 가보겠으니 연락 주소. 복례 씨가 방우를 위로하면 제일 빨리 회복이 될 것만 같아요, 방우 마음속에는 복례 씨가 자리를 차지하고 있는 듯했어요. 그럼 연락바라고 가겠어요."

서먹하고 어색한 분위기를 빠져나오듯 대문을 밀치고 나왔다. 벌써 땅거미가 지고 있었다. 분이가 기다리고 있을 생각에 발걸음이 빨라졌다. 타작마당에 나와 있던 분이는 얼굴을 붉히며 다가왔다.

"어무이 왜 이렇게 늦은 는교? 걱정했심더."

"걱정은 나도 부산 부둣가를 돌아다니며 구경을 했다. 방우는 어제 보다 좋아졌어. 장어 끓인 물이 좋았나 봐. 다음 달에는 병실로 옮긴다니 기뻐해라. 차 없이 다니니 피곤해서 올라가 쉴란다. 우리 중우 보고 가야지."

"중우 잠자는데 깨우지 마이소."

"알았다."

분이는 곰곰이 생각했다. 어무이의 어제 말과 오늘 말이 맞지 않았다. 당장 죽을 것같이 말해 놓고 오늘은 여유 만만한 기세가 수상쩍었다.

이틀 후 복례에게서 연락이 왔다. 면회를 가도 될 만큼 회복이 되었다고 했다. 김장자 여인은 마음이 다급해졌다. 개고기를 그릇에 담아 보자기에 싸면서 분이를 쳐다보았다.

"중우 어미야 같이 갈래 방우가 니를 알아볼지 모르니."

분이는 놀라 눈이 둥그레졌다.

"어무이 감사합니더, 정말 가보고 싶었심더. 중우는 감포 댁에게 맡기고 살 미음을 끓여 먹이라면 됩니더."

"그래 가자, 제일 멋진 옷으로 갈아입고 머리도 잘 빗질을 해라. 좀 꾸미란 말이다. 연지도 마르고 분칠도 해야 한다. 방우가 너를 단번에 알아보아야 사는 거라. 니도 살고, 우리 중우도 살고, 나도 살아가는 맛이 있는 거라."

버스를 타고 떠난 부산은 멀기도 했다. 도립 병원 앞에 이르자 분이는 두려움에 몸이 오싹 소름이 끼쳤다.

"어무이 겁이나요, 나를 몰라보면 어떡해요."

"하는 수 없지. 그래도 마주 쳐다보고 결정을 지어야지. 제 정신을 잃어 버렸으면 기다리는 수밖에 도리가 없는 게지. 바보처럼 그렇게 약한 마음으로 어찌 험한 세상을 살아갈꼬."

면회 신청을 하고 의자에 앉았다. 불안한 마음은 분이에게만 있는 것은 아니다.

"분아 너도 꾸미니 예쁘구나. 그렇게 가꾸어라. 여자는 항상 가꾸어야 빛이 난다."

복례와 분이를 비교해 보고 있던 김장자 여인은 방우가 복례를 그리워하는 것도 무리는 아니라는 생각에 자신도 모르게 한숨을 쉬었다.

"천방우 보호자 면회 들어오십시오."

둘이 동시에 일어났다.

"어무이 들어가 봅시더."

"두 사람 같이 면회는 할 수 없습니다만 특별한 부탁에 허용합니다."

"감사합니다."

분이는 날개를 단 것 마냥 날아가려는 듯이 서둘렀다. 방우의 침상이 바뀌었다. 칸막이로 가려진 곳에 눈을 감고 있었다.

"방우야! 자고 있니? 우리가 왔다. 눈을 떠 봐."

방우는 눈을 뜬채 분이를 자세히 쳐다보았다. 기억이 가물가물 한지 눈을 감았다 다시 떴다.

"오라버니 분이가 왔어요, 나를 알아보겠어요?"

"아 왔어, 여기를 어떻게 알고 왔어 중우는? 어무이도 오셨네."

"중우 애비야 고맙다. 정신을 차려 주었으니 정말 고맙다.

김장자 여인의 두 눈에 눈물이 고여 흘러내렸다.

"중우 애비야 이것 좀먹어봐, 약이라 생각하고,"

분이는 쌀 그릇을 방우 앞에 내밀었다.

"오라버니 먹고 기운을 차려야 치료를 한다. 고생 끝에 낙이 오는 법이니 오라버니 힘을 내어야 해요."

방우는 말없이 웃어 보였다.

"중우 애비야 이제 병이 다 나으면 우리 마음 놓고 함께 남은 여생을 열심히 살아가자. 목재소에 살림집을 잘 차려 놓았다. 사는 것은 염려 말고 회복에 신경을 쓰도록 해라 무엇이든 주는 음식을 다 먹고 건강한 몸으로 일어서야 한다. 발목 하나는 감쪽같이 달아서 걸을 수가 있다고 하니 어무이를 믿어라 알겠나?"

방우는 땀을 비오듯 흘리며 고기와 국물을 남기지 않고 다 먹었다. 살아야 한다는 집념이 강하게 나타났다.

"면회 끝났습니다."

"방우야 잘 있어 며칠 후에 또 오마."

"오라버니, 잘 먹고 힘내세요, 고마워요."

둘은 돌아서 중환자실을 나왔다. 마치 물건을 두고 나오는 듯 섭섭함이 들었다. 복례가 약이었다. 분이가 눈치라도 챌까. 두려웠지만 방우도 복례에 대해서 아무런 말을 하지 않았다. 다만 어무이와 방우의 눈빛을 주고 받았을 뿐이었다. 방우의 마음 속에 가두어 둔 사랑을 누구도 캐 낼 수 없는 신비의 주머니에 쌓인 비밀이라는 것이었다. 복례의 손이 약 손이 되어주었다는 사실 앞에 김장자 여인은 함구할 따름이었다.

16. 절망 끝에 감사를

복례의 조그만 손이 따뜻했다. 불쑥 방우의 머릿속에 떠오르는 복례와의 감미로웠던 교감이 살아났다. 지금은 그저 서로의 눈치를 살펴야 하는 안타까운 시간들을 조율할 뿐이었다. 환경의 지배랄까? 성냥갑 속에 갇힌 벌레처럼 가만히 앉아 위로의 말도 없이 둘 사이를 흘러다니는 묘한 안타까움이 있을 뿐이었다.

병실 문이 열리고 간호원이 들어와서 병실 안을 살폈다.

"보호자 되시는 분 오시지 않았어요? 퇴원 수속 하셔야 하는 데요?"

"네, 조금 있으면 오실 겁니다."

복례는 방우의 보호자가 될 수 없었다. 복례는 특별히 주문해온 상자를 열며 서먹한 웃음을 보냈다.

"아저씨! 이제부터 오라버니라고 부를게요. 오라버니 이 인조 발은 고무로 만들었는데 간편해요. 무릎 밑에까지 끼워 반도를 채우면 꼭 사람의 발 같으니 한번 신어보세요. 양말을 신으면 감쪽같아요. 자 발을 들어 보세요."

방우는 발목이 없어진 발을 들기가 서먹해 망설였지만 복례의 독촉에 못이기는 체 발을 들었다.

"오라버니, 지금은 이렇게 신어 보시고 한 달 후엔 발목이 여문다니 그때 신어야 해요. 오라버니 혼자 할 수 있겠지요?"

방우의 얼굴에 화색이 돌았다. 발목이 없어도 신기하게 만들어 낼 수 있다니 기술이 정말 좋았다.

"복례 씨 고마워. 이 은혜를 언제 갚을 수 있을까? 너무 좋구나 감쪽 같아, 비쌀 텐데 미안하구나."

"오라버니, 복례 씨가 뭐예요. 동생이라고 불러요. 우린 그럴 수밖에 없는 운명이잖아요. 오라버니 어르신 오시기 전에 가려고 합니다. 부디 끝분 씨와 행복하세요. 혼례식에 참석할 껍니다. 오라버니 제 차로 모시고 싶지만 이목이 두려워 부득이 그냥 가니 그리 아이소. 병원비는 치루지 않았심더. 오라버니 이건 우리 덕구를 위해서 마련한 돈이니 받아주이소. 언젠가 덕구가 나오면 먹고 살아야 하니 오라버니가 비축해 두이소 얼마 되지는 않심더."

동생 덕구를 생각하는 복례의 마음은 누구도 따라갈 수 없었다.

"덕구는 내 동생이니 복례 동생은 걱정하지 말어. 어무이 만나보고 가지 곧 올 낀데. 복례 동생 내가 살아 있는 한 덕구 살아가는 걱정일랑 말어, 살길을 마련해 줄 것이니."

꽉 쥔 두 손위로 뜨겁게 흘러내리는 눈물을 서로 닦아주었다.

"복례 동생 표현력이 부족해 마음을 전할 수는 없었지만 정말 동생을 좋아했어. 내가 정신을 차릴 수 있었던 것도 동생 덕분이었어. 아주 멀리서 어렴풋이 동생의 음성이 들려 왔어. 아저씨! 아저씨 복례에요. 덕구 누나 복례라고 울어주던 동생의 눈물방울이 얼굴에 떨어질 때 그 눈물방울의 힘이 뇌리 속으로 강한 삶을 불어넣어 잠자는 나를 깨워주었어. 일어나야 산다, 눈을 떠야 산다. 정신을 차려야지. 생각이 생각을 물고 뇌리 속으로 숨어들더라고… 동생이 나를 흔들며 울어주었어. 그때 정신이 번쩍 들더라고, 나의 첫 여인이 나를 위해 지금 오열하고 있구나 싶으니 힘이 불끈 솟아 올랐어. 동생 고마웠어. 그리고 좋아했어 가슴이 설레일 정도로."

"오라버니, 앞으로는 울지 말고 잘 살아야 해요. 내가 살아 있는 한 도와 줄게요. 목재소도 밀어 줄테니 힘을 내세요. 어르신 올 동안 밖에서 기다리다 만나보고 갈게요."

"그래 동생 고맙다. 내 목숨이 붙어 있는 한 복례는 내 생명이라 생각하겠어 이렇게 나를 살려 주었으니 정말 고마워."

복례가 나간 뒤 방우는 속에 이끼처럼 끼어 있던 말들을 청소한 것처럼 개운함이 들었다. 마음씨가 거울처럼 고운 여자였는데, 일본 놈이 차지하기는 아까운 여자였는데, 나라를 위해 바치는 성스러운 몸인데, 과연 누가 알아줄까? 나라를 위해 자신의 모든 것을 버릴 수 있을까? 고마운 여인 착실한 여인 방우는 복례가 안타까워 가슴이 쓰려 왔다.

어무이는 양 손에 무엇인가를 들고 병실로 들어왔다.

"중우 애비야! 움직여도 괜찮겠어?"

어무이는 퇴원해도 괜찮겠는 냐는 듯 물었다.

"어무이 괜찮심더 밖에 복례 동생 없었어요? 어무이 만나보고 간다고 했는데."

"그래 내가 나가 보고 올게, 준비할 것 머 있노 자, 이 옷이나 갈아입고 나온나 목발을 짚고 걸을 수는 있지?"

"어무이 같이 나갑시더 병원에서 재활 운동을 많이 했심더. 그동안 병원 연못가에 나가보고 싶어서요."

"그래, 그라면 옷 갈아입고 나가 연못가에 앉아 있거라. 복례도 거기 있을 끼다. 하고 싶은 이야기도 서로 나누며 이 기회에 속에 가두어 두었던 한을 다 풀어버려라. 그래야 살아가는데 괴로움이 없어지고 가벼운 마음이 될 끼다. 어차피 둘은 견우와 직녀 인기라. 방우니는 복례의 은혜를 잊어서는 안 된다. 무슨 말인지 알겠지."

"어무이 속을 이제사 알겠심더. 복례를 좋아한 걸 어떻게 알았는교? 미안합니더."

"아이다, 영감 있을 때는 복례가 원수 같았지만, 이제는 다르지 방우를 살려준 은인인데 무엇을 주저할 끼고 그러나 방우야 중우 어미가 알면 좋지 않다는 것을 명심해라 여자 질투는 못 말리는 칼이라고 했다."

방우는 모처럼 속옷과 겉옷을 갈아입었다. 마치 딴 사람으로 다시 태어난 기분이들었다. 목발을 집고 일어서니 약간 현기증이 일어났다.

"어무이 연못가에 앉아 있을 테니 짐 챙겨서 나오시소."

방우는 안색이 만만한 표정을 지우며 병실 밖으로 걸어나갔다.

"방우야 살살 걸어나가거라. 간호원에게 고맙다고 인사도 하고 무슨 말인지 알겠지?"

방우는 속으로 숫자를 세었다. 어린아이가 걸음마를 하듯 하나 둘 발을 옮겼다. 밖의 하늘이 유난히도 푸르렀다. 방우는 연못가 반반한 돌위에 앉았다. 주위를 둘러보았지만 복례는 보이지 않았다. 바람이 부드럽게 느껴지는 것이 모진 겨울이 껍질을 벗고 봄의 계절로 바뀌려는 듯

했다. 연못가에는 겨우내 버틴 갈꽃이 하얀 머리칼을 날리며 마른 줄기를 힘주어 세우고 잔물결이 햇살을 받아 반짝이고 있었다. 가끔씩 물방울을 뿜어 올리는 것을 보아 잔 물고기들이 겨우내 오므렸던 어깨를 펴 기지개와 하품을 해 올리는 모양이었다. 봄이 오긴 왔나보다. 진달래가 흐드러지게 피었으니…

비릿한 물기슭에 고여 있는 건풀을 바라보며 혼자 입속말을 중얼거려 본다. 이제 내 삶도 고뇌의 건풀을 거둬들여 환한 봄을 맞아들여야 할 때가 된 것 같은데…

가을쯤에 와 있는 내 나이 그동안 조국을 위함도 아니요. 그렇다고 나를 위함도 아닌 가운데서도 좌절하지 않고 열심히 살아왔다는 자부심 하나로 버텨온 삶이었는데 이제 분이와 중우와 함께 다듬어 가꾸며 아름답게 마무리 지어야겠다는 마음을 굳혀 먹었다. 복수는 하나님이 반드시 해줄 것이라 믿고 싶었다. 멀리서 복례와 어무이가 걸어오고 있다. 복례가 가엽게 보였다. 무엇을 위해 혼신을 다해 살아가고 있을까? 조국 독립을 위함일까? 방우는 너무나 혹독한 고문을 당한 탓으로 모든 게 두려움뿐이었다. 복례도 인간이니 마찬가지일 게다. 목표를 위해 젊음과 아름다움을 다 바치는 불쌍한 여인, 방우의 마음을 울리며 안타까움이 구석구석 쓸고 지나갔다.

"오라버니 봄바람은 역시 시원하지? 오라버니 병원에 있는 동안 봄이 오고 말았어."

복례가 얼굴 가득 웃음을 담아내며 다가왔다.

"오라버니 집에 가서 보호식도 많이 하고 건강해야 해 나도 도와줄

게."

"동생 고마워 평생 잊을 수 없을 거야 내 목숨이 붙어 있는 한."

멀리서 김장자 여인이 봇짐을 들고 다가왔다.

"어르신 모시고 싶지만 남의 눈이 있으니 할 수 없심더 이해하이소."

"복례 씨 방우 발을 사다 주었다니 고마워요! 구하기가 힘이 들었을 텐데."

"뭘요, 어르신 그럼 잘 가이소 나중에 시간이 되면 집에서 만나 뵙겠심더 잘 가이소."

"그래요."

"동생 고마웠어, 은혜는 두고두고 갚을 게."

복례의 뒷모습이 싸늘해 보였다. 어무이는 택시를 불러 탔다. 둘은 한동안 말이 없었다.

"어무이 병원비가 많이 나왔지요?"

"중우 애비야! 돈이 무슨 의미가 있노 니 생명 하나 구했으면 되는 것이지 무엇이 아깝겠노?"

"그래도 어무이가 힘들지요."

김장자 여인은 곱게 차려입은 한복 자락을 안으로 감싸 안고 차에 올랐다.

"방우야! 이 어무이는 중우만 보면 모든 것 다 버린다 해도 아깝지 않다. 가진 제물을 다 내놓는다 해도, 아니면 목숨까지 바치라 해도 아깝지 않다. 내가 평생을 한이 맺힌 자식이 태어났는데 아까울 것이 무엇이 있겠어, 끝분이도 고맙고, 아기를 낳게 끝분이를 설득시켜준 방우 너도 고맙고, 세상에 모든 것이 고마운데 아까운 게 무엇이 있겠어, 방우야! 부디 건강하게 살아서 중우를 훌륭한 사람으로 길러준다면 그 이상 고마운 일이 어디 있겠어? 기사님 빨리 가지 말고 천천히 가이소. 환자가 아직은 몸이 좀 그렇심더. 돈 걱정은 마이소."

"네, 알겠습니다."

기사는 뒷좌석에 앉아있는 방우를 힐끔 곁눈질을 했다.

"어디가 아픈데요? 건강하게 보이지는 않습니다만."

방우는 대답 대신 밖의 바람이 그리웠다.

"기사님, 창문을 조금 내려주이소. 병실 안에서 바람이 그리웠심더."

기사는 눈웃음을 지어 보였다.

"손님, 저도 바람이 그리울 때가 있답니다. 하루 종일 바람을 마시며 다니는 직업인데 무슨 놈의 바람이냐고 반문을 하겠지만, 손님! 바람에도 목소리가 있답니다. 가수들 못지않은 고운 목소리 말입니다. 바람에는 종류가 다양하답니다. 남녀가 피우는 바람이 있는가 하면, 신체적 장해로 일어나는 바람과, 자연이 일으키는 바람이 있지요. 나무를 흔들며 일으키는 바람 소리는 경쾌하기도 하지만 심금을 울리는 바람은 눈물겨웁지요. 하루 종일 운전을 하고 다니다 보면 별별 사람들을 만나지요. 저녁에 택시를 타는 여인들 중에 이 하찮은 운전수를 유혹하는 여인들도 있지요. 그럴 때는 색깔 있는 바람을 피워 보고도 싶은 것이 남자의 심리지요. 그러나 시간에 목을 매고 살아가다 보니 그럴 여유가 있어야지요. 일본 놈들의 자동차 조합이라 시간을 따져 겨우 가족들 입에 풀칠을 할 수 있을 정도의 여유뿐이랍니다. 저도 한때는 부둣가에 나가 생선

하역 작업을 했었는데 손님이 생선 박스를 배달해 달라기에 겨우 집을 찾아가 배달을 해주고 돌아왔는데 글쎄 그분이 독립군으로 낙인이 찍혀 요 감시대상이 되어 있었나 봐요. 그러던 중 수상한 내가 생선 박스를 배달하고 갈다는 것이지요. 어떻게 알았는지 부두가로 나를 찾아와서 무엇을 왜 배달 했느냐 따져 물으니 난감했지요. 그것을 눈치 챈 어판장 감독이 저를 잘라 버렸지요. 독립군 집에 생선을 배달해준 죄 아무대도 직장을 가질 수가 없었지요. 그날에 일진이 더럽게도 사나웠다고나 할까요. 약 일 년을 놀다 보니 가족들을 굶어 죽이겠다싶어 자존심을 죽이고 사촌 형을 찾아갔지요. 사촌 형은 일본군 문관이기 때문에 힘이 있는 편이였지요. 그래서 사촌형의 세도를 빌려 여기 택시 조합에 겨우 취직은 되었지만 저의 어머님은 이웃보기가 민망하다시면서 이사를 해야겠다고 하신답니다. 일본 놈들의 밥 찌꺼기를 얻어먹는 것이나 진배없다면서 언짢아 하신답니다. 부두에서 일 할 때는 생선이라도 많이 먹을 수 있었는데 이제는 겨우 입에 풀칠을 할 수가 있답니다. 독립운동이라는 바람은 무엇인지 그 부근에만 가도 벼락을 맞은 것처럼 요절을 당하니 말입니다."

방우는 사람이 두려운지 아무런 대꾸도 하지 않았다. 어느 놈이 염탐군인지 모르는 세상이니 조심조심 또 조심할 수밖에 없어 차창 밖에서 바람소리를 내고 있는 건물과 산야와 하늘을 바라다볼 뿐이었다.

방우는 기사의 하소연이 마음에 걸렸지만 잘 못하다간 또 벼락을 맞을까 두려워 화제를 바꾸었다.

"어무이 목재소는 어떻게 운영하고 있는교?"

어무이도 눈치를 밟았는지 방우를 바라보면 씩 눈웃음을 지웠다.

"아직은 거기서 일 하시던 박씨라는 분이 나무관리며, 기계 관리를 하고 있어 그 박씨가 워낙 꼼꼼해서 잘 하고 있어. 그리고 목재소를 소개해준 김준봉 씨도 가끔 찾아와 돌아보고 간단다. 이제 네가 가면 본격적으로 움직여야지 나무를 켜고, 거래를 시작하게 되면 바빠질 것이니 안정을 찾을 수 있을 것이야. 그때쯤 점잖하게 혼례식을 올리기로 마음을 먹고 있다 중우 어미도 그런 생각을 하고 있으니 부담감을 갖지 말도록 해라 모두가 잘 되 갈 거야. 주위 사람들 모두가 너를 위한 걱정 뿐이란다. 어차피 중우 어미는 혼례식을 올린 후에야 방우 네 집에서 기거할 것이니 그리알고 있거라. 방우야, 지금은 집으로 가야지 목재소는 내일 가도록 하자 피곤하구나."

"어무이 좋으신 대로 하이소. 저는 피곤하지 않심더. 세상을 향해 날아갈 것 같심더. 하늘 높이 날개를 달고 말입니더. 덕구가 나와 같이 나올 수 있었으면 더 좋았을 텐데, 어무이 미안합니더. 덕구 말을 해서."

방우는 길고 지루했던 겨울잠에서 깨어난 개구리처럼 세상의 물살을 향해 헤엄치며 눈치껏 살아가리라는 또 하나의 삶을 터득한 것이었다.

목재소에서 풍겨나오는 나무냄새가 숭늉처럼 구수했다. 어디에서 살다 어떻게 여기까지 왔을지 모르는 나무토막들, 어떤 새들을 불러들일까? 생각할 수 있는 머리도 잘리어나가고 땅속 깊이 걸어가야 할 다리마저도 누구에 의해 토막 나 여기까지 팔려온 몸둥이들이 차국차국 질서 있게 누워 있다. 방우는 이제 이 나무향기와 함께 마지막을 나눌 수 있게 되었으면 하는 바램과 어무이에게 감사하는 마음이 심장벽을 뚫고 한꺼번에 쏟아져 나왔다. 방우는 너무나 감격해 옆에선 어무이를 꼭 껴안았다.

“어무이 무슨 말을 먼저 해야 할지 걱정입니더. 이 은혜는 중우를 통해 갚겠심더. 어무이 사랑합니더.”

방우의 눈에서 감격의 눈물이 줄줄 흘러내렸다.

“중우 애비야! 이 좋은 날에 와 우노? 저기 오시는 분이 이 목재소를 맡아보는 분이야, 인사해라.”

“안녕하세요, 천방우라고 합니더, 부족한데가 많으니 잘 협조해 나갑시더.”

“주인님! 전 이 목재소에서 15년을 근무한 박고을이라는 사람입니더 아이도 둘 있고 부인도 있심더 잘 부탁합니더.”

그는 비교적 양순한 편에 속했다. 얼굴에서 풍기는 겸손한 성품과, 눈동자에서 느껴지는 의지력이 남달라 보였다.

“박씨, 집은 있는교?”

“아니요, 여태 집 장만을 못하고 셋방살이를 하고 있심더.”

방우는 옆에서 있는 어무이를 바라본다.

“어무이 이건 내 생각인데 박씨가 여기 아랫체에 와서 함께 살면 어떨까 싶어요? 어무이 생각은요?

“중우 애비야, 어떻게 그런 생각을 했노? 그렇잖아도 박씨가 한동안 집으로 못 갔다. 목재소를 비울 수 없었어, 같이 살게 되면 여러모로 좋을듯 싶구나. 그리 하도록 하자. 박씨 오늘 집으로 가서 이사하도록 하세요. 아이들 데리고 접방살이 할려면 어려우니 내 집이라 생각하고 내 가족이라 생각하고 같이 살아갑시다. 그렇게 조치하세요."

박씨는 놀란 뜻 당황해 하면서도 얼굴 위로 희색이 만만했다.

"어르신 감사합니더. 감사합니더. 이사랄 것 있습니꺼 봇짐 두어 개 들고 오면 됩니더."

"박씨 어무이가 승락했으니 아랫채를 깨끗이 청소하고 도배도 하고, 부엌도 정리해두고 부인을 모시도록 하세요. 한집 식구라 생각하고 열심히 살아갑시다."

"네, 주인님."

"박씨 같은 민족끼리 주인님이 무엇입니까? 개화된 삶을 살아야지요, 형님이라 부르세요. 그래야 가까워질 것 아닙니까?"

"그래도 되겠어요,"

김장자 여인은 방우의 생각에 감동한 듯 크게 웃으며 방우의 손을 잡았다.

"우리 아들 많이 변했구나. 고난 끝에 느낀 생각들을 표현할 수 있을 만큼 받아들이니 고맙고 반갑다."

"어무이 박씨 동생과 함께 제재업 운영을 어느 정도 터득하고 나서 혼례식을 하려고 합니더. 어무이 생각은요?"

"어차피 할 혼례식인데 사업이 더 중요한 것이제 어느 정도 사업의 원리를 알고 난 다음 치루어도 될 일이지 분이는 급한 모양이더라만, 남녀가 합방을 한다는 것이 쉬운 일은 아니다. 다시 백련사 범조 스님을 찾아가서 길일을 택해 혼례식을 치루도록 하자. 그 일은 어무이에게 맡겨라, 중우 애미가 왔다 같다 하면 되니 부담은 가지지 말거라. 중우 애비가 편할대로 해라."

"어무이 당분간은 목재소를 파악해 봐야 하니 이해해 주이소 중우 애미한테는 제가 잘 말해 두겠심더. 더 이상 김문호 놈에게 휘둘리지 않기 위해서는 복례 신랑을 초대해서 도움을 청할라고 생각합니더 높은 놈을 상대하면 지놈이 견디지 못하지요. 어무이 잘 지켜보세요, 이 방우는 그놈을 그냥 두지는 않을 낌니더. 그놈의 약점을 이용해 걸고 넘어져야 할 낀수를 열심히 찾을 낌니더. 설마 그놈이 복례를 걸고 넘어지지는 않을 테지요."

"중우 애비야! 아무튼 조심해라. 옛 말에 미운 놈 떡 하나 더 준다는 말도 안 있나? 아무턴 주변 정리를 잘해야 된다. 교회 김준봉 집사님도 오시는 것을 삼가라고 일러라. 물론 일본 놈들도 나무를 사러올 게고 하니 말조심 해야 한다."

"어무이 걱정 마이소 잘 해나가며 살아갈 김더 염려마이소."

"그래한다면 마음 놓을 수 있는 게지. 그라고 박씨 불러 너거 방 도배하고 남은 도배지가 창고에 있으니 아래채 도배하라고 일러라."

"어무이 집에 가서 쉬이소. 그라고 중우 애미 보내주이소."

"너도 들어가서 쉬어라. 힘이 들었을 텐데, 방에 들어가서 장롱을 열면 이부자리하며 부엌도 다 정리가 되어 있다. 중우 애미와 감포 댁이 고생 많이 했다. 감포 댁이 오면 고맙다고 인사해라."

"네, 어무이."

어무이는 돌아 서려다 말고 다시 방우를 쳐다보았다.

"중우 애미가 먹을 것 가지고 올 거니 친절하게 대해 주어라."

어무이의 뒷말이 귀속으로 스며들었다. 친절하게 대해 주라는 말이…

절망과 고통 속에서 삶의 빛을 받을 수 있었다는 희망은 아름다운 믿음이었다. 복례의 삶 속에 심어진 한 그루의 보잘것없는 나무 그것이 자라날 수 있는 빛을 준 복례. 멀지 않는 곳에서 안타깝게 바라보는 방우의 마음은 그저 간절한 그리움 뿐이었다. 사랑은 미묘한 그림자였다. 바람이 불어오는 대로 넘어질 뿐 다시 그림자는 따라다닌다. 방우는 다시 복례의 집 쪽 하늘 위로 시선을 보냈다.

17. 청사초롱 없는 신방

방우는 양지바른 평상에 앉아 제재소 안을 눈으로 둘러봤다. 발이 잘리어나가고, 생각마저 잘리어 나간 나무토막들 어딘가에 무엇인가에 쓰일 때가 오리라는 기대와 희망을 가지고 기다리는 저들, 때로는 아늑한 신혼을 위한 집이 되고, 때로는 연인들의 속을 채워주는 식탁으로, 때로는 옷장으로 팔려나갈 날들을 기다려 한가로이 꿈을 꾸며 누워 있는 저들, 얼마나 행복한 기다림인가. 그래도 나무들에게는 무엇이 될 것이라는 희망이 저들을 기다리고 있지 않는가 하늘에는 한가로이 뭉게구름이 피어오르고 있다. 진달래꽃 향기가 산야를 붉게 물들이고 있지만 저들의 감시망이 어디까지 펼쳐지고 있을까? 초조하게 펼쳐지는 24시간 지워 버리고 싶을 때도 많았다. 방우는 모처럼 거울을 대했다. 파란만장했던 총각이라는 딱지를 벗겨 내고 한 여자를 책임져야 하는 어깨가 무거워지는 날이기도 했다.

"어무이, 아부지, 누부야! 이제 방우는 다시 완성된 사람으로 새롭게 시작해야 되는 날이기도 합니다. 이런 날 아부지 어무이가 계시는 백련사를 찾아갈 수 없는 죄인을 용서하이소. 훗날 평화로운 날이 오면 온 가족이 꼭 찾아 가겠심더. 누부야도 함께 말입니더. 아부지 어무이 오늘이 못난 방우가 장가를 드는 날이라요. 축하해 주이소."

앞산 마루터기에서 햇살 한 올이 눈부시게 내려와 안겼다. 방우는 놀라 당황했다. 이 빛은 아부지가 방우에게 보내는 축하의 빛이야, 방우는 평상 위에서 하늘을 향해 절을 했다.

마당으로 들어서는 어무이는 방우를 향해 마음을 다져 물어보듯 큰 소리로 부른다.

"중우 애비야! 마음의 준비가 되었느냐?"

"어무이 준비는 무슨 준빈교? 다 익숙해진 사람들끼리 밥 한 끼 같이 한다는 생각으로 마음을 다졌심더. 죽음에서 살아나온 생명인데 그저 감사할 따름임더."

"애비야! 중우는 오늘 하루 형님 집에 맡겼다. 분이가 그렇게 했으면 좋겠다고 하기에."

"어무이 잘 했심더. 분이 지도 마음 속으로는 미안한 감이 있을 낌니더 오늘이 혼례식을 치루는 날인데 안 그렇컸는교? 어무이 주위가 어수선하니 절대로 다른 사람들 못 오게 하이소."

"아이다. 그래도 인륜지 대사인데 정식혼례는 치뤄야지 이제 조금 있으면 감포 댁과 박 씨 아저씨가 수고를 해 줄 게다. 박 씨는 끝분이의 먼 친척 아제이다. 특별히 분이가 찾아가서 부탁을 한 모양이라 김준봉 씨는 참석하지 말라는 부탁을 했다. 반드시 김문호라는 놈이 염탐을 올 것이라 생각하고 못 오게 했다, 혼례식을 치루니 방우와 연관 되는 사람들이 모일 것이라 생각을 할게 불을 보듯 뻔하지 안 그렇나? 아마도 우리 식구끼리 간단하게 치러 질 것이야. 복례에게 연락하지 않았다. 괜히 시께무라 대장이 나타나면 번거러우니 말이다. 범조 스님이 택일한 시간을 지켜 조촐하게 진행할 끼다."

"……"

방우는 말이 없다. 죽음의 문턱에서 구출된 생명이 받는 영광인데 그보다 더한 감사가 어디 있겠는가.

잠시 후 곱게 단장한 끝분이와 감포 댁이 도착했고 뒤따라 끝분이의 친척인 박기봉 씨가 들어왔다. 방우는 일어나 기봉 씨에게 공손히 절을 했다. 유일하게도 분이의 친척인 셈이다.

김장자 여인은 얼굴 가득 웃음을 머금고 끝분이와 방우를 앉혀놓고 그동안 준비한 관복을 일일이 입혀보기도 하고 끝분이의 별 사양을 꺼내 머리에 얹어 보기도 했다.

"잘 들어두게 이 모든 혼속(婚俗)을 덤불 혼인이라 생각하고 간소하게 준비를 했다. 방우야! 이제는 너도 어른이 되는데 무엇인가 제재소를 운영할 밑천이 있어야 되지 않겠어? 내 손을 거쳐 할 수는 없는 일이기에 그래서 결정을 한 일이니 받아 주기 바란다. 반천들에 있는 논 스무 마지기와 반전읍의 밭 열다섯 마지기를 아예 방우 앞으로 떼내주기로 결정지었다. 살림집은 이곳 제재소에서 하기로 결정을 내렸다. 소작인들이 닷새 전까지 벼를 가져올 것이니. 벼 닷 섬은 쌀로 찧어 현금으로 가져가서 우선 운영비로 사용하거라. 그리고 작자가 나서는 데로 논을 처분하거라. 현금으로 줄 터이니 그리 알고 있거라. 일본 놈들의 눈치를 살피려니 힘이 들어서 사고 파는 일은 수월하지 않을 것도 같아 그러니 그 정도로만 알고 있거라. 왜 오늘 그런 이야기를 꺼내느냐고 하겠지만 이제는 각자의 생활을 시작해야 하는 것이니, 말하자면 앞앞이 살아가야 힘이 생긴다는 뜻이야.

달내 광산의 소유권을 넘겨받은 나까무라와의 재판이 걱정스럽기도 하지만 복례의 힘을 빌려 볼까? 생각 중이다. 백중기가 남기고 간 재산은 일반농가라고 할 수 없을 만큼 대농가(大農家)가 소유할 수 있는 많은 농지였다. 논 칠십 마지기와 밭 65마지기라면 다개 마을에서는 대농가일 수밖에 없다. 방우야 네가 집안일이라 여기고 돌보거라 이제 이 어무이는 늙었나 봐. 소작인들에게도 후한 대접을 해주고 차츰 배워 나가도록 해라."

"어무이 이렇게까지 밀어주니 고맙심더. 착실하게 한번 살아보겠심더. 우리 중우를 생각하며 힘을 모아 볼게요."

마당 한가운데 멍석을 펴고 장닭과 암탉이 색 보자기에 묵여 상 위에 놓여졌다. 오곡을 담은 그릇이 놓이고 곱게 단장한 신랑 천방우(千芳愚)와 신부 오끝분의 결혼식은 예정대로 가족끼리 간편하게 치루어 졌다. 계획했던 것과는 달리 많은 하객들이 몰려왔다. 백중기의 점터에 화입식이 있던 날보다 훨씬 많은 하객들이었다. 곤지를 찍고 족두리를 쓰고 낭장비녀를 지른 끝분이는 우아하리만치 예뻐 보였다. 신랑 신부 모두가 마냥 행복해 보였다. 식을 시작하려 할 때 손님들이 한쪽 길을 비키고 있었다.

정복을 입은 시게무라 헌병 대장이 복례와 함께 들어오고 있었다.

시게무라 대장은 조선인의 혼례식이 흥미로운 것이었다. 신랑 신부를 쳐다볼 수 있는 바로 앞자리에 앉는 것이었다. 복례는 가끔 방우와 눈길이 마주칠 때마다 생글생글 웃으며 시게무라와 귓속말을 주고 받고 있었다. 식이 끝나자 시게무라와 복례는 방우에게로 와서 손을 잡으며 축하하는 것이었다.

"오라버니 몸도 불편한데 힘들지요? 축하해요. 부디 잘 살아야 해요."

김장자 여인에게도 정중한 인사를 잊지 않았다. 하객들은 입을 모아 둘이 짝을 잘 지었다고 축하하며 돌아갔다.

"오라버니 신부와 함께 집으로 같이 오세요. 대장님도 초대하라고 하십니다."

복례는 언양의 관사로 한번 신부와 같이 오라고 했다.

방우는 복례가 고맙기만 했다.

"나중에 시간이 나면 갈게 남의 이목도 있고 하니 오늘은 돌아가게 덕구가 없어 마음이 아파 진정 축하해줄 내 동생이었는데. 감옥 생활이 죽기보다 힘들텐데 손을 써볼 수 없을까?"

"오라버니 노력하고 있지만 어려워 갈게."

복례가 떠나고 하객들은 술에 취해 일본 노래를 불러 주기도 했다. 방우와 끝분이는 사무관대와 족두리를 벗고 한복으로 갈아입었다. 갑자기 분이의 눈에서 눈물이 떨어졌다.

"기쁜 날 와 우노?"

어무이의 그 한 마디가 분이를 더욱 서럽게 만들었다. 씨받이 인생을 받아준 방우에게 고마움과 미안함이 있어 그러했을까? 방우는 분이의 어깨를 다독여 주었다. 마당 위에는 청사초롱 대신 맑고 화사한 햇살이 내려쬐였다.

방우는 복례가 사라져간 마당 어귀에 시선을 고정시키고 멍하니 앉아 있다. 죽지 않고 살아 이렇게 혼례를 치루게 해준 첫사랑인 복례가 고마웠다. 첫사랑은 설레임으로 다가서는 불멸의 파도라고 했던가? 오늘따라 과거의 아픔들이 몰려 들었다. 수남교회의 김 선생님도 보고 싶다. 축하해 주겠다고 했었는데. 위험하더라도 모실 것을. 지금쯤 산파집에 숨어 있을까? 아니면 우리의 비밀 창고가 위험에 처해 있지나 않을까? 별별 생각이 생각 속으로 스며들어 마음 바닥이 촉촉이 젖어 들고 있었다.

첫날밤 백열등 아래 단장한 분이가 다소곳이 앉아 있다. 이 밤이 지나면 이제 생소한 삶의 시작이 기다리고 있을 것을 생각하니 어깨가 무거워졌다. 끝분이와 매듭지어진 청실홍실, 그 운명의 결실이 항상 맑고 항상 동아줄마냥 튼튼하게 되어 주기를 마음 속으로 기도했다.

그 많은 파란 속에 고통을 견디고 오늘에야 내 여자가 된 분이를 각시로 맞아 족두리와 윗옷을 벗기고 나란히 누웠다. 아무 것도 생각지 말자 오직 한가지 우리는 지금부터 같은 길을 가야 할 길동무라는 사실을 망각하지 말자. 방우는 전등불을 껐다. 사방이 어두웠다. 어디선가 복례의 웃음이 귀 주위를 돌았다. '그것도 할줄 몰라? 몸을 움직여 봐! 숫총각이라 이런 일도 할 줄 몰라 들어 보지도 못했어?' 복례의 요염한 웃음이 방우의 몸을 움직이게 했다. 복례와의 교합과는 판이하게 다른 느낌과 감정이 방우의 성 정신을 지배하듯 밀려들었다. 설레임이 없는 분이와의 교합, 그 원인이 무엇일까? 다 같은 여자인데, 화사한 웃음 교활한 느낌 여자로서의 성, 그 감미로움을 복례를 통해 느꼈기에 방우도 놀라지 않을 수 없었다. 잠이 오지 않았다. 사업을 시작한다는 자체가 어려운 일이 아닌가, 먼저 거래처를 확보해야 하고 나무를 자투리 없이 잘라내어야 하는 기술이 필요할 것이고, 김준봉 선생과 의논해야 할 사항들이 태산같이 밀려들었다. 방우는 머리가 아파왔다.

새벽 첫 닭이 울기도 전에 어무이가 찾아왔다.

"방우야 일어났니?"

방우는 말없이 분이를 흔들어 깨웠다.

"분아, 일어나 봐 어무이가 온 것 같아."

"어무이가 왜 오는데? 두 돌 지난 아이에게 죽을 먹이면 되는데 겨우 하루도 못 견디고 와야 하나? 천지에 이런 일이 어디매 있노? 알라만 생각한 일이지."

놀란 분이가 투덜거린다.

"그래도 나가봐 급한 일인 가봐."

분이는 머리를 쓰다듬고 비녀를 꽂고 나갔다.

"어무이, 이 새벽에 우짠일인교?

"분아, 중우가 밤새 울었다. 어디가 아픈지 놀라서 왔다."

"어무이 아들인데, 그것도 하나 못 달래고 첫날밤에 꼭 데리고 와야 되겠는교? 어무이 너무 했심더."

분이는 억지 웃음을 지어 보였다.

방우는 곰곰이 생각했다. 어무이가 말로는 아들아들 하지만 머슴의 관념이 뼛속 깊이 박혀 있구나 싶었다. 나 같은 놈의 첫날 밤은 저들에게는 그저 소들 교배 시키듯이 단순히 생각하는 것 같아 섭섭했다.

"분이 씨, 어무이한테 가겠다고 하고 이리 들어와 봐요."

분이는 미안해서인지 화난 얼굴을 애써 감추려 했다.

"분이 씨! 다른 생각 말고 중우 열이 있나 봐주고 와요, 중우 때문에 우리가 살아가는데, 잘 길러주어야지요, 그래도 어미 품을 떠나 충격을 받았는지도 모르니, 당신과 내 생각은 하지 말기로 했잖아요. 여러 말 말고 아이를 받아와요."

분이가 밖으로 나갔다. 방우는 이불 속을 벗어나지 못하고 멍하니 천장을 바라보았다. 저들이 받아먹던 이 빠진 사기그릇, 버리기에도 아깝고 개 밥그릇으로나 쓰면 될 것 같은 인간들 쯤으로 취급하는 삶에 눈물이 났다. 그래 잘 살면 이 서러움을 이겨내는 길이다. 잘 살아야 한다. 돈도 벌고 목재소를 운영해 금달래를 통해 군자금도 많이많이 내고, 일본 놈들에게 아부하는 한이 있어도 잘 되고 봐야 한다. 백중기 어르신도 그러했어, 하찮은 순사에게도 고개를 숙였지, 그렇게 살아가리라. 불쌍한 분이도 마님 소리를 들으며 목에 힘을 주고 버티어나갈 길을 만들어 주어야 하는 일이 내가 품어야 하는 소망이다. 방우는 자리를 거두고 일어나 앉았다. 첫날밤! 40년을 갈망하고 기다렸던 첫날밤이 희뿌연 새벽과 함께 밀려나고 새로운 시작이 다가왔다.

방우는 끝분이와 함께 복례 집에 초대를 받아 방문을 하게 되었다.

복례는 반갑게 그들을 맞아 들였다.

"오라버니 잘 오셨어요, 분이 씨도, 여기 쇼파에 앉으시지요."

"동생 대장님은?"

"대구 회의가 있어 갔어."

"잘 되었구나. 다름이 아니고 덕구를 한번 만나 볼까 하고 왔어. 면회를 할 수 있으면 말이야."

"오라버니 며칠 전 덕구에게 갔었어요. 특별면회를 했는데 말이 아닙디다. 사람이 아니라요. 오라버니보다 더 고문을 많이 당한 것 같아서요. 놀라지 말고 들어요. 한쪽 눈은 없어졌고 입은 불로 지져 돌아가고 참혹해 볼 수가 없었어요. 얼마나 울었던지 며칠을 앓아 누웠습니다. 오라버니 나는 누나의 자격이 없어요. 하나 뿐인 동생을 그 지경으로 만든 죄인입니다. 일본 대장과 산다는 것이 부끄러웠어요. 오라버니 면회를 가지 마세요. 부탁입니다. 울산경찰서의 유치창에 수감돼 있는 덕구를 만나려면 다시 시게무라에게 말해서 날짜를 잡아야 하고, 나와 함께 가야 할 것이라 번거러울 것이니 오라버니의 마음만 전하겠습니다. 끝분씨! 이제 이웃에 살게 됐으니 자주 만나요. 여자들은 여자들대로 할 말이 많을 테니까 어렵게 생각 말고 자주 와요."

"동생 그래도 만나야 하는데 안 될까?"

"오라버니! 부산에서 있게 된 재판을 위해 변호사를 선임했는데 여 변호사로 최선을 다할 변호사예요. 부산헌병대의 추천을 받아 덕구의 소송대리인으로 선임한 여 변호사 '가네야마기오꼬'는 일본 판사 등용시험에 합격하고, 곧 히로시마 법원에서 판사로 근무한 다음 그의 남편이 조선의 통감부로 오는 바람에 남편을 따라 조선으로 나와서 바로 부산에다 변호사 개업을 한 엘리트 여변호사입니다. 그는 덕구가 종신형의 실형을 받아도 집행유예로 이끌어보자고 힘쓰고 있어요. 그러니 오라버니는 그렇게 아시고 계시면 됩니다. 오라버니가 자리를 잡고 있어야만 덕구도 살아 갈 수 있습니다. 꼭 성공하셔야 해요."

"동생 이제 마음의 각오가 탄탄하게 잡혀 있으니 걱정 말어. 그리고 부탁은 자주 만나지는 않는 것이 서로를 위하는 길이라 생각해. 그럼 덕구의 성공을 하나님께 빌겠어. 나는 요 감시 인물로 찍혀 있으니 주의하게나. 꼭 필요한 연락이 있으면 금달레를 통해 전해 주게. 며칠 후에 전할 것이 있어 가게 될 거야. 무슨 뜻인지 알겠지?"

돌아서 나오는 걸음은 무거웠다. 덕구의 소식에 한기가 들었다. 몸집도 작은 것이 그 많은 고문을 견디고 살아있다니! 하나님 감사합니다. 덕구의 목숨을 살려 주십시오. 나를 구해주듯 덕구도 구해주시리라 믿습니다.

덕구의 재판은 부산에서 열렸다. 방우는 재판광경을 무척 보고 싶었지만 그것을 볼 수 있는 기회를 갖지 못했다. 꿈에나 그려보던 부산부(釜山府)를 보고 싶었지만 부산까지 간다는 것은 도무지 엄두를 못 낼 일이었다.

목재소의 일감이 많이 들어왔다. 거의 매일 사장을 만나러 오는 사람들이 많아 영업상으로도 자리를 못 비울 처지였다. 그러나 복례는 재판이 있을 때마다 끝분이를 통해 쪽지가 전달되었다.

방우는 트럭을 두 대씩 굴리면서 밀양 쪽에 있는 산판까지 오가며 나무를 구하러 다녀야 했다. 철로에 깔아야 할 침목을 납품하는 사업가로부터 무제한의 침목을 사가겠다는 언질을 받고 그 사업가가 거의 하루 한 두 번씩은 독촉을 해오고 있을 정도였다. 이 모든 일이 복례의 수단에서 나온 일이라는 사실을 모르는 게 아니었다.

어느새 방우는 언양에서는 뚜렷한 재력가로 커가고 있었다. 목재소의 일꾼들은 하나같이 주인 방우를 따랐고 박씨 부인은 끝분이를 마님이라 불렀다.

중우가 네 살이 되던 해에 분이가 방우의 아이를 임신했다. 모두 경사라고 좋아했지만 방우는 기쁘지 않았다.

어무이는 자주 집으로 와 소식을 전해주었다. 이의립 공의 장남인 극경 씨와 나까무라와의 재판은 극경 씨가 패소했다는 사실도 말해주었다. 어무이는 매일 방우의 집에 들려 무럭무럭 알차게 자라나는 중우를 안고는 삶의 보람을 찾곤 했다.

분이가 둘째 아이를 낳는 날 감포 댁이 며칠 전부터 준비를 했다. 감포 댁이 유난히 아기에 관심을 보이는 것이었다.

“사장님! 이번 아이도 산파를 초빙해 낳기로 하시지요, 첫아이를 받았다는 산파를 부르면 안 될까요.?

“감포 댁 정말 잘 생각했어요, 미처 그기까지 생각을 못했는데 사람을 보내어 모시고 올 테니, 그리 준비하세요.”

“박씨 오늘은 트럭을 내가 몰고 갈 것이니 박씨는 공장 아이들 회식 준비를 해주게 아주머니에게 준비할 돈을 두둑이 주게. 마님이 아들을 낳을지 모르니 겸사겸사 해서 방우는 박씨 어깨를 툭 쳤다.

“사장님 말씀은 없었지만 은근히 아들을 기대 했던 모양입니다.”

방우는 빙그레 웃고는 시동을 걸었다.

“사장님 발에 힘을 너무 많이 주지 마세요.”

"박씨 그 정도는 아니라네 두발 가진 사람보다 단단한 쇠발이 있다네."

방우는 주어진 기회라 생각하고 산파 집으로 향해 달렸다.

그동안 사업일로 자주 찾아뵙지 못한 미안함과 군자금 전달을 위해 혼자 운전을 하겠다고 했던 것이었다. 큰길 옆에 트럭을 세우고 골목길로 접어들었다. 방우는 습관적으로 뒤를 살폈다.

"산파 선생님 계십니까?"

방문이 열리고 낯익은 얼굴이 보였다.

"선생님! 저 방우입니다."

"천 동지! 잘 왔어 밖에 누가 없었지? 놈들이 수남교회를 지목한 모양이야 나도 꼼짝 않고 여기 박혀 있어, 경계가 어찌나 삼엄한지 놈들이 최후 발악을 하는 것 같아. 여기는 왜 왔소?"

"선생님 산파 선생님은요? 저 집 사람이 아기를 낳으려나 봐요, 집으로 가셨으면 하고 모시러 왔어요. 그리고 김 선생님, 군자금을 가지고 왔습니다."

"천 동지! 나는 꼼작도 못하니 우시장 금달래에게 전하세요. 자네 아들 중우 대리고 나가 금달래에게 국밥 사 먹으라며 봉투를 바가지에 넣어 주게. 아들 자랑도 할 겸 가장 안전한 전달일세."

"선생님 그렇게 하겠습니더."

"방우 동지 아마 덕구가 들으면 까무라 칠 정도로 애통해 할 소식을 전해 들었소. 평민 출신의 의병장 신돌석이 평소 믿어왔던 그의 옛 부하들로부터 피습을 당해 세상을 떠났어요. 또 독립운동 단체들의 지주 역활을 하시던 고헌 박상진 선생도 체포되었다네. 이런 판국이라 조심 또 조심하게 제재소에도 일본 놈들의 밀정이 파견되어 있을지도 모르는 일이니 조심하세요. 득남하기를 기도 할게요. 어여 가세요."

"산파 선생님 먼저 차에 오르십시오. 김 선생님 몸조심 하세요. 기회 보아 또 들리겠습니다."

모처럼 만남인데 아쉬웠다.

"산파 선생님 위험을 무릅쓰고 저희들을 도와주시니 감사합니다."

"당연한 일인데요."

집안은 사람들로 북적댔다.

"박씨 아주머니, 집사람 아기를 낳았습니까?"

"아닌데요, 배가 아픈 모냥입니다만 아직은."

산파선생님이 방으로 들어가자 한 시간 정도가 지나서 아기의 울음소리가 들렸다.

"사장님 아들입니다. 축하드립니다."

방우는 하나님께 감사 기도를 했다.

"하나님 나를 닮은 아이가 세상에 나왔습니더. 이제야 사람 구실을 할 것 같습니더. 하나님을 의지하는 일꾼으로 잘 길러보겠심더. 지켜봐 주이소 감사합니더. 아멘."

"박씨 아주머니 어무이한테 가서 전하시소. 중우 어미가 몸을 풀었다고."

"네, 사장님 단숨에 달려가겠심더."

마당에 들어선 어무이의 표정이 별로 반가운 표정이 아닌 것 같았다.

방우는 그냥 웃고는 회식을 하고 있는 식당에 들렸다.

"사장님 득남을 축하합니다."

직원들도 반가워했다. 진실이든 가식이든 그런 것은 소중하지 않았다. 어무이의 내심이 궁금할 따름이었다.

목재소의 사업이 번성해지고 방우가 일시에 재력가로 떠오르게 되자 더욱 관심을 갖고 있는 사람은 복례였다. 방우의 생활은 날로 안정되어 갔고 모든 것이 여유로워지고 있었다.

남들이 말하는 머슴살이로, 또는 상놈으로 살아온 방우에게는 현실이 놀라울 수밖에 없었다. 가끔 자신을 돌아보며 지나온 인생을 비춰보는 시간이 많아졌다. 그토록 미워하고 멀리하고 싶던 사람도 어쩌면 너무나 따뜻한 사랑을 주면서 때론 왈칵 눈물을 쏟을 것같이 고마워지고 있었다.

어무이는 중우 동생 중식이가 태어나고 부터 방우에게 큰 관심을 쏟아주었다. 방우 앞으로 떼어주기로 한 전답 외에 논 몇 십 마지기를 따로 판돈을 목재소 운영에 보태 쓰라며 돈다발을 갖다 주었다.

이른 아침 방우는 중우를 앞세우고 울산으로 향했다. 단풍이 곱게도 물들었다.

"아부지 우리 어디 가는데?"

"울산 읍내 구경시키려고 울산장날에는 별별 장난감이 다 있단다. 중우는 무엇이 제일 갖고 싶었노? 말해봐라 기회는 자주 없다. 오늘이 절호의 기회다."

"아부지 결정은 장에 가서 보기로 하자. 머가 있는지 잘 모르니, 울산에 큰 상점 같은 것도 있나?"

"있지 백화점도 있고, 그런데 장날에는 구경거리가 더 많이 있어."

"아부지 기분이 좋다. 그런데 어무이와 같이 못 가니 안 좋다. 어무이는 알라를 낳았으니 할 수 없는 일이지?"

"그렇지 나중에 중식이 데리고 같이 오자. 오늘 어무이한테 선물할 것 잘 보아두어라."

시장 안은 북적댔다. 방우는 건어물 상에 들려 제일 좋은 울산 정자미역을 사고 나서 신발가게로 갔다. 중우 운동화를 사고, 중우어미 백 고무신과, 감포 댁 그리고 박씨댁 백 고무신을 각각 한 켤레 씩 사가지고 포장을 했다. 방우가 모처럼 마음먹고 선물할 참이다. 방우는 우시장으로 갔다. 사방을 둘러 보았다. 금달래가 바가지에 무엇인가를 얻어 양지바른 곳에서 먹고 있다. 방우는 금달래 가까이 다가갔다.

"금달래 머 먹노?"

그녀는 방우를 쳐다보고 놀라는 듯하다가 이내 정색을 하고는 크게 웃는다.

"야 저 사내아이는 누고? 니가 낳았나?"

"우리 아들이다. 밥 한 그릇 사줄까?"

"그래 배고파 죽겠다."

금달래는 눈치가 빨라 일어서더니 바가지를 내민다. 방우는 옥수수와 돈뭉치를 함께 바가지에 담아주었다."

"금달래야 맛있는 것 많이 사 먹고 힘내."

방우는 돌아섰다.

"아지매 이름이 금달래인교?"

중우가 이상하게 생각했던지 불쑥 이름을 물었다.

"그래."

금달래는 옥수수를 들고 와작와작 씹어 먹었다.

"중우야 집으로 가자 할머니가 기다리겠다."

방우는 마음이 가벼웠다. 그동안 도움을 주지 못한 죄책감에 갈등이 컸는데….

대문을 밀치고 들어선 중우는 크게 박씨 아줌마와 감포 댁을 부른다.

"아지매들 다 와 봐요, 우리 아부지가 선물을 사 왔어요, 빨리 와 봐요."

"중우야 무슨 선물을 사왔기에 이리 시끄럽노."

중우는 선물 보따리를 펴고는 선물을 집어낸다.

"박씨 아지매도 흰 고무신, 감포 아지매도 흰 고무신, 우리 어무이도 흰 고무신, 나는 운동화. 신어보세요, 발에 잘 맞을 걸요. 아부지가 선물한다고 했어요."

"아주머니 고맙심더. 우리 어무이 산후 수발 잘해준 보답입니더. 세상에 공자가 어디매 있는교. 수고한 만큼 보답을 해야지요."

"우리 사장님은 역시 멋쟁이야 갖고 싶은 것은 꼭 찝어서 사가지고 왔으니 고맙심더."

"감포 댁 아지매 공을 다 갚을려면 아직도 멀었지요. 그리고 이번에 수고한 댓가임더 받으시이소. 얼마되지는 않심더. 박씨 댁은 월급에서 조금더 얹어 줄 낌더. 섭섭해 마이소."

"아이고 오래 살고 볼 일이네. 중우 애비한테 돈을 다 받아보니 이런 기쁠 때가 어딨노? 기분이 좋다."

작은 정성에 기뻐하는 마음들을 보고 방우는 반가웠다. 매마른 삶 속에서의 작은 감사가 저들에게 웃을 수 있는 위로가 되었다니 고맙기만 했다. 앞으로 살아가면서 적은 수입이라도 서로 나누어 보탬이 되게 계획을 짜야겠다고 마음을 다졌다.

저녁을 먹은 뒤 방우는 아무도 모르게 트럭을 몰고 집을 빠져나왔다. 산길을 돌아 산파 집으로 가기 위해서였다. 방우는 트럭을 숲 속 한적한 곳에 새우고 걸어서 골목길을 돌아들어 갔다. 산파 집 대문 뒤에 숨어 밖의 동정을 살폈다. 따라오는 사람은 보이지 않았다. 불 켜진 방 앞에 다가가 나직히 김 선생을 찾았다.

"김 선생님 저 방웁니다. 들어가도 될까요?"

"왜 오셨는데요?"

문을 열지도 않고 아주 냉정한 극히 사무적인 말투가 흘러나왔다. 방우는 앗차 하는 느낌이들었다.

"저 선생님 집사람이 해산한지 몇 달이 되는데 오늘아침 갑자기 하열을 해서요 선생님을 모시러 왔습니다. 안 될까요?"

"그럼 건너방에서 기다리십시오. 손님이 있으니 곧 끝날 것입니다."

"네 선생님 기다리겠습니다."

방우는 숨을 죽이고 분이가 첫아이를 낳던 방으로 들어가 밖의 동정을 살폈다. 방문 소리가 나고 사람의 그림자가 뜰을 지나 사립문 쪽으로 갔다. 두어 사람 같기도 했다. 방우는 다리가 후들거렸다. 여기서 만나면 끝장이다 싶으니 현기증이 돌았다. 사나이들이 사라지고 한참이 지나자 방우를 찾았다.

"사장님 가십시다. 나오세요."

어두움을 타고 흐르는 공기가 미심쩍었다.

"선생님! 어렵습니까? 김준봉 선생님은요?"

"사장님 아무 소리 마시고 트럭 있는 곳으로 가서 제재소로 출발하세요."

산파 김 선생은 왕진 가방을 들고 앞장을 서며 주위를 살폈다.

둘은 트럭을 타고 출발을 했다. 한참을 달리는데 산파 선생님이 입을 열었다.

"사장님! 김 선생님을 도와 주셔야 겠어요, 놈들이 냄새를 맡은 것 같습니다. 지금 사장님의 트럭 뒤에 김준봉 선생님이 숨어 있습니다. 피신처가 막혔어요, 당분간 사장님의 다락방에라도 숨어있어야 할 처지입니다."

방우는 갑자기 덕구 생각에 현기증이 일어났다. 김 선생님의 처지가 그렇게 되다니 방우는 눈물이 나왔다. 잘린 다리가 욱신욱신 아파왔다. 어떻게 하지. 김 선생을 도와드려야지 덕구와 내가 위험할 때 찾아가 사람으로 거듭나게 만들어 준 은인인데, 누가 무어라 해도 도와 드려야지, 방우는 마음을 굳게 먹었다.

"산파 선생님 실은 집사람이 하열을 한 것이 아니고 김 선생님을 만나

오늘 군자금을 전달한 일과 그동안의 일을 나누어 보려고 갔었습니다. 그런데 방 안의 공기가 탁하다는 느낌을 받아 그렇게 했습니다."

"저도 눈치는 구단이지요. 사장님이 알아들을 것이라 믿었습니다."

트럭은 제재소 앞마당 깊숙이 들어 왔다. 나무가 워낙 많이 쌓여 있어 사람들의 움직임을 정확하게 볼 수가 없다. 그래도 모르니 김선생을 제재소에 두고 둘만 안방으로 들어갔다. 중우 어미가 산파를 보고 놀라는 눈치다.

"어떻게 오셨어요?"

"중우는?"

"할머니 집에 갔어요. 그기서 자고 오겠다고 했어요."

"중우 어미야, 지금부터 내가 하는 말 잘 들어, 김준봉 선생님이 일본 놈들에게 쫓겨 여기까지 왔다. 안방 다락에 숨어 있을 테니, 당분간 중우를 할머니에게 보내라. 그리고 안방에서 중식이를 두고 절대로 밖에 나가지 말도록 해라. 그리고 조석은 중우 어미가 애기를 낳아 양이 늘었다고 하고 절대로 아무에게도 알리지 마라. 어무이에게는 내가 말 할 테니, 그리 협조해 주게 내 생명을 구해준 선생님이고, 너도 신세를 졌으니 갚아야지."

"네 염려 마이소. 그리 하겠심더."

"중우 어미야 제재소 마당에 가서 선생님 모시고 오느라. 주위를 잘 살피고 박 씨 눈에 띄지 않게."

방으로 들어 온 김 선생님은 얼굴이 수척해져 있었다. 다락에 자리를 깔고 편히 쉬게 하고는 박 씨에게로 갔다.

"박씨, 자요?"

"아닙니다. 사장님."

"다름이 아니라 중우 애미가 배가 아프다고 해서 산파를 모셨는데 박씨가 모셔다 드려야겠어."

"그래요, 마님이 어디가 아파요? 산후 조리를 잘못했나?"

"배에 피가 뭉쳐서 그렇다고 하니 꼼짝 말고 미역국을 많이 먹으라고 하네요. 박씨 수고해 주소, 어두운데 조심하고."

산파가 떠나고 방우는 안방으로 돌아와 다락으로 올라갔다.

"선생님 금달래에게 군자금을 전했심더. 그리고 다락 뒤 쪽문을 밀면 밖으로 통하는 통로가 나옵니더. 그기에 뒤간도 있고 나무를 쌓아놓아 잘 보이지도 않심더. 집을 꾸밀 때 일부러 그런 통로를 만들었심더. 불편스럽겠지만 같이 잡시더. 이것도 추억이 될낌니더, 그동안 할 말이 많심더. 선생님 덕구는 재판을 하고 있심더. 복례가 동생을 살려 보겠다고 애를 쓰고 있심더. 복례는 집행유예로 이끌어 보려고 온갖 수단을 다 쓰고 있심더. 내 결혼식에도 복례와 시게무라가 왔심더. 첫날밤에 선생님 생각 많이 하고 울었심더."

"방우 씨 소식은 다 듣고 있었지만, 그놈들이 교회로 몰려왔기에 내가 몸을 피했더니 수상하다며 수배령을 내린 것이야, 하는 수 없지 끌려가면 고문을 당하니 피하는 수밖에."

"김 선생님, 잘 했심더. 무조건 피신을 하고 볼 일이지요. 덕구가 늘 말했습니다. 신돌석 장군은 하늘이 내리신 신(神)이라고 말입니다. 하늘로부터 백두산에 내리시고 백두산에서 태백산으로 건너뛰어 오신 장군님이기 때문에 절대로 패하는 법이 없다고 말입니다. 그런 신장군님이 돌아가셨다니요? 아무리 잊어버리려고 해도 자리에 누우면 그 생각부터 일어납니다. 선생님도 어떻게 하든 살아남아야 합니더. 나만 믿으소."

"방 동지 말이 맞아요. 신돌석 대장님은 연전연승만이 있었지요. 패함이라고는 없었지요. 그러나 이번의 경우는 불가항력이었지요."

"어떻게 해서요?"

"신돌석 대장이 다시 의병을 구성하고 전열을 가다듬고 있었지요. 그런 어느 날 길을 가다가 어느 마을에 드시게 되었는데. 그 마을에는 몇 해 전 같은 의병으로 혈맹을 약속한 동지가 살고 있는 마을이었어요. 그 동지들은 신돌석 의단에서 활동할 때 군율(軍律)을 위반하여 마땅히 사형에 처하게 되었지만. 신돌석 대장의 부친 신석주 어르신과 인척이 되는 사이엔 데다 동료 의병들의 간곡한 청으로 그냥 돌려보낸 적이 있어요. 그 이후의 정신상태도 확인할 겸 새로이 의병활동을 할 의향을 묻기 위해서 갔었지요. 오랜만에 만난 그들 3형제는 대장님과 술상을 마주하여 회포를 풀게 되었지요. 그러자 워낙 지친 몸에다 독한 술을 많이 마신 관계로 장군님이 그만 그 자리에서 곤한 잠에 들게 되었어요. 이때 그들 중에 제일 맏형 되는 김상렬(金相烈)이 그만 눈이 뒤집혀서. 그래 곤한 잠에 떨어진 신돌석 대장을 내리 친거죠. 그러니 도리가 없이 그만…"

"아마 일본 헌병대가 내걸었던 워낙 많은 현상금에 눈이 뒤집혔던가 보지요."

"예. 선생님 정말 불가항력이었네요. 그런데 덕구가 이 소리를 들으면…”

“글쎄.”

“불가항력으로 그만 가시고 말았지요. 그래서 심지어 그곳 일본 헌병 대장도 아쉬워했다는 말도 있었지요.”

밤은 옛일과 다가올 일들을 나누며 깊어 갔다. 김 선생이 숨어 산지가 꼭 3개월이 되든 8월 12일 복례가 쪽지를 중우 어미 편으로 보내 왔다. 방우는 마음이 급해 방 안에 숨어들어 편지를 펴 들었다. 내용은 간단했다.

‘오라버니 오늘 저녁 제재소 뒷마당에 아무도 눈치채지 않게 나오세요.’

방우는 김 선생에게도 말하지 않았다. 저녁이 되자 뒷마당 나무 틈새에 숨어 복례를 기다리고 있었다. 박 씨가 손전등을 들고 마당을 한 바퀴 돌고 들어갔다. 주위는 적막했다. 왕 모기떼가 몰려들었다. 방우는 생각했다. 복례가 또 색정이 도진 것이 아닐까? 아니면 만날 일이 없는데… 아니면 덕구가 재판에 이겨 집행유해로 나올까? 잡다한 생각이 꼬리를 물고 늘어졌다.

한 시간 정도가 지났을까 발자국 소리가 났다.

“방우는 살금살금 걸어가 자세히 보았다. 복례였다. 그런데 손에는 가방 하나를 들고 있었다. 여행을 가는 것일까? 도망을 가는 것일까? 궁금증이 발동했다.

“동생 여기야, 여기.”

“오라버니 이 가방을 맡길 테니 모래 14일 날 열어보세요. 그러면 기쁜 소식이 들어 있을 것입니다. 오라버니 오늘 여기서 날 한 번만 안아주면 안 되겠어요? 이제 다시는 그런 요구를 하지 않을 것입니다. 오라버니."

복례가 와락 가슴에 안겼다. 방우는 숨이 차올랐다. 둘은 감미로운 교감을 하늘을 바라보며 느꼈다. 별들이 유난히 아름다웠다. 복례는 울고 있었다. 흐느끼고 있었다. 방우는 예감이 이상했다.

"복례야! 왜 우니? 내 사랑 복례야! 하늘을 보아라 아름답지 않니. 우리들의 사랑처럼 이룰 수는 없었지만 영원불멸의 하늘이란다."

"오라버니 고마워요. 그렇게 생각해주니 정말 고마워요, 오늘을 잊지 않을 게요. 오라버니 덕구가 집행유해로 나오더라도 나와는 같이 있을 수 없어요, 잘 보살펴 주세요, 오라버니만 믿겠어요, 그럼 저 갈게요, 대장은 대구에 긴급회의가 있어 갔어요, 오라버니 건강해야 해요."

복례가 돌아가고 가방을 들고 방으로 들어 와 다락으로 올라갔다.

"선생님, 갑갑하시지요? 자금 복례를 만났는데, 이 가방을 주면서 모래 14일날 열어보라고 하네요. 무엇이 들었는지 궁금해서 선생님에게 의논을 합니다. 열어보면 안될까요?"

"글쎄, 약속은 어디까지나 약속이지만 궁금하니 열어 봅시다. 중우 어머니 집에 있습니까?"

"아니요, 지금 없어요. 할머니에게 가 있으라고 보내었어요."

"선생님 그럼 열어봅시다."

가방을 열자 방우도 김 선생도 깜짝 놀라 뒤로 넘어졌다. 가방 가득 돈이 들어 있었다. 둘은 입을 벌린체 아무런 말도 하지 않고 한동안 있었다.

"선생님, 이상하지 않아요? 편지가 있을 텐데요?"

방우는 돈 속을 뒤져 편지를 찾았다.

'오라버니 기뻐하세요. 8월 14일 날 일본 놈들이 이 땅을 떠날 것입니다. 해방이 된다는 뜻이지요. 오늘 내일 꼼짝 말고 숨어 지내세요. 일본 놈들이 최후 발악으로 가막소 정치범들을 사살하고 떠날 것이니 오라버니는 은밀한 곳에 숨어서 나오지 마세요. 이 돈은 덕구가 나오면 살 수 있게 오라버니가 처리해 주세요. 그럼 무사히 다시 만나는 날까지. 안녕히 계세요.'

방우는 가슴이 울렁거렸다. 복례의 마지막 눈물의 의미를 이제야 알았다. 그녀가 마지막으로 내게 주고 간 성적 황홀함은 영원히 잊을 수 없는 추억으로 남기고 떠나간 것이다.

"선생님, 이제 고생 끝났습니다. 8월 14일 밤에 수남교회로 가 봅시다. 이 기쁜 소식을 전할 겸."

"그렇게 합시다."

밤은 길었다. 김 선생과 방우는 얼싸 안고 울었다. 해방이 된다는 말을 믿을 수 있던 없던 기뻐 통곡을 했다. 다락방 신세를 면할 수 있는 것만으로도 환호를 울리고 싶었기 때문이었다.

18. 그리운 얼굴

같은 피를 나눈 형제는 어디가 닮아도 닮은 데가 있다고 했는데……

그래서 피는 속이지 못한다고 했는데……

과연 나의 누부는 나와 어느 부분이 닮았을까? …

방우는 길을 걸으면서 발자국을 떼 놓을 때마다 아려오는 다리의 통증을 느꼈지만 그 아픔을 느낄 겨를이 없었다. 한시바삐 달려가고 싶은 조바심이 가슴을 뛰게하고 있었다.

범조 스님이 일러준 대로 우시장에서 북쪽으로 한참을 걸었다.

숲이 우거져 앞이 보이지 않았다.

뒤따라 오는 덕구가

"형! 좋은가 봐! 다리가 아프다는 소리를 안하는 거 보니…… 누부야 만난다니까 어젯밤에는 잠도 설쳤는데 걸음걸이가 나보다 빠른 걸 보면……"

"그래 덕구야! 니 말처럼 가슴이 떨리는 것 같다."

"형, 그래도 마음을 가라앉히고 침착해야 돼, 백련사 노스님 말씀 잊어버리지 않았지? 절에 오면 절 법도를 지켜야 한다는 거"

"그래 고맙다. 덕구야"

"참, 형! 백양사 주지 스님이신 일송 스님은 독립 운동가니까 우릴 잘 대해주실 거야 경성을 사흘토록 오가며 독립운동단체여서 큰일을 하시는 분이래…”

원유곡길로 들었는데 곧 마을이 나왔다. 길촌마을이라고 했다. 마을의 고갯길에 섰을 때는 백양사가 보였다.

방우는 어느새 눈물을 떨구면서 걷고 있었다.

덕구의 손을 잡고 뛰다시피 걸어 백양사에 이르렀다.

방우와 덕구는 대웅전 바닥에 엎드렸다. 백양사를 찾아오기도 힘들었지만, 부처님 앞에 어떤 예절을 갖추어 절을 해야 하는지 몰랐다. 어차피 방우가 엎드려 절을 한 대상은 부처님이 아닐지도 모른다. 그저 그렇게 마룻바닥에 무릎을 꿇고 이마를 댄 것은 사무치는 누나 생각을 피하기 위한 행동인지도 모르겠다. 제발 누나가 나처럼 병신이 되어 있지 않은 건강한 상태로 만나게 해 주십사 하는 간절함인지도 몰랐다. 방우와 덕구는 대웅전을 나와 스님이 안내하는 좁고 비탈진 길을 따라 올라갔다. 그 기나긴 인생행로에서 원망, 공포, 좌절, 조바심 친 삶의 끝자락에 묶인 누나를 대면하려 돌계단을 오르고 있다. 발목이 없어 힘드는 것은 아니다. 안타까움으로 멍든 누나를 마주한다는 것이 힘들었다. 스님은 목탁을 치며 한 계단 한 계단 오르고 있다. 방우는 뒤를 돌아보았다. 울산을 가로지르는 태화강 물줄기가 푸르게 흐르고 있었다. 그리고 아기자기한 초가지붕들이 이마를 마주하고 있는 마을이 정겨웁게 널려 있다.

“형, 힘들어서 그래?

“아니, 그냥 돌아보았을 뿐이야.”

방우는 힘들다는 말을 하고 싶었지만 꾹 눌러 참고는 목발에 힘을 주고 다시 걸음을 옮겼다.

"형, 나는 대웅전에 엎드려 복례 누부를 딱 한 번만 만나게 해 달라고 빌었어. 형, 나는 누부한테 정말 못되게 굴었어. 어린 시절부터 지금까지 누부라고 정겹게 불러본 적이 없었어. 그저 복례야! 아니면 가시나야, 라고 불렀거든, 그런 일들이 제일 마음에 걸려. 많지 않은 형제인데 좀 더 잘해 줄걸 하는 생각들이 가슴을 짓누르곤 해. 그래도 제일 많은 사랑을 베풀어 준 누부였어. 목숨까지 구해준 그런 누부라는 생각은 잊지 못할 것 같어. 죽기 전에는 꼭 만나보고 말거야. 형 나는 지금 형이 부러워. 누부를 만나러 가는 길이 험하고 힘들다 해도 살아서 만날 수 있잖아. 그것이 부러워 눈물이 나. 일본 놈과 살면서 얼마나 마음을 졸였을까?."

"자식, 이제 철드나 보다. 빨리 스님 뒤를 따라올라가기나 해 힘이 남으면 형을 부축해 주고."

방우의 이마 위로 송골송골 땀방울이 맺혔다.

"형, 내가 부축하니 조금 편하지? 그런데 이런 높은 절벽에 어떻게 암자를 지었을까? 신기해."

"옛날 서민들은 왕의 명령이라면 무조건 순종하고 복종했거든 이보다 더 험난한 곳에도 성을 쌓았거든. 그것이 바로 나라를 위하는 길이라 믿었기 때문이었어."

"형, 이런 심산유곡에 숨어 청춘도, 욕망도, 사랑마저 묻어 버리고 살아가는 자는 좀 비굴 하다고 봐, 부대끼지 않고 어떻게 도를 닦을 수 있어? 험난한 삶 속 깊숙이 파고들어 선과 악의 본질을 연구하고 반성해야 도가 터지는 것 아니겠어."

방우는 깜짝놀랐다. 앞서가는 스님을 의식하지 않고 마음 내키는 대로 지껄이는 덕구가 걱정스러웠다.

"앞에 스님 들으시겠다. 조용해."

"조용할 것 없습니다. 동생되시는 분의 말씀도 일리가 있습니다."

"스님, 죄송합니다. 동생 놈이 나이는 많아도 부족한 점이 많습니다.

스님의 목탁소리가 크게 울렸다. 맞다는 소리인지 틀렸다는 소리인지 약간의 반응이 목탁 소리에서 느껴졌다.

"형, 다 온 모양이야, 저 절벽 끝에 암자가 보여."

소나무 숲길에 둘러싸인 아담한 암자 앞에 승복을 입은 여성 두 분이 함지에 무엇을 담아 부엌으로 가려다 말고 스님을 보고 놀라 합장을 한다.

스님은 목탁 치던 손을 멈추고 답례로 합장을 했다.

"보련 스님을 찾아오신 손님이십니다. 안내해 주십시오."

"네, 어서 오십시요, 보련스님 지금 공양을 올리는 중이시니 잠시 기다려 주십시오."

방우는 잘 다듬어진 반석 위에 앉아 마당 안을 둘러보았다. 산에서 흐르는 물줄기에서 물이 흘러 옹달샘이 되어 있고 주위에는 푸르스름한 이끼가 끼어 인적이 드물다는 느낌을 주었다. 그리고 옆으로 바위를 다듬어 만든 불상이 보이고 아래에는 나무로 만든 작은 함지가 놓여 있었다. 그 둘레로 우거진 노송과 굴밤나무들이 군락을 이루고 있다. 천당이 따로 없다는 듯 평화로움이 깃들었다. 방우는 무명 손수건을 꺼내 이마 위의 땀방울을 닦았다. "스님 안으로 드십시오."

한 비구니 스님이 나와 이른다.

덕구는 방우의 손을 잡고 일으켜 세우며 방우의 등을 툭툭 쳤다.

"형, 기쁘지 들어가 보자."

둘은 스님의 뒤를 따라 안으로 들어섰다. 마룻바닥은 반질반질 빛이 났다. 앞서가던 여승이 기도실 문을 열기도 전에 복도로 걸어 나오는 여승이 있었다.

"나가서 맞이해야만 도리인데 죄송합니다. 올라오시느라 힘드셨지요?"

"아닙니다. 실례지만 천순님 씨 되십니까?"

"네, 그렇습니다."

방우는 너무나 떨려 발을 옮길 수 없었다. 들국화같이 하늘거리는 몸매하며, 해 맑은 얼굴 위로 눈물 줄기가 합장을 하고 있는 두 손 위로 흘러내리고 있었다.

"누부야! 내가 천방우야, 천석구의 아들 방우란 말이야! 누부! 죽지 않고 용케도 살아 있었구나! 반가워, 어디 보자 상한 데는 없고 정말 살아 있어주어 고마워…"

방우는 가시처럼 가슴을 찌르는 감동에 스님이라는 누부를 망각하고 그의 가슴에 안겨 엉엉 울었다. 엄마의 가슴 마냥 포근했다.

"내 동생 방우야! 죽지 않고 살아 있어 주어 고맙다. 누나는 비굴하게 이렇게 숨어 생명을 부지하고 살아왔단다. 너는 조선 독립을 위해 다리

하나를 바쳤다고 들었다. 장하다는 말 외에 할 말이 없구나."

"누부야! 이제부터 시작하는 거야. 어무이 아부지 무덤에도 가보고 동생이 살아가는 형편도 살펴주며 살아가는 거야. 누부를 위해 내가 해 주어야 하는 일이 무엇인지 말해주까? 내 다 해줄테니."

"……"

보연 스님은 말없이 함지 속에서 무명 보자기 하나를 꺼냈다.

"방우야, 지금부터 이 누나가 하는 이야기를 잘 들어두어야 한다. 먼저 이 사진을 보아라. 방우 네가 백일 때였고 이 누나는 네살 때였다."

사진 속의 어무이, 아부지는 한복을 곱게 차려입고 있었다. 방우는 아부지 품에 안겨 있었고, 누나는 어무이가 안고 찍은 사진이었다. 단란하고 행복했던 한때를 기념한 가족들의 추억이 담긴 사진이었다. 방우는 심장이 떨리고 온몸에 경련이 일어났다.

"물 물."

"형 여기 물 있어, 정신을 차려 봐 이러면 안 되잖아."

보연 스님이 놀라 얼굴이 창백하다.

"형님이 고문을 심하게 당해 정신을 놓은 적이 있어요. 그래서 조금 긴장이 되면 그래요. 놀라지 마세요."

"누부! 정말 보고 싶어 한 맺인 얼굴들입니더. 미치도록 보고 싶어 몸을 떨던 얼굴들입니더. 하나님 감사합니더, 부처님 감사합니더. 누부를 찾게 해주니 감사합니더."

방우는 덕구를 잡고 목 놓아 울었다. 반평생을 가슴에 묻고 살아온 그리운 얼굴, 하늘과 땅이 맞닿는 곳에서 고통의 나날을 지옥처럼 살아온 천방우의 낡은 삶이 지나갔다.

"방우야! 울지 말거라, 이 편지는 아부지가 친구인 백중서 어른에게 너를 맡기고 만주로 떠나면서 해방이 되는 날 네게 전하라고 했다. 그리고 이건 태극기인데, 보통 태극기가 아니야, 어머니가 종신형, 감옥살이를 하면서 너와 네게 남기기 위해 무명치마폭을 잘라 혈서로서 그린 태극기란다. 대대손손 전해지기를 바란다고 했다."

방우는 폭우를 만난 나무처럼 떨리는 마음을 간신이 진정시키며 태극기를 펴 들었다. 어무이의 핏자국이 선명하게 말라붙은 태극기였다.

"누부! 부모님들은 나라를 위해 이렇게까지 했는데 나는 정말 한 일이 없심더 누부! 우리는 훌륭하신 부모님을 둔 것을 감사할 따름입니더."

"방우야, 백중서 그 어르신은 막중한 책임을 지고 사신 분이셔. 독립군 자금책을 맡으신 어르신이자 아버지의 절친한 친구이셔, 그분에게 세 살 난 너를 맡길 때 아버지는 가족을 거느릴 수 없는 처지에 있었어. 그 당시 어무이는 만주에서 체포되어 종신형을 선고 받아 복역 중이 였고, 아버지는 총살형에 처해졌다. 그래서 백중서 어르신이 만주로 가서 아버지 유골과 나를 찾아와서 백련사에 맡겼는데 백련사까지 일본 놈들의 손이 뻗치자 나는 여기 백양사로 오게 된 것이었어. 그 후 어머니는 고문을 견디지 못해 돌아가시고 백중서 어르신이 만주 가막소에 가서 어무이의 시신을 찾아 화장을 해 유골을 백련사로 가지고 와 두 분을 합장해 주셨어. 참으로 잊어서는 안되실 분이셔. 백중서 어르신이 돌아가시자 방우 동생은 백중기 어르신 집으로 가서 살게 된 것이었으니 평생을 갚아도 못다 갚을 신세를 진 분들이셔. 앞으로도 그 어르신의 은공을 잊어서는 아니 된다. 그리고 이 서신은 아버지가 네게 남긴 서찰이다. 읽어 보아라."

–사랑하는 내 아들 방우야!–

오늘은 하늘이 유난히 높아 보이는구나. 아버지가 되어 책임감이 없다고 원망 할진 몰라도 아버지는 이렇게 할 수밖에 없었단다. 가정도 소중했지만 그보다 조국을 위한 책임감이 더 막중했음을 말하고 싶어지는구나 어린 너를 친구 집에 두고 돌아서 올 때 심장이 끊어지듯 아파왔단다. 방우야 건강하게 살아만 있어다오. 해방이 되면 다시 만날 수 있을 것이라 생각한다. 아버지도 꼭 살아 있을 테니 너도 반드시 살아 있어야 한다.그래서 다시 우리 식구 한자리에 모여 활짝 웃어 보자꾸나, 그때까지 살아 있어만 주기 바란다. 만나는 날까지 건강하기 바란다.

–아버지 천석구–

방우는 아버지의 편지를 가슴에 안았다.

"누부 아부지가 살아 있었으면 얼마나 좋을까. 아부지의 고향에 가 보기도 하고 일가친척들도 만날 수 있었을 텐데."

보연 스님은 눈물을 보이며 방우의 손을 꼭 잡았다.

"동생! 아버지의 고향은 강원도 원주시 도원면 이리라는 산골에서 화전을 이루며 사셨는데, 고모님이 한 분 계셨지만, 그분마저 돌아가시고 아버지의 혈육은 한 분도 살아계시지 않아, 다만 너와 나 세상에 돌맹이처럼 버려져 굴러다녔지만 도와주는 은인들을 만나 이렇게 생명을 구걸하면서 살아 왔단다. 지금 누부마는 부처님의 가슴 속에 평안하게 지내고 있으니 나는 걱정을 말아라. 방우야, 해방된 조국에서는 뜻과 희망을 마음대로 펼치며 살아가자구나. 특히 울산이라는 고장은 태화강을 끼고도는 평화롭고 온화한 곳이라 살기가 편한 고장이란다. 산수도 곱고 바다가 가까워 문물을 쉽게 접할 수 있는 곳이란다. 아버지는 저 태화강을 그 먼 만주 땅에서 얼마나 그리워 했었는지 모른다. 우리 이제 행복이 무엇인지 경험하며 살아 보자꾸나. 동생에게 아들이 둘 있다고 들었다. 앞으로 그 아이들의 성장을 지켜보며 행복하게 살아가자구나."

"누부! 고마워 그렇게 어우러져 살아가다 보면 고통보다 희망의 나날들이 아침처럼 다가올 거야."

방우는 보연 스님의 손을 힘있게 잡았다.

덕구는 둘의 옆에서 펑펑 쏟아지는 눈물을 훔치며 미친 듯 소리를 지르고 밖으로 나갔다. 놀란 방우는 뒤를 따라갔다.

"누나~ 복례 누나~ 어디 있는 거야! 내말 들려, 누나 잘못했어, 한번만 만나다오. 누나 방우 형은 지금 누나를 만나 살아온 세상 이야기를 나누고 있어 부러워 죽겠어. 누나 꼭 누나를 찾아 팔도강산을 해메더라도 꼭 찾아내어 그동안에 못다 한 한을 풀어야지. 누나 마음에 가두어 둔 서러움을 나누며 누나가 좋아하는 국화꽃 활짝 핀 산골 아담한 집에서 행복을 누리며 살아가자. 복례 누부야~ 복례~."

메아리는 심산계곡을 돌아 하늘 높이 날개를 달고 복례가 있는 곳으로 날아갔다.

"덕구 이놈아, 진작 그렇게 했어야지 복례의 아픈 가슴을 달래어 주었어야지 나쁜 놈 거지 같은 놈, 복례의 마지막 말이 무엇인지 알아? 동생을 사랑했다고, 이 방우를 사랑했다고, 그리고 떠나갔어, 죽지 않고 살아오겠다고, 나쁜 놈…"

둘은 부둥켜안았다. 등을 어루만지듯 산들바람이 지나갔다.

19. 금달래 그녀는?

산이 연지 곤지를 찍은 듯 불긋해지고 있었다. 나무들이 가을옷을 갈아입으려나 보다. 금달래는 땅거미가 지기를 기다리다 모든 것을 정리해야 할 시간이 되었다는 생각을 했다.

그 많은 시간들을 같이한 움막으로 들어가 바닥 밑을 걷어내고 땅속에 묻어둔 비밀함과 정보기록 문서를 꺼내 가방 속에 넣는다. 그동안 몸을 감싸주던 이불과, 옷가지들과,움막을 쉬운 담요를 걷어 몽땅 담요에 말아 질질 끌고 우시장 소각장으로 가 불을 지폈다. 검은 연기가 머리를 풀고 하늘로 올라갔다. 한으로 뭉친 금달래의 아픔들이 덩실덩실 춤을 추며 창공으로 날아갔다.

금달래는 넋 나간 사람처럼 불꽃을 바라보며 눈물을 지운다. 잘 가라 금달래야! 그동안 고마웠어, 조선 독립을 위해 한 몫을 해준 금달래야! 잘 가거라, 불티가 된 금달래가 하늘 높이 자유로이 날아갔다.

어머니, 아버지 이제 금달래는 제 위치를 찾아 박동숙으로 돌아가려 합니다. 아버지가 원하시던 의무를 무사히 완수하고 이제 경성으로 돌아가렵니다. 박동숙은 그의 어머니가 지어준 검정색 짧은 치마에 흰 저고리를 꺼내 들고 흐느껴 운다. 어머니, 이제야 숨을 쉴 수 있을 것 같습니다. 이제 경성에 가서 옛날처럼 아이들에게 조선의 역사를 가리켜 줄 것입니다. 남편과 자식과 함께 떠나갈 것입니다. 아버지, 어머니 이제 남은 여생을 해방된 조국에서 2세들을 위해 바치려 합니다. 잘 가거라 금달래야!

금달래는 태화강으로 갔다. 수세미가 된 가발을 벗어 종이에 싸고 또 싸고 몇 겹으로 말아 가방에 넣어두고 물속에 들어가 몸을 씻기 시작했다. 10월의 싸늘함이 살 속으로 파고 들었다. 머리를 감고 빗질을 했다. 다시 태어난 박동숙, 그야말로 얼마 만에 불러보는 이름인가, 그래 내 이름은 박동숙이었지. 잊어버린 내 이름 박동숙, 동숙은 한복을 곱게 차려입고 꼭꼭 감추어놓았던 구두를 꺼내 신었다. 달빛이 백사장을 훤히 밝혔다. 미치광이 금달래는 하늘로 날아가고 곱디고운 멋쟁이 박동숙이 달빛 아래 가방을 들고 강둑으로 오른다. 은빛 백사장이 장하고 용감했던 금달래를 환호하듯 깔깔대며 웃어 주었다. 그리고 언양으로 가는 버스를 탔다. 아무도 그가 금달래임을 알아보지 못했다. 목재소에서 큰 기침을 한 번 한 후 대문을 두드렸다. 문간방에 사는 박씨가 나와 문을 열어준다.

"어디서 온 뉘신지요."

"경성에서 온 박동숙이라고 전해주십시오."

"그럼 일단 들어오십시오."

"형님, 경성에서 온 손님입니다."

'방우가 마루로 나와 마당에 서 있는 여인을 바라보았다.

"어디서 온 뉘신 지요?"

어둠이 주위를 두른 탓인지 마당에선 여인을 알아볼 수 없었다.

"뉘신 지 모르지만 마루로 오르십시오."

여인이 말이 없자 방우는 당황한 듯 다시 되물었다.

"방우 동생 금달래야, 나를 모른다고?"

"아니 누구시라고요, 우시장 금달래 말인교?"

"그래 나야, 경성 올라가기 전에 아우를 만나보고 올라가려고 왔어."

마루 아래로 내려선 방우는 금달래 손을 덥썩 잡았다.

"아지매, 우리 멋쟁이 누부! 이제야 제 모습 찾기를 했구먼. 이런 경사가! 어서 올라오소, 잘 되었어요. 그렇지 않아도 내일 향교에서 조선어 강의가 있는데 김준봉 선생님도 초대를 했심더. 아마 조금 있으면 올김더 여기서 자며 준비도 할 게 있어 올김더. 멋쟁이 누부님도 참석하여 가르침을 주이소. 그러면 내 입장도 살아날 것 아인교? 그렇게 해 주이소."

"그러지요, 이번에 올라가면 울산에 오기는 힘들 거야, 가족이 다 함께 올라가기로 되어 있었어요. 아마 오늘 저녁 동생 집으로 모일 거야, 다 아시는 분들이니 너무 부담은 가지지 말아라."

"누님 그럼 잔치를 벌여야지요, 이른 기쁜 날 무엇이 두렵겠소. 덕구야 여기로 올라와 봐라."

"덕구 씨 나가고 없어요. 제가 찾아볼게요,"

박씨는 윗옷을 걸치며 대문을 열고 나갔다.

"그럴 것 없어, 저녁이나 같이하고 경성으로 가려 했는데 내일 향교에서 우리말 강의를 하고 가겠으니 그리 알게."

방우는 신이나 싱글벙글 입이 벌어졌다.

"중우야, 어무이 오라고 해라. 귀한 손님이 오셨다고, 어무이 할매 집에 갔다."

"아부지 손님오셨는교?"

"그래 어서 어무이 모셔 오느라."

"네, 알겠심더."

중우는 금달래를 힐끔 쳐다보고는 나갔다.

"방우 아우 중우가 나를 몰라보네."

"누님도 당연하지요, 이런 멋쟁이 누부를 알아볼 수 없는 게 당연하지요. 옷이 날개라고 하지 않았소, 누부! 경성 가면 우리 중우 앞날을 좀 인도해 주이소. 그래도 사나이는 경성 물을 먹어야 크게 되지 않겠는교,"

"그래요, 도와야지. 아우님도 이제는 학생들을 양성시키는 선봉자로 거듭나야 할 것이야, 해방이 되어도 우리말 교사가 태반이 부족하니 어쩌겠어요. 자금 조달을 하여 보통 학교를 설립해 허가를 얻어 민족 일원으로 거듭나기를 바랄 뿐이야. 설립허가는 쉽게 날 것이니 힘을 모아 봅시다."

"누부 저도 그렇게 해 보는 게 꿈이 였지만… 누부가 밀어 주이소 학교부지는 어무이께서 내놓겠다고 했심더. 우리 중우를 위해서 시설이 좋은 소학교를 운영해 보도록 하자고 일차 의논이 되었심더. 김준봉 선생님과도 의논을 했심더."

"김 선생님은 무엇이라 말하더노?"

"누부 김준봉 씨를 만났습니까?"

"그럼, 경성으로 갈 때 같이 갈 것이야. 그나저나 복례 씨의 소식을 들을 수 없으니 참 안타까워요. 해방을 위한 투쟁에 전심전력을 쏟은 열사인데, 행방조차 묘연하니 방우 동생한테도 소식이 없지?"

방우는 가슴이 아파 왔다. 복례라는 그 이름 자체가 아픔으로 다가왔다. 사랑 육신 그리고 인생 전부를 독립 투쟁에 투자한 거룩한 사람인데, 그가 가진 모든 것을 불평불만 없이 바친 그녀였는데…

중우애미가 마당으로 들어섰다.

"손님 오셨다면서요? 저녁 준비를 할까요."

"그래요. 들어와 인사부터 하고 나가요."

"안녕하세요, 중우 어미입니더. 찾아주셔서 고맙심더."

"불쑥 찾아와 실례가 된 것 같아요. 미안합니다."

"아니요, 사람 사는 집에는 사람들이 북적대야 복이 온다고 했어요. 괜찮습니더."

대문을 밀치고 김준봉 선생이 마당으로 들어섰다.

방우는 방문을 잡고 일어서 마당을 내려다보았다.

"선생님 아주 귀한 손님이 오셨어요. 어서 올라오세요. 깜짝 놀라실 손님이십니다."

"그래요? 내가 깜작 놀랄 정도의 손님이시라니 기대가 됩니다."

"돌아가신 백중기 어르신이 살아오셨습니까?"

"그보다 더 반가운 손님이 십니다. 어서 올라 오시이소."

김준봉은 마루로 올라와 방 안을 들려다 보았다.

"아! 금달래 씨 오셨군요, 정말 귀한 손님이시군요."

김 선생님, 덕구 동생도 오라고 했습니더, 잔치가 따로 있겠는교? 이렇게 반가운 사람들이 모여 벌리는 게 잔치지요."

"천방우 사장님! 또 귀한 손님 한 분이 오시기로 했습니다."

"뉘신데요?"

"이제 만나보면 천 사장님도 알 수 있는 분입니다."

"기대됩니더."

덕구가 마당으로 들어서며 당황해 하는 눈치다.

"형! 덕구 왔어, 누가 오셨는데 박씨를 보냈어?"

방우는 마당에서 있는 덕구를 향해 말없이 올라오라는 뜻으로 손짓을 했다. 덕구가 뜰 위로 올라와 신발을 보았다. 남녀 구두 한 쌍이 나란히 놓여 있었다.

"가죽 구두라 과연 누구실까? 설마 복례누부는 아니겠지?"

"동생 왔어 복례누부는 아니고, 반가운 손님들이셔 어서 올라와."

얼굴에 웃음꽃을 피우는 방우 형을 바라보는 덕구는 머리를 갸웃둥해 보였다. 경성에서 오신 손님이신가? 덕구는 혼잣말로 중얼거리며 방으로 들어왔다.

"아! 김준봉 선생님 오셨어요."

그리고 옆을 보고는 뒷말을 뚝 끊었다.

"덕구 동생 인사하게 이 분이 우시장 금달래라는 분이셔."

덕구는 당황해 하던 얼굴을 감추고 엎드려 절을 했다.

"형, 알지요. 알고말고요. 온몸과 마음을 던져 조국 광복을 위해 헌신하신 위대한 분이시지. 그런데 분장을 지우고 나니 놀랍게 아름다운 미인분이십니더. 정말 놀랍심더. 고생 많이 했심더."

"과찬이십니다. 이제 정부 수립을 위해 경성으로 돌아갈까 해서 인사차 들렀습니다."

"두 분이 함께 말입니까?"

덕구는 의아한 듯 두 분을 번갈아 쳐다보았다.

"중우 어미! 저녁상이 아직 멀었어?"

방우는 아래청 열린 정지문 쪽을 바라보며 소리쳤다.

"곧 올라갈 낌더, 조금만 기다리시이소."

"아부지, 맛나는 음식을 먹으려면 참아야 된다고 아부지가 말했지? 지금 어무이가 열심히 준비하고 있심더. 아부지 마당에 손님이 또 오셨는데요. 오늘이 무슨 날인교? 아부지 생일날도 지났는데, 손님이 많이 옵니더."

"누가 또 오셨는데?"

방우가 마당 안쪽을 내다보았다. 그는 이섭이라는 소 장사였다.

"아니 이섭 씨 아니요? 여기를 어떻게 알고? 반갑습니더."

"방우 씨 다 아는 수가 있지요."

"정말 오늘은 도깨비에 홀린 것 같으니, 설마 꿈은 아니겠지요, 이렇게 경사스러운 날에 이섭 씨가 오다니, 잔치를 크게 벌려야겠어요."

"방우 동생, 덕구 동지, 앉아보게. 내 그동안 극비라 감추고 살아온 일을 고백하겠네. 여기 앉은 금달래는 경성 이화 학당을 나온 박동숙 씨이자 이 못난 남편을 믿고 따라와 고생을 해준 나의 안 사람이셔, 그리고 여기 소장사를 하던 이섭은 본명이 김이섭이야. 우리 가족은 만주

임시정부 소속의 일원으로 자긍심을 갖고 일해 왔어. 이제 경성으로 돌아가 집에 계시는 노모와 함께 살아가려 해요. 그리고 수남교회 목사님은 내 사촌 동생입니다. 앞으로 수남교회의 부흥을 위해 방우 씨가 도와주십시오."

방우와 덕구는 놀라지 않을 수가 없었다.

"선생님, 이럴 수가 있습니까? 이렇게 엄청난 고난을 극복하며, 살아오신 선생님의 가족에게 머리 숙여 감사를 올립니다. 아! 정말 이럴 수가 저는 부끄럽기만 합니더. 정말 미안합니더. 앞으로 할 일이 태산 같은데 선생님이 가시면 어떡해요. 함께 어우러져 사셔야지요. 또 오실 분 없으십니까?"

"수남교회 목사님이 오실 것입니다."

"목사님이 오신다니 영광입니다. 그리고 내일 향교에 산파 선생님을 모시기로 했습니더."

"아참, 산파선생님의 소개를 잊었네요. 방우 동생 그분은 경성의대를 나와 경성 한의원을 경영하시다 총탄을 맞은 독립군을 치료해 준 죄로 병원은 문을 닫게 되고 감옥살이를 하다 석방되었지만 주요 인물로 찍혀 내가 있는 이곳 언양으로 몸을 숨기신 분이십니다. 그분도 가족들이 경성에 살고 있으니 갈지? 아니면 울산에서 병원을 계업할지 모르겠어요. 이곳을 떠나기를 싫어하시지만 병원을 계업할 만큼의 자금이 없어 망설이고 있는 것 같아서요."

"선생님 그렇다면 염려 마십시오. 제가 언양에서 재벌가라 이름이 난 사람이 아닙니까? 그렇다면 저와 의논해 병원을 차리게 도와주겠십더.

수남교회도 다시 지어 야간에는 한글을 가르치게 해 보겠습니더. 염려 마이소 선생님과 수남교회가 베푼 은혜를 이제 갚아야지요, 덕구 동생 안 그렇나?"

"형, 형이 알아서 하겠지만 모든 분들이 우리에게 도움을 주셨는데… 그래야만 인간의 도리를 하는 것이지."

방 안 가득 웃음꽃이 만발했다.

"아부지! 해방이라는 놈은 정말 좋은 놈입니더. 금달래 아지매를 멋쟁이로 만들어주고, 모두의 얼굴에 예전에 보지 못한 웃음을 선사해주니 말입니더. 기쁠 땐 만세를 부르라고 친구들이 말해 주었심더. 해방이 되어 잡혀갈 일이 없다고 말입니더."

"우리 중우 말이 맞다. 다 함께 만세를 부릅시더."

김 선생님은 손을 높이 들고 만세를 불렀다.

"조선 독립 만세, 다개리 만세, 언양 만세, 수남교회 만세,"

덕구는 다시 한 번 손을 번쩍 들고 소리를 질렀다.

"복례 누나 만세, 복례 누나 만세."

어둡고 암울했던 언양의 하늘 끝자락에 복례의 웃음소리와 만세 소리가 섞여 멀리멀리 퍼져 올라갔다.

(끝)